Zu diesem Buch

Der dreissigjährige Alfred Kubin, eben von einer Italienreise zurückgekehrt, versucht eine Schaffenskrise für sich produktiv zu machen. Offenbar unfähig, seinen Zeichenstift zu gebrauchen, andererseits aber besessen vom Zwang zur Arbeit, schreibt er in kurzen zwölf Wochen seinen ersten und einzigen Roman, «Die andere Seite», dessen Bedeutung ihm zunächst selbst nicht klar ist, der dann aber einen unübersehbaren Einfluß auf die expressionistische und nachexpressionistische Literatur ausgeübt hat, auf Kafka und Meyrink und noch auf Jünger und Kasack.

Der Erzähler berichtet, wie er von einem Schulfreund aufgefordert wird, in dessen Traumreich irgendwo in Mittelasien zu kommen und teilzunehmen an der Erschaffung einer neuen Welt, in der es kein Elend und keine Entbehrung geben soll. Es ist alles für ihn geregelt, und er findet Eingang in ein Staatswesen kältester Planung, aus dem es freilich einen Ausgang nicht zu geben scheint. Was er erlebt, ist die Vision eines Überwachungsstaates, in dem alles von einem einzigen Willen, dem des Diktators Patera, abhängt, der unnahbar und fast unsichtbar in seinem Palast herrscht, alle Fäden in der Hand hat und alle Schicksale lenkt.

Zwischen Wirklichkeit und Unwirklichkeit ist nicht länger zu unterscheiden, aber was dieser phantastische Roman aufscheinen läßt, ist die Zukunft, die erst nach dem Weltkrieg sichtbar werden sollte, in den Unterdrückungssystemen der westlichen wie der östlichen Hemisphäre. In dem Traumreich scheinen weder Sonne noch Mond, noch leuchten die Sterne, alles ist in Grau gehülltes Grau. Das Reich der Zukunft und der Erlösung erweist sich als Reich der Gewalt und der Hoffnungslosigkeit, in dem es schließlich zu einem Weltuntergangskampf zwischen Gut und Böse kommt, dem alles zum Opfer fällt, alles und beinahe alle bis auf den Erzähler, der dann seinen Bericht erstattet.

«Die andere Seite», das ist die Chiffre für das Böse, das, was in der jüdischen Mystik «sitra achra» (eben: andere Seite) genannt worden ist, die Rückseite des Guten, demselben Prinzip entspringend und vom Guten untrennbar und ununterscheidbar. Das Gute wird im Roman von dem Amerikaner Herkules Bell repräsentiert, der gekommen ist, um dem Traum, der sich als Albtraum erweist, ein Ende zu machen. Aber, wer ist Patera, wer ist Bell? Sind sie ein und derselbe, sind sie austauschbar, werden sie ausgetauscht, will der Böse das Gute, tut der Gute das Böse, kann es einen Sieg des einen oder des anderen geben, oder bleiben beide Prinzipien bis zum endlichen Ende aneinander gebunden und aufeinander angewiesen? Oder vielmehr: gibt es nur ein Prinzip, das sich auf zweierlei Weise äußert und dort, wo es radikal wird, als Traum Monstren gebiert?

«Ich habe kein maßgebendes Urteil in literarischen Dingen, habe vorher nie etwas zur Veröffentlichung Bestimmtes geschrieben, ja mir ist das Schreiben selbst eine unsympathische Tätigkeit.»

Alfred Kubin, 1923

Rowohlt Jahrhundert

Herausgegeben von Walter Boehlich
Band 31

Alfred Kubin

DIE ANDERE SEITE

Ein phantastischer Roman

Rowohlt

Veröffentlicht im Rowohlt Taschenbuch Verlag GmbH,
Reinbek bei Hamburg, August 1994
Diese Ausgabe folgt dem 1990 bei edition spangenberg
erschienenen Reprint der Erstausgabe von 1909

Umschlaggestaltung Peter Wippermann
(Foto des Autors: Ullstein Bilderdienst)
Gesetzt aus der Garamond (Linotronic 500)
Gesamtherstellung Clausen & Bosse, Leck
Printed in Germany
1990-ISBN 3 499 40031 6

Erster Teil

Der Ruf

Erstes Kapitel

Der Besuch

I.

Unter meinen Jugendbekannten war ein sonderbarer Mensch, dessen Geschichte wohl wert ist, der Vergessenheit entrissen zu werden. Ich habe mein möglichstes getan, um wenigstens einen Teil der seltsamen Vorkommnisse, die sich an den Namen Claus Patera knüpfen, wahrheitsgetreu, wie es sich für einen Augenzeugen gehört, zu schildern.

Dabei ist mir etwas Eigentümliches passiert: während ich gewissenhaft meine Erlebnisse niederschrieb, ist mir unmerklich die Schilderung einiger Szenen untergelaufen, denen ich unmöglich beigewohnt und die ich von keinem Menschen erfahren haben kann. Man wird hören, welcherlei seltsame Phänomene der Einbildungskraft die Nähe Pateras in einem ganzen Gemeinwesen hervorbrachte. Diesem Einfluß muß ich meine rätselhafte Hellsichtigkeit zuschreiben. Wer eine Erklärung sucht, halte sich an die Werke unserer so geistvollen Seelenforscher.

Ich lernte Patera vor sechzig Jahren in Salzburg kennen, als wir beide in das dortige Gymnasium eintraten. Er war damals ein ziemlich kleiner, doch breitschultriger Bursche, bei dem höchstens der schöngelockte Kopf antiken Zuschnittes auffallen konnte. Mein Gott, wir waren damals wilde, lümmelhafte Buben, was gaben wir viel auf Äußerlichkeiten? Trotzdem muß ich erwähnen, daß mir heute noch, als betagtem Mann, recht gut die etwas vorstehenden, übergroßen Augen von hellgrauer Frabe im Gedächtnis geblieben sind. Aber wer dachte denn in jenen Zeiten an das «Später»?

Nach drei Jahren vertauschte ich das Gymnasium mit einer anderen Lehranstalt, der Verkehr mit meinen ehemaligen Kameraden wurde immer spärlicher, bis ich schließlich von Salzburg fort in eine andere Stadt kam und für viele Jahre alles, was mir dort bekannt war, aus den Augen verlor.

Die Zeit floß dahin und mit ihr meine Jugend, ich hatte so manches Bunte erlebt, war nun schon ein Dreißiger, verheiratet und schlug mich als Zeichner und Illustrator schlecht und recht durchs Leben.

II.

Da –, es war in München, wo wir damals wohnten, – wurde mir an einem nebligen Novembernachmittag der Besuch eines Unbekannten gemeldet.

«Eintreten!»

Der Besucher war – soweit ich im Dämmerlichte unterscheiden konnte – ein Mann von Durchschnittsäußerem, der sich hastig vorstellte:

«Franz Gautsch; bitte, kann ich Sie eine halbe Stunde sprechen?»

Ich bejahte, bot dem Herrn einen Stuhl an und ließ Licht und Tee bringen.

«Womit kann ich dienen?» und meine anfängliche Gleichgültigkeit wandelte sich erst in Neugier, dann in Erstaunen, als der Fremde ungefähr nachfolgendes erzählte:

«Ich werde Ihnen einige Vorschläge machen. Ich spreche nicht für mich, sondern im Namen eines Mannes, den Sie vielleicht vergessen haben, der sich Ihrer aber noch gut erinnert. Dieser Mann ist im Besitze von für europäische Begriffe unerhörten Reichtümern. Ich spreche von Claus Patera, Ihrem ehemaligen Schulkameraden. Bitte, unterbrechen Sie mich nicht! Durch einen eigentümlichen Zufall kam Patera zu dem vielleicht größten Vermögen der Welt. Ihr einstiger Freund ging nun an die Verwirklichung einer Idee, welche allerdings eine gewisse Unerschöpflichkeit der materiellen Mittel zur Voraussetzung hat. – *Ein Traumreich sollte gegründet werden!* – Der Fall ist kompliziert; ich werde mich kurz fassen.

Zunächst wurde ein geeignetes Areal von 3000 Quadratkilometern erworben. Ein Drittel dieses Landes ist stark gebirgig, den Rest bilden eine Ebene und Hügelgelände. Große Wälder, ein See und ein Fluß teilen und beleben dieses kleine Reich. Eine Stadt wurde angelegt, Dörfer, Meierhöfe; dazu war sofort ein Bedürfnis vorhanden, denn schon die Anfangsbevölkerung bezifferte sich auf 12000 Seelen. Jetzt zählt das Traumreich 65000 Einwohner.»

Der fremde Herr machte eine kleine Pause und nahm einen Schluck Tee. Ich war ganz still und sagte nur ziemlich betreten:

«Weiter!»

Und ich erfuhr dann folgendes:

«Patera hegt einen außerordentlich tiefen Widerwillen gegen alles Fortschrittliche im allgemeinen. Ich sage nochmals, gegen *alles Fortschrittliche*, namentlich auf wissenschaftlichem Gebiete. Bitte meine Worte hier möglichst buchstäblich aufzufassen, denn in ihnen liegt der Hauptgedanke des Traumreiches. Das Reich wird durch eine Umfassungsmauer von der Umwelt abgegrenzt und durch starke Werke gegen alle Überfälle geschützt. Ein einziges Tor ermöglicht den Ein- und Austritt und macht die schärfste Kontrolle über Personen und Güter leicht. Im Traumreiche, der Freistätte für die mit der modernen Kultur Unzufriedenen, ist für alle körperlichen Bedürfnisse gesorgt. Der Herr dieses Landes ist weit davon entfernt eine Utopie, eine Art Zukunftsstaat schaffen zu wollen. Anhaltende materielle Not ist, nebenbei erwähnt, dort ausgeschlossen. Die vornehmsten Ziele dieser Gemeinschaft sind überhaupt weniger auf Erhaltung der realen Werte, der Bevölkerung und Einzelwesen gerichtet. Nein, durchaus nicht!........ aber ich sehe Sie ungläubig lächeln, und in der Tat, es ist fast allzu schwer für mich, mit trockenen Worten *das* zu beschreiben, was Patera mit dem Traumreich eigentlich will.

Zunächst wäre hier zu bemerken, daß jeder Mensch, der bei uns Aufnahme findet, durch Geburt oder ein späteres Schicksal dazu prädestiniert ist. Eminent geschärfte Sinnesorgane befähigen ihre Inhaber bekanntlich zum Erfassen von Beziehungen der individuellen Welt, welche für Durchschnittswesen, abgesehen von vereinzelten Momenten, einfach nicht vorhanden sind. Und sehen Sie, gerade diese sozusagen unvorhandenen Dinge bilden die Hauptessenz unserer Bestrebungen. Im letzten und tiefsten Sinne ist es die unergründliche Weltenbasis, welche die Traumleute, – so nennen sie sich –, keinen Augenblick außer acht lassen. Normalleben und Traumwelt sind vielleicht Gegensätze und eben diese Verschiedenheit macht eine Verständigung so schwer. Auf die Frage: Was geschieht eigentlich im Traumlande? Wie lebt man dort? müßte ich schlechterdings schweigen. Ich könnte Ihnen nur die Oberfläche schildern, aber zum Wesen des Traummenschen gehört es ja gerade, daß er in die Tiefe strebt. Alles ist auf ein möglichst durchgeistigtes Leben angelegt; Leid und Freud der Zeitgenossen sind dem Träumer fremd. Sie müssen ihm von seinem ganz anderen Wertungsmaßstab aus natürlich fremd bleiben. Am ehesten dürfte noch, wenigstens vergleichsweise, der Begriff ‹Stimmung› den Kern unserer Sache treffen. Unsere Leute erleben nur Stimmungen, besser noch, *sie leben nur in Stimmungen*; alles äußere Sein, das sie sich durch möglichst ineinandergreifende Zusammenarbeit nach Wunsch gestalten, gibt gewissermaßen nur den Rohstoff. Daß dieser nicht ausgeht, dafür ist selbstverständlich überreichlich gesorgt. Doch glaubt der Träumer an nichts als an den Traum, – *an seinen Traum*. Dieser wird bei uns gehegt und entwickelt, ihn zu stören wäre unausdenkbarer Hochverrat. Darum auch die strenge Sichtung der Personen, die eingeladen werden, an diesem Gemeinwesen teilzunehmen. Um mich kurz zu fassen und zu Ende zu kommen» – hier legte Gautsch seine Zigarette fort und blickte mir ruhig ins Gesicht:

Claus Patera, absoluter Herr des Traumreichs, beauftragt mich als Agenten, Ihnen die Einladung zur Übersiedelung in sein Land zu überreichen.»

Die letzten Worte sprach mein Besucher etwas lauter und sehr förmlich. Und nun schwieg dieser Mensch und auch ich war vorerst still, was jeder meiner Leser begreifen wird. Fast zwingend hatte sich mir nämlich der Gedanke aufgedrängt, einem Irrsinnigen gegenüber zu sitzen. Es war mir wahrhaftig recht schwer, meine Aufregung zu verbergen. Scheinbar spielend rückte ich die Lampe aus dem unmittelbaren Bereich meines Besuchers, zugleich entfernte ich geschickt einen Zirkel sowie ein kleines Radiermesser, – spitze, gefährliche Gegenstände –.

Die ganze Situation war entschieden äußerst peinlich. Beim Anfang der Traumgeschichte hatte ich an einen Scherz gedacht, den sich irgendein Bekannter mit mir erlauben wollte. Leider schwand dieser Hoffnungsschimmer immer mehr, und seit zehn Minuten überlegte ich krampfhaft meine Chancen. Zwar wußte ich, das beste bei Geisteskranken sei immer, auf die fixen Ideen einzugehen. Aber trotzdem! ich bin durchaus kein Riese, ich bin ein schüchterner, ein schwächlicher Mensch im Grunde! Und da sitzt dieser schwere Gautsch, mit korrekter Assessorenphysiognomie, Kneifer und blondem Spitzbart in meinem Zimmer!

So ungefähr waren damals meine Gedanken. Und sagen mußte ich nun auch etwas, mein Gegenüber wartete ja darauf. Bei einem Tobsuchtsanfall konnte ich schlimmstenfalls immer noch die Lampe ausblasen und mich leise aus dem mir wohlbekannten Raume stehlen.

«Gewiß, gewiß! ich bin begeistert! ich werde nur noch mit meiner Frau Rücksprache nehmen. Morgen, Herr Gautsch, erhalten Sie dann meine Antwort.» Ich redete so in begütigendem Tone und erhob mich. Mein Gast blieb aber ganz ruhig sitzen und sagte trocken:

«Sie mißverstehen unsere gegenwärtige Lage, das finde ich begreiflich. Höchst wahrscheinlich schenken Sie mir keinen Glauben, wenn nicht gar Ihre mühsam zurückgehaltene Aufregung auf einen noch ärgeren Verdacht mir gegenüber hindeutet. Ich versichere Sie, ich bin ganz gesund, so gesund wie nur je irgendeiner. Was ich Ihnen mitteilte, ist vollster Ernst; daß es merkwürdig, wunderbar klingt, nun ja, gebe ich gerne zu. Vielleicht werden Sie ruhiger, sobald Sie sich *dieses* angesehen haben.»

Dabei zog er ein kleines Paket hervor und legte es vor mich auf den Tisch. Ich las meine genaue Adresse, erbrach das Siegel, und hielt ein glattes Lederetui von graugrüner Farbe in den Händen. Darin befand sich eine kleine Miniature, ein auffallend charakteristisches Brustbild eines jungen Mannes. Braune Locken umringelten ein Antlitz merkwürdig antiker Prägung; groß, überhell, gerade aus dem Bilde heraus, starrten mich die Augen an: – das war unstreitig Claus Patera!..... In den zwanzig Jahren, die wir uns nicht mehr gesehen, hatte ich kaum einmal an diesen für mich verschollenen Schulfreund gedacht. Beim Anblick seines sehr ähnlichen Porträts schrumpfte diese beträchtliche Zeitpause in meinem Geist zusammen. Vor mir tauchten die langen, gelbgestrichenen Korridore des Salzburger Gymnasiums auf, ich sah wieder den alten Schuldiener mit dem würdigen

Kropf, nur mühsam verdeckt durch eine raffinierte Bartkultur. Ich sah mich wieder, mitten unter den Jungen, und mitten drin auch Claus Patera, geschändet durch einen steifen Filzhut, ein Zwangskleidungsstück, dem verworrenen Geschmack seiner Ziehtante entsprungen.

«Woher haben Sie dieses Bild?» rief ich, unwillkürlich von froher, neugieriger Stimmung gepackt.

«Ich sagte es Ihnen doch!» antwortete mir mein Gegenüber. «Und Ihre Furcht scheint auch geschwunden zu sein», fuhr er mit einem gutmütigen, harmlosen Lächeln fort.

«Aber das ist ja ein Unsinn, ein Scherz, ein Schwindel!» kam es mit Lachen aus mir hervor. Herr Gautsch erschien mir nämlich in diesem Moment als ein durchaus normaler und ehrbarer Mensch. Eben rührte er bedächtig in seiner Tasse. Sicher steckte irgendein Witz hinter dieser Sache, später wollte ich das schon aufklären! Meine Einbildungskraft hatte mir natürlich da wieder einen netten Streich gespielt! Wie konnte man auch so schnell einen braven Mann für verrückt halten, nur wegen einer solchen Geschichte? Früher hätte ich so etwas mit gleichwertigem Humor pariert. Du lieber Gott, man wird also älter! Ich war völlig heiter und aufgeräumt geworden.

«An das Bild glauben Sie aber wohl?» sprach Gautsch. «Ihr Freund, den es darstellt, hatte die verschiedensten Schicksale. Er machte nur einige Klassen der Lateinschule in Salzburg durch; mit vierzehn Jahren entlief er seiner Ziehtante und trieb sich in Gesellschaft von Zigeunern in Ungarn und am Balkan herum. Zwei Jahre später gelangte er nach Hamburg – damals war er Tierbändiger – vertauschte diesen Beruf jedoch gegen den eines Seemannes, und ließ sich als Schiffsjunge von einem kleinen Kauffahrer heuern. So gelangte er schließlich nach China. Das Schiff lag mit vielen anderen in Kanton; man brachte Hirse und Reis, um einer drohenden Teuerung zuvorzukommen. Nach gelöschter Ladung mußte das Fahrzeug noch einige Tage im Hafen bleiben, weil für Europa bestimmte Güter – menschliches Haar und eine neue Art feiner Porzellanerde – noch nicht versandbereit waren.

Diese Mußezeiten benützte Patera zu häufigen Ausflügen in das Land. Bei einer solchen Gelegenheit rettete er eine vornehme Chinesin, eine ältere Dame, vor dem Tode des Ertrinkens. Im Überschwemmungsschlamm ausgeglitten, hätte die alte Frau in einem Seitenkanal des Kantonflusses bestimmt ihr Ende gefunden. Anwesende Zopfträger – sie können fast nie schwimmen – rangen zwar die Hände und schrien, wagten sich aber doch nicht in die braunen, trüben Fluten. Ihr zufällig vorübergehender Freund – ein Meister im Tauchen – sprang kurz entschlossen ins Wasser, und nach hartem Kampfe mit den Wellen schleppte er die Bewußtlose an Land. Die Frau wurde ins Leben zurückgerufen. Sie war die Gattin eines der reichsten Männer der Erde. Dieser, ein gebrechlicher Greis, den man in einer Sänfte rasch herbeigetragen hatte, umarmte wortlos den jugendlichen Retter. Patera wurde in ein großes Landhaus geführt. Welche Verhandlungen dort gepflogen worden sind, wissen wir nicht. Kurz Hi-Yöng, der selbst ohne Nachkommen war, nahm den armen Schiffsjungen an Sohnes Statt an und behielt ihn gleich bei sich im Hause. Nach weiteren drei Jahren, von denen wir nur wissen, daß Reisen in die unbekannten, inneren Teile Asiens unternommen wurden, sehen wir Patera um seine Adoptiveltern trauern: Hi-Yöng und seine Frau waren am gleichen Tage gestorben. Der Erbe befand sich nun im Alleinbesitze von unermeßlichen, fabelhaften Schätzen.»

«Und jetzt kommt wohl das Traumreich an die Reihe», warf ich immer noch belustigt ein; «die Idee ist entschieden neu; wenn Sie erlauben, so gebe ich sie einem literarischen

Freunde, daraus ließe sich sicher etwas ganz Hübsches machen. – Darf ich bitten?» Und ich offerierte dem Fremden eine Zigarette. Mein Gast dankte, seufzte ein wenig geschäftsmäßig auf und bemerkte alsdann in vollkommen ruhigem, klarem Tone:

«Wie schon gesagt, es leuchtet mir wohl ein, daß Sie mich für irgendeinen Aufschneider oder Märchenerzähler halten. Aber schließlich bin ich nicht gekommen, um Sie von der Tatsache des Traumstaates zu überzeugen, sondern um Sie im Namen eines höheren Auftraggebers einzuladen. Ich habe meine Mission vorläufig erfüllt. Wenn Sie meinen Darlegungen schon absolut keinen Glauben schenken wollen, kann ich heute auch nichts dagegen machen. Auf jeden Fall bitte ich, mir eine Bestätigung über den richtigen Empfang des Bildes zu geben. Es ist sehr möglich, daß ich in allernächster Zeit für Sie weitere Aufträge zu entrichten haben werde.»

Gautsch erhob sich mit einer leichten Verbeugung. Ich muß bekennen, er erschien mir so in seiner Einfachheit durchaus nicht wie ein Schwindler. Und das Etui hielt ich ja in den Händen. Beim nochmaligen Öffnen fühlte ich eine vorher übersehene Lederklappe, darunter standen auf einem Kartonblatt in Tinte die Worte: – *Wenn du willst, so komme –!*

Und abermals durchzuckte mich ganz leise und traumhaft ein Bild aus längst entschwundener Vergangenheit. So, so auseinanderstrebend, zerfahren und gleichsam unbeholfen, zu groß, so, genau so war doch die Schrift meines alten Schulkameraden gewesen – «desperat» nannte sie einmal ein Lehrer. Gewiß waren diese fünf Worte in festeren Zügen hingesetzt, doch der Schreiber war offenbar derselbe. Ein seltsames Unbehagen erfaßte mich jetzt, – eiskalt starrte dieses schöne Gesicht mich an. In diesen Augen konnte man sich verfangen, es war etwas Katzenhaftes darin. – – – Meine vorherige Lustigkeit war dahin, fremd und unklar war mir zumute. Gautsch stand noch da und wartete, er mußte wohl meine innere Erregung bemerkt haben, denn er beobachtete mich aufmerksam.

Wir schwiegen noch immer.

III.

Im Grunde kann kein Mensch über sein Temperament hinweg, es wird immer seine Lebensäußerungen bestimmen. Bei dem meinigen, einem ausgesprochen melancholischen, lagen Lust und Unlust ganz nahe bei einander. Seit jeher unterlag ich unvermittelt meist den stärksten Gefühlsschwankungen. Aus dieser eigentümlichen nervösen Anlage, einem Erbteil meiner Mutter, schöpfte ich die größte Lust, aber auch die bitterste Qual. Diesen Überschwang an Empfindungen erwähnte ich jetzt schon, das wird dem Leser mein Verhalten in manchen späteren Lebenslagen verständlicher erscheinen lassen.

Ich mußte zugeben, daß Gautsch mir jetzt als ganz vertrauenerweckender Mensch vorkam. Es stand für mich fest, daß er mit Patera in irgendwelchen Beziehungen stehen müsse, und augenscheinlich war an dem Traumreich etwas Wahres. Vielleicht habe ich alles falsch aufgefaßt, zu wörtlich genommen? Die Welt ist groß, und es ist auch mir schon viel Kurioses vorgekommen. – Patera ist jedenfalls sehr reich, wahrscheinlich handelt es sich hier um irgendeinen Spleen, eine kostspielig und großzügig betriebene Liebhaberei. Für mich als Künstler war so etwas immer sehr plausibel. In plötzlicher Aufwallung streckte ich Gautsch meine Hand entgegen:

«Verzeihen Sie mir bitte mein sonderbares Benehmen, aber mir wird jetzt vieles begreiflicher. Ihre Erzählung interessiert mich aufs lebhafteste. – Bitte, berichten Sie mir mehr von meinem alten Schulfreund.» Dabei schob ich ihm wieder seinen Stuhl zu.

Mein Gast setzte sich und sagte sehr höflich: «Gewiß, ich werde meine Angaben von vorhin vervollständigen und Ihnen mehr vom Traumstaate und seinem geheimnisvollen Herrn erzählen.»

«Ich bin gespannt!»

«Vor zwölf Jahren weilte mein jetziger Herr in dem weitläufigen Tien-schan oder Himmelsgebirge, welches zu dem chinesischen Zentralasien gehört. Er oblag dort hauptsächlich der Jagd auf die äußerst seltenen Tiere, die nur in jenen Gegenden noch vorkommen. Er wollte unter anderm einen persischen Tiger erlegen, und zwar sollte es ein Exemplar einer kleineren, ganz besonders langhaarigen Art sein. Nachdem sich wirklich Spuren gefunden, machte er sich eines Abends zur Verfolgung auf. Unter Mithilfe des begleitenden Burjäten gelang es bald, das Tier aufzustöbern. Ehe man aber imstande war, auch nur einen Schuß abzugeben, stürzte sich die gestörte Bestie auf die beiden Angreifer. Der Asiate wich rechtzeitig zurück, Patera wurde niedergeworfen. Da gelang es dem Begleiter noch glücklich, die Gefahr abzuwenden. Mit einem Kopfschuß aus nächster Nähe tötete er das Tier. Patera kam mit einer zerfleischten Hand davon. Die Wunde verursachte einen längeren Aufenthalt in dieser Gegend. Sie wollte nämlich erst heilen, als ein alter Mann, Häuptling eines merkwürdigen, blauäugigen Stammes, seine Kunst an ihr versuchte. Dieser kleine Volksstamm – er zählte nur etwa hundert Mitglieder – zeichnete sich auch durch eine bedeutend hellere Hautfarbe aus. Eingesprengt zwischen eine rein mongolische Bevölkerung – die Ausläufer der großen Kirgisenhorde – lebte er gänzlich abgeschlossen und vermischte sich auch nicht mit den Nachbarvölkern. – Seltsame, geheimnisvolle Gebräuche sollen schon damals bei ihnen geherrscht haben, – aber leider kann ich Ihnen darüber gar nichts mitteilen. – Jedenfalls steht es fest, daß Patera bei ihnen Einlaß fand und sich für sie interessierte; denn, als er unter Hinterlassung reicher Geschenke wieder fortreiste, geschah das mit dem Versprechen, bald, sehr bald wieder zu kommen. Die Häuptlinge begleiteten ihn eine große Strecke, und man sagt, der Abschied sei sehr feierlich gewesen. Unser Herr war tief ergriffen davon. Nach neun Monaten kehrte er für immer in die Gegend zurück. In seinem Gefolge befand sich ein hoher Mandarin, sowie ein ganzer Trupp Ingenieure und Geometer. Man schlug ein großes Lager in der Nähe der blauäugigen Freunde des Meisters auf. Diese äußerten die größte Freude, als sie ihn wiedersahen. Ein mir bekannter Ingenieur, welcher heute noch im Traumreiche lebt, schilderte mir einmal diese Begebenheiten. Man war sehr tätig, und das Resultat dieser Anstalten war das Abgrenzen und der Kauf eines großen Landkomplexes. Es waren einige tausend Quadratmeilen, worauf das Traumreich errichtet wurde. Das übrige ist rasch erzählt. Ein ganzes Heer Kuli arbeitete unter verständiger Leitung Tag und Nacht. Der Meister trieb fortwährend zur Eile. Zwei Monate nach seiner Ankunft kamen bereits die ersten Häuser aus Europa, alle von beträchtlichem Alter und verwohnt. Geistvoll in einzelne Stücke zerlegt, wurden sie sogleich zusammengesetzt und auf die bereits vorher errichteten Fundamente gestellt. Natürlich gab es oft Kopfschütteln beim Anblick dieser schmutzigen und verräucherten alten Wände. Das Gold floß aber in Strömen, und alles geschah dem Willen des Herrn gemäß. – Alles klappte. – Ein Jahr darauf muß *Perle*, die Residenzstadt des Reiches, schon fast so ausgesehen haben wie heute. Alle ehemals ansässigen Stämme zogen mit den Arbeitern ab, die Blauäugigen blieben.»

Gautsch machte eine Pause.

«Aber ich begreife noch immer nicht», warf ich da ein. «Nach welchem System kauft Patera die Häuser?»

«Ja, das weiß ich selbst nicht», fuhr er fort. «Es sind sämtlich ältere Objekte; manche sind sogar baufällig und für jeden anderen wertlos, andere wieder massiv und gut erhalten. Sie standen früher verstreut über ganz Europa. Diese Stein- und Holzgebäude, aus allen Himmelsgegenden zusammengesucht – der Meister bezeichnete jedes einzelne –, müssen für ihn wohl einen ganz besonderen Wert haben, sonst hätte er in diese Gründung schwerlich viele Millionen stecken können.»

«Um des Himmels willen, wieviel besitzt denn dieser Mensch?» rief ich erschrocken.

«Ja, wer *das* wüßte?» klang da die schwermütige Antwort. «Ich stehe zehn Jahre in seinem Dienst und zahlte sicher annähernd 200 Millionen für Kaufsummen, Entschädigungen, Transportspesen und sonstige Dinge aus. Agenten wie ich leben aber in allen Teilen der Welt. Man kann sich keine, auch nur halbwegs richtige Vorstellung von dem Reichtum Pateras machen.» Ich stöhnte.

«Mein Herr, ich glaube Ihnen, aber verstehe nichts. Das klingt alles so rätselhaft! Nun erzählen Sie, erzählen Sie! Wie lebt man dort?»

«Ich werde versuchen, Ihnen manches zu erklären, – alles zu sagen wäre unmöglich, dazu mangelt die Zeit. Außerdem lebe ich ja nicht ständig im Staate, sondern nur gelegentlich. Bitte über was wollen Sie orientiert werden?»

Ich interessierte mich natürlich für ästhetische Fragen. Gautsch erzählte mir nun das, was er über die Beziehungen zur Kunst im Traumreiche wußte.

«Besondere Museen, Bildergalerien etc. haben wir nicht. Wertvolle Kunstwerke werden nicht aufgestapelt, aber im einzelnen werden Sie gar manches außergewöhnliche Stück erblicken. Es ist alles verteilt, sozusagen im Gebrauch. Ich erinnere mich übrigens keines Falles, daß ein Gemälde, eine Bronze, oder sonst ein Kunstgegenstand neueren Ursprungs angekauft worden wäre. Die sechziger Jahre des vorigen Jahrhunderts bildeten die äußerste Grenze. Bemerken will ich Ihnen beiläufig, daß ich selbst vor einigen Jahren eine Kiste guter Holländer – darunter auch zwei Rembrandts – hinuntersandte. Sie müssen also noch dort sein. Patera ist mehr Altertumssammler im allgemeinen als Kunstsammler, das allerdings im größten Stile. Wie Sie wissen, erwirbt er ja sogar ausgedehnte Baulichkeiten. Aber noch weit mehr! – Mit einem mir unbegreiflichen Gedächtnis ausgestattet, erinnert er sich fast aller Gegenstände in seinem Reich. In seinem Auftrage werden sie von uns Agenten zusammengekauft. Wir erhalten oft Verzeichnisse der gewünschten Sachen mit genauesten Angaben aller äußeren Details, außerdem wo und bei wem diese Dinge sich befinden. Die oft mit den höchsten Preisen bezahlten Waren wandern dann sorgfältig verpackt nach Perle. Das gibt viel Arbeit!» meinte er. «Es ist mir selbst oft unerfindlich, woher unser Herr seine exorbitanten Kenntnisse in diesen Dingen nimmt. Trotzdem ich viele Jahre schon in seinem Dienste stehe und an alles mögliche gewöhnt sein könnte, staune ich immer wieder. Wertvolles und offenbar alter Schund werden da mit derselben Hartnäckigkeit verlangt. Wie manches Mal mußte ich in Bürgerfamilien oder bei in der Einsamkeit hausenden Gebirgsbewohnern nach irgendeinem alten Schmarrn Keller und Speicher durchwühlen. Die Leute wußten oft selbst gar nicht, daß sie diese Dinge, einen zerbrochenen Stuhl, ein altes Feuerzeug, ein Pfeifengestell, eine Eieruhr oder irgend so etwas überhaupt besaßen. Manches Mal, wenn der Gegenstand gar zu unscheinbar war, schenkte man ihn mir lachend. Öfters hatte ich aber einen schweren Stand, indem die Leute behaupteten, sie hätten das Gesuchte nicht. Hinterher fand sich's dann. Schlaue

Bauern machten dabei meist ihren Schnitt. Ja, ich habe viel zu tun. Erst vorige Woche wurde von mir ein Posten alter Klaviere versandt. Es waren sehr hergenommene darunter.»

«Ach, ich liebe ja den alten Kram so –» warf ich hier ein.

«Jawohl, Sie würden sich sicher sehr wohl und ruhig dabei fühlen. – Es ist alles da, was man braucht, gutes Essen, nicht zu vergleichen mit dem schändlichen Zeug, das dem Reisenden sonst im Orient vorgesetzt wird; man wohnt behaglich, und anregende Gesellschaft finden Sie überall. Sogar ein hübsches Kaffeehaus steht Ihnen zur Verfügung. Was wollen Sie mehr?»

«Sie haben recht», rief ich warm, «es geht nichts über ein geordnetes einfaches Leben. Aber die Leute, das Volk? Wen trifft man drüben?» Der Agent räusperte sich, seine Augengläser blinkten und er fuhr fort:

«Es ist wahr, ich habe mit Ihnen noch nicht von den Menschen gesprochen. Nun, gerade wie überall, es gibt reizende Personen unter ihnen!»

«Zum Beispiel?»

«Also da wäre erstens ein gebildeter, solider Bürgerstand, dann die zahlreiche Beamtenschaft. – Auch das Militär ist nett und kommt in Betracht – – – Offiziere sieht man häufig. – – Ferner, nicht zu vergessen, eine große Anzahl origineller Privatgelehrter, und endlich die ganze Reihe nicht bestimmt definierbarer Existenzen – Artisten, freie Künstler usw., wie überall . . . . .»

«Und vor allen Dingen mein Freund, der Herr selbst?» unterbrach ich.

«Den werden Sie wohl nicht so oft treffen. Patera ist zu viel beschäftigt, überladen mit Arbeit. Bedenken Sie, die Verantwortung! – Es sind natürlich alles Menschen, welche in das Ganze hineinpassen», sprach er rasch weiter. «*Sie* wurden, soviel ich weiß, erwählt, weil gewisse Ihrer Zeichnungen einigen Eindruck auf den Meister gemacht haben.

Sie sehen, Sie sind dort nicht ganz unbekannt..... Um die Art, den Stil der Lebensführung möglichst rein zu bewahren, ist der erwähnte strenge Abschluß von der Außenwelt nötig. Des Meisters feine Politik gipfelt in der Durchführung. Es gelang tatsächlich bisher, das Nichthineingehörige von dem Lande fernzuhalten.»

Begeistert pflichtete ich diesen Ideen bei, innerlich bereits entschlossen, der Einladung zu folgen. Erwartete ich doch schon eine reiche künstlerische Ausbeute des Abenteuers.

Ein so schwächliches, zweifelhaftes Ding ist des Menschen Herz! Hätte ich damals, als der Gedanke dieser Zusage in mir keimte, auch nur ein wenig geahnt, welche Schicksale mir daraus erwachsen würden, so wäre ich der Aufforderung nicht gefolgt und wäre wahrscheinlich heute ein anderer Mensch.

IV.

An dieser Stelle muß ich einflechten, daß ich in jenem Jahre der Erfüllung eines heißen Lebenswunsches sehr nahe stand. Es war eine Reise nach Ägypten und Indien, welche bislang aus materiellen Gründen unterblieben war. Meine Frau hatte nun gerade eine kleine Erbschaft gemacht, das Geld sollte zu dieser Reise verwendet werden. – Doch es kam, wie immer im Leben, anders, als wir es uns dachten. – Als ich Gautsch diese Pläne erzählte, sprach er sogleich meinen Gedanken aus:

«Sie vertauschen einfach das Reiseprojekt. Anstatt nach Indien fahren Sie in das Traumreich.»

«Aber meine Frau? Ohne sie mag ich nicht reisen!»

«Es ist meine Instruktion, auch sie mit einzuladen. Wenn ich das vorhin nicht erwähnt habe, so hole ich es nach.»

Jetzt gab es nur noch einige Bedenken: Der etwas kränklichen Konstitution meiner Frau konnten wirklich ernstliche Reisestrapazen nicht zugemutet werden.

«Aber ich bitte Sie», beruhigte mich momentan der Agent, «der allgemeine Gesundheitszustand bei uns ist ein ausgezeichneter...... Perle liegt auf dem gleichen Breitegrad wie München, aber das Klima ist derartig mild, daß sich selbst die nervösesten Menschen in kurzer Zeit außerordentlich wohl fühlen. Gehörte doch ein großer Teil der Traumleute früher zu den ständigen Gästen der Sanatorien und Heilanstalten.»

«Das ist etwas anderes, dann schlage ich ein», und freudig schüttelte ich Gautsch die Hand.

«Und was die Reisekosten betrifft» – er warf einen raschen Blick durch das Zimmer und bemerkte zuvorkommend –: «ein kleiner Zuschuß wäre Ihnen vielleicht nicht unangenehm?»

Scherzhaft lachend sagte ich:

«Nun, wenn Sie mir tausend Mark dazu geben wollen, warum nicht?»

Da zuckte der Agent nur die Achseln, zog sein Scheckbuch heraus, schrieb hastig ein paar Worte und überreichte mir das Blatt:

Es war ein Scheck der Reichsbank über 100000 Mark.

V.

Hört man von einer Sache erzählen, welche wunderbar ist und vom Alltäglichen weit abliegt, so bleibt immer ein ungelöster Zweifel in uns. Und das ist recht gut. Wäre man doch sonst ein Belustigungsobjekt für jeden guten Erzähler oder den nächstbesten Betrüger. So aber wirkt eine Tatsache weit stärker als eine Mitteilung. Das war hier der Fall. Gautsch hatte ja gewissermaßen schon mein Vertrauen.

Aber als ich diese große Summe – für mich ein schönes Vermögen – sah und in der Hand hielt, war mir doch seltsam zumute. Ein Zittern durchlief mich, und mit Tränen in den Augen sagte ich:

«Verehrter Herr, entschuldigen Sie, aber es kommt mir schwer an, die richtigen Worte für meinen Dank zu finden. Nicht für dieses viele Geld da! – Ach, nein! – Aber sehen Sie, wenn man das Märchen sein ganzes Leben lang erstrebt und es kommt dann plötzlich zu einem, so ist dieser Augenblick groß und schön. Das habe ich heute durch Ihre Güte erlebt, haben Sie Dank dafür!»

So oder ähnlich drückte ich mich damals in hoher Erregung aus. Gautsch – wie mir schien ebenfalls sehr ernst geworden – entgegnete zartfühlend:

«Mein Herr, ich tue nur meine Pflicht. Wenn ich Ihnen damit Freude mache, dann ist es mir sehr angenehm. Dank schulden Sie mir darum nicht, es ist ein Höherer, für den ich handle. Ich kann Ihnen nur noch raten, über die Dinge, welche Sie heute erfahren haben, *zu schweigen. Sprechen Sie mit niemand darüber*, Ihre Frau selbstverständlich ausgenommen. Ich kann allerdings nicht wissen, was die Folge einer Verletzung der bei uns eingeführten Regel sein würde. Aber Pateras Macht ist groß, und er will, daß das Traumreich ein Geheimnis bleibe.»

«Da war es aber vielleicht recht unvorsichtig von Ihnen, mir so viel von der Sache zu erzählen? Sie konnten doch unmöglich wissen, wie ich mich dazu stellen würde», bemerkte ich überschlau.

«Ganz so war es doch nicht, mein Herr, *ich wußte, daß Sie kommen würden!*»

Damit drückte er mir die Hand und wandte sich zur Tür:

«Es ist schon spät geworden. Ich komme morgen wieder um diese Zeit, um Ihnen alle Angaben bezüglich der Reise zu machen. Also reden Sie mit Ihrer Gattin und empfehlen Sie mich ihr. Gute Nacht!»

Er war gegangen.

Die zehn Minuten, bis meine Frau von ihren Besorgungen heimkam, erschienen mir endlos. – Ich mußte mich aussprechen – über das Unerhörte reden können – brauchte einen Menschen –

.... Jetzt war sie da.......

Der Spaß einer Überraschung fiel natürlich ins Wasser, denn meine Frau las mir die Aufregung vom Gesicht. Bei meinen erstaunlichen Mitteilungen horchte sie wohl auf, konnte sich aber doch nicht der spöttischen Frage enthalten: «Bist du bei Trost?»

«Sehr wohl, meine Liebe. Auch ich hielt Gautsch, ehe ich mich von seiner Anständigkeit und Noblesse überzeugte, für einen Schwindler oder Verrückten.»

Sieghaft spielte ich nun meinen Trumpf aus, den Scheck. Auch in diesem Falle wirkte das gründlicher als die Erzählung. Indem sie mir riet, mich gleich morgen zu erkundigen, ob er auch echt sei, überdachten wir die Reise und alles Drum und Dran.

«Aber richtig, das Bild, zeige es mir doch!»

Es war ein überraschender Eindruck....... Nachdem sie es lange angesehen, lehnte sie sich zurück und flüsterte in ergebenem Ton: «Glaubst du wirklich dorthin zu müssen? Dieser Mensch gefällt mir nicht. Ich weiß nicht, was es ist, aber er sieht furchtbar aus!»

Sie war nahe am Weinen.

«Aber Kind, was für Geschichten!» Ich umarmte sie lachend. «Das ist mein alter Freund Patera, ein lieber, netter Mensch! Wenn er sein Geld auf eine künstlerische Art verbraucht, so schätze ich ihn darum nur desto höher.»

«Willst du nicht doch lieber vorher noch anderweitige Erkundigungen einziehen?»

«Ich weiß nicht, was du willst, für meinen Freund bürge ich. Daß der Scheck Wert hat, wird sich morgen erweisen, und das Traumreich scheint mir eine grandiose Idee zu sein. – Wir wollten ja doch nach Indien gehen! Aber du willst nie meine Freude ganz!»

Die letzten Worte klangen schon fast vorwurfsvoll. Ich suchte sie zu beruhigen, und sie gab mir schließlich auch recht, nannte ihre Aufwallung selbst übertrieben.

«Du sollst es sicher schön haben dort. Dann denke doch nur an die prachtvollen Anregungen, die ich bekommen werde.... Und das Geld, das ist großartig, wie?»

Sie war nun wieder heiter, getröstet, und beschäftigte sich gleich mit den praktischen Fragen der Übersiedelung. Ich hingegen fühlte mich schon ganz als Traummensch und fabulierte darauf los. ... Immer wieder sah ich das Bild und den Scheck an und verliebte mich in beide ein wenig. ...

....Der Morgen graute, als wir endlich einschliefen. ...

– – – – –

VI.

Eine Stunde vor Eröffnung der Kassen war ich auf der Bank. Für mein Papier erhielt ich ein dickes Paket dreimal durchgezählter Scheine. Und als ich meinen Schatz in Händen hielt, konnte ich nicht schnell genug eine Droschke besteigen, um ihn in Sicherheit zu bringen.

Zu Hause erwartete mich ein Brief von Gautsch: er könne nicht mehr kommen, es tue ihm sehr leid, aber neue Befehle hinderten ihn daran. Er riet uns dringend, wegen der in Aussicht stehenden Winterstürme auf den beiden zu durchschiffenden Meeren, möglichst bald abzufahren. Der Brief schloß mit einem Glückwunsch für die Zukunft. Beigelegt war die Route: München–Constanza–Batum-Baku–Krasnowodsk–Samarkand. Dort würden wir an der Bahn erwartet, wir seien signalisiert, ich hätte nur das Bild Pateras als Legitimation zu benützen.

Die Auflösung unseres Haushaltes war ohnehin beschlossene Sache. Alle Vorbereitungen für die große Reise erledigten sich unter der wackern Mitwirkung meiner Frau glatt und einfach. Meine gehobene Stimmung dauerte bis zum Schluß. Am letzten Tag, den wir in unserer alten Wohnung zubrachten, überschlich mich doch ein Wehmutsgefühl. Ich weiß nicht, ob es andern auch so geht, mich schmerzt der Abschied von mir lieb gewordenen Räumen. Hier wich wieder ein Stück Leben von mir, das fortan nur eine Erinnerung sein würde. Ich trat ans Fenster, draußen war es dunkel, alles herbstlich kahl. Gedämpft drang der Lärm der großen Stadt an mein Ohr. Es wurde mir wirklich weh ums Herz und ich starrte in den nächtlichen Himmel. Er war übersät mit winzigen Sternen.

– Da legte sich ein freundlicher Arm um meinen Hals –.

Der nächste Tag, ein Freitag – mit dem Abendzug wollten wir fahren – wurde größtenteils in einem Hotel am Bahnhofe verbracht. Zwei Billette der Orientlinie nach Constanza hatte ich schon bei mir. Von Bekannten, denen ich zufällig begegnete, verabschiedete ich mich, wobei ich fallenließ, daß wir nach Indien gingen. Um neun Uhr abends saßen wir im Zuge.

Zweites Kapitel

Die Reise

I.

Ich werde mich jetzt etwas beeilen; Reiseschilderungen finden meine Leser überall und zwar weit schönere, als ich sie zu schreiben imstande wäre.

Daß eine Bahnfahrt meist ein Gedränge ist, weiß jeder Mensch. Ab Budapest machte sich bereits ein leichter asiatischer Einschlag bemerkbar. Wodurch? Im Interesse dieses Buches will ich Ungarn nicht beleidigen.

Gott sei Dank war ich wenigstens in Belgrad schon so weit, nicht alle zehn Minuten an die Brust zu greifen, ob mein Schatz noch da sei. Es braucht doch nicht jeder zu wissen, wo man sein Geld aufbewahrt hat, auch in Serbien nicht.

Ich bin gewöhnlich im Kupee leicht gereizt. Diesesmal war es bedeutend besser. Wir fuhren aber auch mit allem erdenklichen Komfort. Ich gab mich heiteren Träumereien hin und freute mich, daß ich noch alle Genüsse vor mir hatte. Wenn nur meine Frau fröhlicher gewesen wäre. Leider lag sie da, war nachdenklich und klagte über Kopfschmerzen.

Als Bukarest hinter uns lag, hatte ich aber auch genug. Zwei Nächte in der Eisenbahn, wenn auch noch so bequem, sind schließlich doch keine Kleinigkeit. Die letzten Stunden verbrachten wir fast wie die wilden Tiere in einem Käfig.

Als dann am frühen Morgen das Schwarze Meer in Sicht

kam, standen wir schon längst aussteigebereit im Gang. Mit den ersten Sonnenstrahlen kamen wir in Constanza an. – Große Gepäcksbalgerei –.

Der Dampfer, der uns nach Batum bringen sollte, gehörte dem österreichischen Lloyd. Er war sauber und bequem. Dies war für meine Frau besonders günstig. Nach einem Bade hatte sie sich von der Bahnfahrt recht gut erholt. Sie war glücklich über den schönen Tag und das Meer. Ich stand am Hinterdeck und blickte dem entschwindenden Festland nach. .... Europa ......! Bald war die Küste nur noch als ein schmaler Streifen sichtbar. Auch dieser verschwand. Angestrengt schaute ich nach der Richtung, ich bildete mir noch lange ein, ihn zu sehen.

Auf Wunsch meiner Frau verhielt ich mich den Mitreisenden gegenüber sehr reserviert. Und ich mußte ihr recht geben. Ist man, wie ich auf dieser Reise, ganz durchdrungen von einer Idee, wie leicht kann man da sein Ziel verraten! Und was dann geschehen würde, konnte womöglich recht unangenehm werden.

Als mir Gautsch das Gelöbnis des Schweigens abnahm, sah er durchaus nicht spaßhaft aus. Am Ende durfte der Verräter gar nicht ins Traumreich und mußte das Reisegeld zurückzahlen. Dafür würde ich mich schönstens bedanken! – Ich war also sehr wortkarg, was mir ziemlich leicht fiel. Es war nämlich kein Deutscher an Bord, und ich bin keiner anderen Sprache mächtig. So dachte ich um so mehr an das Traumreich und bildete mir die phantastischsten Dinge darüber ein.

Diese Stimmung dominierte recht eigentlich. Nur beim Umsteigen in die Eisenbahn wurde ich zu meinem Widerwillen herausgerissen. Meine Frau hingegen war wieder sehr erfreut über die Geräumigkeit der russischen Eisenbahnwagen. Ja, Rußland! Das war so ein Land nach meinem Geschmack: groß, üppig, unkultiviert, aber doch mit dem

Komfort herausrückend, sobald nur Geld klimpert. Geldmenschen wie wir kommen heutzutage überall durch. Ich ließ den Zaren leben und freute mich der paar Tropfen Slavenblutes, die auch in mir kreisen. Diese ganze günstige Ansicht vom russischen Reiche war hauptsächlich durch die zufällig rasche Paß- und Zollabfertigung beeinflußt.

Eine Woche nach unsrer Abfahrt von München waren wir in Krasnowodsk. Die kaspische See hatten wir schon hinter uns. Sie wurde auf einem russischen Schiff in einigen Stunden durchquert. Einem derart schmierigen Kasten bin ich noch nie begegnet. Meine Meinung über den Zaren war sehr scharf. Doch eines mußte ich ihm zugeben: Der Kaukasus, das heißt das, was man von ihm sehen konnte, war allerdings schön.

Ich war des Reisens nun doch etwas müde. Es war hart, immer in einem Pferch zu hocken, wenn man auch ohne Anstrengung die halbe Welt dabei sah. Zum Teufel, ich will mich rühren dürfen!

Was von jetzt ab mit immer konfiszierteren Gesichtern an unsern Zug trat, schien nur mehr Gesindel. Wir fuhren durch ein Wüstenland, direkt auf Merw los. Oasen links und rechts. Neuartige Speisen boten Gelegenheit, sich den Magen zu verderben. Aber das war kaum nötig, denn mein übertriebenes Rauchen bewirkte dasselbe. Schade, daß ich die verpafften Zigaretten von München bis Merw nicht gezählt habe. Nun zog das Gespenst der Tabakfrage heran. – Ja, mein Tabak! – Ihn zwischen Bücherseiten zu verstauen, war eine gute Idee, doch praktisch wertlos. In die Enge getrieben, ersuchte ich meine Gefährin, mir ihre Frisur zwecks Schmuggels zu überlassen. Ich dachte an eine Art himmelhohen Chignons, wurde aber abgewiesen. – Zum Schluß, wie meistens, kam dann das Beste. Ein Reiseluftkissen wurde mit zäher Ausdauer vollgestopft. Das hatte es gut! Es wurde umschmeichelt, nicht aus den Augen gelassen! Ich *mußte* meinen Tabak haben, denn Russen sind mir zu scharf, ich bin darin individuell. Daß ich mir mit ein paar Rubel die ganze Mühe hätte ersparen können, fiel mir, – da ich gewohnt war, als armer Schlucker zu reisen, – natürlich nicht ein. Aber bald würde das Luftkissen erschöpft sein, was dann? Dumpf bebrütete ich Rettungsmöglichkeiten. Hoffen wir auf das Traumland, Gautsch sah zu anständig aus! Und wieder wickelte ich mich förmlich in Zukunftsgedanken ein.

Meine Frau fühlte sich übrigens wohl. Je länger die Reise dauerte, desto frischer wurde sie. Sie gewöhne sich, behauptete sie. Das verstand ich nicht. Aber im geheimen hegte ich mit etwas Neid tingierte Bewunderung. In Merw hatten wir kurzen Aufenthalt. Auf einem Seitengeleise stand ein Lastenzug, in welchen einige Waggons mit altem Eisen und Gerümpel eingeteilt waren. Vielleicht schon Güter für Perle? dachte ich, und starrte sie an. – Traumgüter! –

Meine Frau fing an, sich um mich zu sorgen. Das Schwelgen im Künftigen gefiel ihr nicht.

«Du bringst dich um die ganze Freude der Reise. All das Fremdartige, die phantastischen Trachten, kurz alles, scheint gar nicht für dich da zu sein. Sonst, selbst bei kleinen Ausflügen hattest du immer dein Skizzenbuch bei der Hand, und jetzt siehst du kaum hinaus!»

Sie seufzte und gewiß, sie hatte recht. – Aber ich sagte nichts. – Seufzende Frauen, die mag ich schon gar nicht. Dann streichelte sie mir die Hand.

«Mag die Zukunft uns noch so Großartiges bescheren, die Realität soll man doch nicht so ganz außer acht lassen.»

Jetzt trat ich ans Kupeefenster. – In der Bahnhofhalle herrschte ein buntes Treiben. Alle möglichen Völker, hochgewachsene Georgier, Griechen, Juden, Russen in Pelzen, Tataren, schlitzäugige Kalmücken, auch Deutsche waren da. Tausend interessante Dinge gab es zu sehen. Um Felle wurde gefeilscht, gesprochen und geschrien, Türken erschienen mit verschleierten Frauen, ein Armenier wollte mir Obst verkaufen, auch ein Paket Safran sollte ich ihm abnehmen. Wozu? – – –

Die Aufregung wuchs. Es war Abfahrtszeit. Rückwärts wurden große Ballen Seidenstoffe verladen. Jedesmal beim Heben gab es ein komisches Wort. Ich verstand immer «Quark!». Ein schöner Mann in einer roten Tscherkessenuniform – wohl ein Offizier – verabschiedete sich von seinen Freunden. Er stieg ins Nebenkupee. Alles das und noch mehr war durch die Bahnhofslampen aus der Dunkelheit herausgehoben. Entschieden ein malerisches Bild.

Unser Zug setzte sich in Bewegung. Im Hintergrund der Halle bemerkte ich gerade noch einen Haufen Fässer. Die kannte ich seit Baku – sie hatten das Schiff verstänkert.

«Gefällt es dir, Lieber?» frug eine Stimme.

«Ich konstatiere die Richtigkeit der Reisebeschreibungen», antwortete ich trocken.

II.

In dieser Nacht ging es mir nicht recht gut. Damals war ich ein Mensch, der das Abenteuer vergötterte. Aber es mußte ein richtiges sein, etwas Außergewöhnliches, kein Klischee.

Die nahezu ununterbrochene zehntägige Fahrt hatte meinen Kräften natürlich tüchtig zugesetzt. Ach, meine Stimmung war miserabel! Ich wälzte mich auf dem Bettprovisorium und jammerte. «Der Traumstaat ist ein Aufsitzer, du wirst sehen», sprach ich zu meiner Frau. «Man wird uns in irgendein beschwerlich zu erreichendes Nest schleppen, dort müssen wir Patera und seinen Mist bewundern, bloß weil er reich ist! Mir ist ein reicher Mensch aber, bloß weil er reich ist, wurst. Mit dem Gelde wird es auch bald vorbei sein, das ahne ich schon. Bei unverschämten Preisen wird man uns alles wieder abknöpfen.»

Ich war unmutig, voll tiefer Hoffnungslosigkeit und Enttäuschung. Wir fuhren da immer weiter nach Osten, und alles war trotz dem orientalischen Gepräge so wie man es sich auch daheim ganz gut denken konnte. «Und was soll dann noch kommen?» reflektierte ich weiter. «Ein paar Villen und Häuser, eine Fremdenkolonie, ein Park. Um diese Himmelsprächte lasse ich mich also jetzt von der Eisenbahn halbtot rütteln?»

Meine Frau suchte mich soviel sie vermochte zu trösten. «Wenn es uns nicht gefällt, reisen wir eben wieder heim», meinte sie. «Bis jetzt ist doch wirklich kein Grund zu so schlechter Laune.»

«Der Agent war ein abgefeimtes Subjekt; diesem Kerl hätte man die Türe weisen sollen. Warum hast du mich nicht gewarnt?» räsonierte ich.

«Und das Geld?» frug sie lachend!

«Bitte, erwähne das Geld nicht mehr. Ist man so reich wie Patera, reißt man sich eben eine Million vom Herzen, wenn man schon anständige Menschen bei sich sehen will.»

Gähnend drehte ich meiner Frau den Rücken zu. Frauen verstehen einen nie. Und schon halb im Schlafe hörte ich, wie meine Gefährtin noch bemerkte:

«Überschätzest du unsere Gesellschaft nicht doch etwas?» Weise verzichtete ich auf Entgegnung.

Das Poltern unseres aussteigenden Nachbarn zeigte mir an, daß wir in Bochara hielten. Die Frühdämmerung eines klaren Tages. Turbane und Lammfellmützen waren vom Polster aus sichtbar. Von jetzt ab ging es, wie mir schien, bedeutend rascher. Wagen waren wohl abgekoppelt oder eine neue Maschine vorgespannt. Nachmittags noch sollten wir in Samarkand eintreffen.

Munter erhob ich mich. – Draußen war es prachtvoll; aus

der Wüste – die ich ja nun genügend kennengelernt hatte – war reiche grüne Weide geworden. Wenngleich November, war es kaum kühl. Kamel- und Pferdeherden mit drolligen Jungen belebten die Gegend. Der Gedanke, der Wiege der Menschheit nahe zu sein, ließ mich nicht los. Man sah faktisch Typen von vielleicht fünfzig Völkerschaften, wenngleich in mehr oder minder wertvollen Exemplaren. Hier liefen die alten großen Handelsstraßen der Welt durch. Schon Alexander der Große....... fertig, ich will keine Reisebeschreibung. – – – –

Die Erwartung trieb mir das Blut in die Wangen, neugierig beugte ich mich bald auf der einen, bald auf der andern Seite zum Wagenfenster hinaus. Und da – da sah man wirklich in der Ferne etwas auftauchen. Eine langgestreckte Häusermasse, Minarets, Kirchen – – Samarkand! Samarkand – –! Buntglitzernd spiegelte sich die Sonne in den blau- und grünglasierten Ziegeln, und beim Näherkommen nahm die Farbigkeit immer noch zu. Ein uneingestandener Glücksrausch bemächtigte sich meiner nun doch, wenngleich durchzogen von Fragen: Wo werden die Enttäuschungen liegen? – Es war ja doch etwas ganz Unbekanntes, was uns erwartete.

Beim Einfahren des Zuges in Samarkand wurde ich nüchterner. Als wir dem Waggon entstiegen waren und uns umsahen, trat ein Mann hinzu. Kreuzung zwischen Armenier und Ostpreuße taxierte ich.

«Die Herrschaften wurden durch Herrn Gautsch avisiert!» – Verbeugung – fließendes Deutsch.

«Wohin sollen wir gehen?» frug ich, mittelmäßig warm.

Mit neuer Verbeugung, auch gegen meine Reisegefährtin, stellte er sich vor:

«Kuno Eberhard Teretatian, Agent. – Haben Sie mir etwas zu zeigen?»

Meinem Rasseinstinkt zollte ich im geheimen ein Lorbeerblatt, dem Mischling reichte ich das Etui mit dem Bild; seit einer halben Stunde hielt ich es schon umklammert.

«Danke, das genügt. Die Herrschaften haben drei Stunden Zeit. Es ist jetzt zwei, um fünf Uhr setzt sich die Kolonne in Bewegung. Ich mache Ihnen den Vorschlag, in meinen Räumen auszuruhen und sich zu stärken.»

Ein paar Träger, stark wie Bären, hatten inzwischen auf einen Wink das Gepäck auf einen Karren geladen und sich damit entfernt. Wir schritten also neben Herrn Teretatian her. Ein Fuhrwerk, welches uns aufgedrängt werden sollte, schlugen wir aus.

«Jetzt lieber zu Fuß! Wie weit ist's in Ihre Wohnung?»

«Eine gute halbe Stunde, Herr.»

«Also vorwärts, in Gottes Namen!» –

III.

Wie orientalische Städte aussehen, setze ich als bekannt voraus. Es ist genau so wie bei uns, nur orientalisch. Kreuz und quer wanderten wir durch Straßen und über Plätze, uns dabei fortwährend durch Tausendundeinenacht-Szenen schiebend. Nach Verlauf einer halben Stunde wurde es stiller, wir schienen an den Rand der Stadt zu gelangen. Vor einem Hause blieb unser Führer stehen und sagte:

«Da sind wir!»

Wir sollten in ein ebenerdiges Zimmer eintreten. Das Gepäck war schon da, ich sah es im Hofe. Ein vorzüglicher Imbiß in dem freundlichen Gemach auf teppichbedecktem Boden nahm mich etwas mehr für unsern Wirt ein. Dieser zweite Agent Pateras war noch weit höflicher als der erste, beinahe unterwürfig.

«Na, was gibt's Neues im Traumstaat, Herr Teretatian», rief ich gut gelaunt zwischen Feigen und Weintrauben.

«Nichts Neues, nicht viel Neues! Höchstens das Theater. Davon hat der Herr wohl schon gehört?»

«Aber keine Ahnung hab ich!» rief ich da, erpicht auf alles, was mit dem Traumreich zusammenhing.

«Ein neuer Einfall des Meisters! – Das Gebäude steht schon seit einem Monat. Einige Wagen voller Kulissen, Hintergründe, alter Perücken, verursachten mir erst vorige Woche viel Kopfzerbrechen beim Durchexpedieren. – Das werden Sie hier lassen müssen, gnädige Frau», sprach er weiter und deutete auf eine blinkende Kochmaschine, welche meine Gattin gerade von draußen hereinbrachte. Sie überhörte diese Worte, denn sie blickte verzückt einem kleinen Kinde nach, das im Hofe spielte.

«Was sagen Sie da?» rief ich, und stieß meine Frau an.

«Ja, leider läßt sich das nicht ändern!» antwortete er mir bedauernd. – «Erst kürzlich – eine Opernsängerin – sie wurde ganz rabiat, als ich ihre Garderobe ausmusterte. Folgen Sie lieber meinem Rat, Sie ersparen sich viel Scherereien.»

Sprachlos, mit aufgerissenen Augen, hörte ich diesem Menschen zu.

«Aber ich brauche doch meine Sachen», rief ich ärgerlich.

«Der Herr weiß, daß seine Sorge grundlos ist, Sie sollen um nichts gebracht werden, nichts vermissen. Der Herr kann sich beruhigen.»

«Wir können die Sachen vielleicht hier deponieren?» wandte sich jetzt meine Frau an mich. «Ein paar Tage kommen wir auch mit dem Notwendigsten aus. Dann läßt uns dein Freund die Koffer nachkommen.»

Der Agent nützte diese Bundesgenossenschaft und versuchte, mich zu bereden: «Auch die Opernsängerin ist jetzt zufrieden. Der Herr reist ja in keine Wildnis, und nach zwei Tagen findet er in Perle alles, was er braucht.»

«Wie höre ich? Ich verstehe zwei Tage? Nach der Karte

rechnete ich mindestens auf eine Woche!» – Ich war überaus erstaunt.

«Dann ist sich der Herr nicht ganz klar über den Weg», sagt diskret lächelnd unser Halbarmenier. «Mehr als höchstens drei Tage würden selbst bei öfterem Rasten nicht daraus.»

«Was darf denn eigentlich mitgenommen werden?» ließ sich jetzt meine Frau vernehmen.

«Unser Agent für Bayern dürfte das wohl schon erwähnt haben, Madame. Es ist die Regel, daß nur gebrauchte Sachen das Tor passieren.»

«Plunder habe ich nicht mitgebracht!» Mir schwand die Geduld. –

«Ich sagte ‹gebraucht› – nicht ‹ruiniert›.»

«Laß ihn doch! Der Herr wird so liebenswürdig sein, unser Gepäck ein wenig zu sichten.»

Wir gingen hinaus und unterwarfen unsere Koffer einer Inspektion. Das Tabakluftkissen nahm ich zur Sicherheit sofort an mich. Stück für Stück wurde geöffnet, eine merkwürdige Musterung.

Ein photographischer Apparat samt Zubehör wurde sogleich fortgestellt, dann folgte ein Binocle, ein ausgezeichnetes Glas; beim Rasierapparat sagte der Kerl: «Um Gottes willen!» Das Necessaire meiner Frau wurde genau durchstöbert. Bei unsern Kleidern schien er zu zweifeln. Als mein schöner Reiseüberzieher nach letzter Mode daran kam – ein Stück, worauf ich stolz war – meinte er: «Den wird sich der Herr gewiß ändern lassen! Man will doch nicht auffallen!» Als aber die Wäsche meiner Gefährtin an der Reihe war und der Dummkopf auch da nachsehen wollte, fuhr ich dazwischen:

«Das bleibt, da wird nichts fortgenommen!» Auch die Bücher wurden scharf revidiert, doch ließ man mir meine hübschen alten Sachen.

«Den Herrschaften soll nichts abgehen!..... nichts abgehen!» wiederholte in einem fort geschäftsmäßig Herr Teretatian. Dabei entging nicht die geringste Kleinigkeit seinen Blicken.

«Jetzt ist alles in Ordnung.» Er verbeugte sich tief. – Mittlerweile war es aber auch vier Uhr geworden.

In der letzten Stunde kaufte ich mir in Samarkand noch verschiedene Dinge für die sozusagen konfiszierten. Ich erwarb einen prächtigen alten Samovar, nicht so praktisch, aber schöner als unsere Maschine. Als ich zurückkam, standen zwei geräumige Karren mit riesigen Rädern bereit. Vor jedem war ein Kamel gespannt. Ich blickte zweifelnd auf dies traurige Gefährt.

«Die Herrschaften werden gut fahren, wir haben Decken hineingebreitet. Der Führer ist ein verlässiger Mensch und hat die Weisung, Ihren Wünschen nachzukommen.»

Beim Einsteigen ein paar reichgefüllte Proviantkörbe erblickend, war ich wieder ganz sanft. Ich dankte und schüttelte unserem Wirt die Hand. – An der Spitze des Zuges ritt auf einem mähnigen Pferde der Führer, ein kleiner Kirgise. Bei jedem Karren ein Mann, zum Schluß zwei Diener mit gelben Mützen und dunklen Kaftanen. – So fuhren wir dahin.

– Ich hatte jetzt mein Abenteuer.

IV.

Als die Stadt schon längst entschwunden war, sah man noch immer das Grabmal des großen Timor emporragen. Es hob sich violett von einem lebhaft gefärbten Sonnenuntergangshimmel.

Meine Reisegefährtin neben mir glich einem Paket, aus welchem an einer Seite ein Kopf herausschaute. Sie kämpfte mit dem Schlaf und antwortete nur noch undeutlich. Ich gab es daher bald auf, mit ihr zu sprechen. In unserem, mit einem Schutzdach versehenen Karren herrschte Dunkelheit. Die Landschaft wurde kahler, steiniger; ringsumher war alles in ein kaltes Grün getaucht. Eine neuerliche Anwandlung von Reue über unser Wagnis kam gegen die immer stärker werdende Müdigkeit bei mir nicht mehr auf. Wir waren beide sehr erschöpft.

In eintöniger grüner Dämmerung schwammen draußen ab und zu entlaubte Bäume, Kakteen und Salzpflanzen vorbei. Der Karren schaukelte gleichmäßig, rhythmisch. Von der Spitze des Zuges drang eine langgezogene, klagende Melodie. «Das läßt sich nur mit einem kleinen Instrument hervorbringen», dachte ich, und schlief dabei wohl ein. – – –

Wanderer sind wir alle, ohne Ausnahme, alle. – So lange es Menschen gab, war es so, und es wird immer so bleiben. Vom ältesten Nomadenvolk bis zum heutigen Vergnügungsreisenden, vom Raubzug bis zu den jüngsten Entdekkungsfahrten – so verschieden die Motive, das Wandern bleibt. Fuß, Huf, Rad, Dampf, Elektrizität, Benzin und was alles noch kommen mag, das Mittel ist gleichgültig, das Wandern bleibt. Ob ich ins Gasthaus gehe oder den Erdball umkreise; ich wandere. Und mit mir wandern alle Tiere, einmal dahin und einmal dorthin. Unsere alte Erde geht mit großem Beispiel voran. Ein Trieb, ein Naturgesetz! Du kannst noch so müde sein, du mußt mit, immer weiter. ..... Wirkliche Ruhe gibt es erst, wenn man ausgewandert hat. Und darauf freuen sich alle heimlich – man gesteht sich das nur nicht ein. Viele wissen es nicht einmal. Manche gibt es, die schon weit herumgekommen sind und nicht mehr wandern mögen, oder krank im Bette liegen, oder sonst nicht wandern können, die reisen bei sich selbst im Gehirn, in der Einbildung, auch diese kommen oft weit, weit.... aber still stehen, nein, das gibt es nicht!

Einmal wachte ich einen Augenblick auf. Draußen war glänzendes Mondlicht. Man hielt gerade bei einer Zisterne, und ich hörte, wie die Tiere getränkt wurden. Meine Frau hatte festgeschlossene Augen und einen ganz ernsten Ausdruck.

«Es ist gut, daß du schläfst», dachte ich, «so wirst du morgen frisch sein.»

Es schien mir, als wären wir in den Bergen. Als der Karren wieder rumpelte, schlief ich von neuem ein, dem Traumreich entgegen. Ich hatte noch lange nicht ausgeschlafen! . . . .

Auf einmal war mir, als ginge irgend etwas vor. Die Räder rollten nicht mehr.

«Wir sind angelangt, Sie haben lange geschlafen.» Jemand klopfte mir auf die Beine.

Ich wollte von nichts wissen, war noch ganz verschlafen und verhielt mich still.

Meine Frau schon ganz munter, ließ ihre Verführungskünste spielen:

«Steh auf, wir sind da, im Traumreich!» rief sie mit Sirenenstimme.

Ich sagte hilflos:

«Ja, ja, ich komme schon!», blieb aber liegen dabei. So bin ich nun einmal.

Neben dem Karren sprach man halbamtlich; auch mir war es jetzt zu dumm. Ich schüttelte den Schlaf ab und kletterte aus dem Gefährt.

Das Auge mußte sich erst gewöhnen; was man sehen konnte, war ein grauer Nebel. Nur ein paar Lichter im Dunst teilten ihn. Beim ersten Schritt wäre ich fast an den Wagen gerannt, riesenhaft stand er da. Vor ihm bewegte sich ein Monstrum mit unsicheren Formen: das Kamel! Ich sah schon besser.

«Bitte näher zu treten!» ließ sich eine kräftige Stimme

vernehmen. «Ihr Gepäck ist in Ordnung; haben Sie Ihre Legitimation?»

Der Sprecher war ein großer bärtiger Mann in einer dunklen Uniform und Dienstmütze. Wir standen bei einem niederen Blockhaus, das durch ein paar Laternen matt erleuchtet war. Der Beamte gab mir mein Bild zurück und forderte uns auf, das Tor rasch zu durchschreiten, damit wir den Zug noch erreichten.

«Welches Tor, welchen Zug?» dachte ich und tappte mich weiter. «Du, da ist etwas», hörte ich meinen Reisekameraden. Und da erst entdeckte ich im Dunstschleier eine ungeheure, grenzenlose Mauer. Ganz plötzlich und unerwartet tauchte sie vor mir auf. Irgend jemand schritt uns mit einem Licht voran auf ein gewaltiges schwarzes Loch zu: *Das war das Tor des Traumreiches.* – Beim Näherkommen bemerkte ich erst seine kolossalen Dimensionen. Wir traten in einen Tunnel und hielten uns möglichst nahe an den Führer. Da ereignete sich aber etwas Eigentümliches: Als ich schon eine Weile in diesem Gewölbe gegangen war, überkam mich wie auf einen Schlag ein ganz unbekanntes, gräßliches Gefühl. Es ging vom Hinterkopfe aus und fuhr das Rückgrat entlang, mein Atem stockte und der Herzschlag setzte aus. Hilflos sah ich mich nach meiner Frau um, aber die war selbst leichenblaß, Todesangst spiegelte sich auf ihrem Antlitz und mit zitternder Stimme flüsterte sie:

«Nie mehr komme ich da heraus.»

Mich jedoch hatte schon wieder eine frische Welle von Kraft gestärkt, wortlos reichte ich ihr den Arm.

Zweiter Teil
Perle

Erstes Kapitel

Die Ankunft

Jenseits des Tores war es tief dunkel. Der Nebel drückte nicht mehr auf die Brust, laue Luft wehte. In der Nähe hörten wir pfeifen und stoßweises Rasseln. Jetzt sah man auch ein paar rote und grüne Signallichter. Wir liefen auf ein niedriges Gebäude zu. Der Mann mit der Laterne erklärte: «Das ist die Bahnstation, es ist höchste Zeit!» Am Schalter erhielten wir Fahrkarten zweiter Klasse nach Perle. Das erstemal sei die Fahrt frei, hieß es. –

Nun traten wir auf einen menschenleeren Perron. Der Zugführer pfiff bereits zur Abfahrt, und man drängte uns in den Zug. «Wir fahren dritter!» rief ich; da hoffte ich mehr zu sehen, denn die zweite Klasse war ganz leer. Als wir einstiegen fühlte ich, wie mir jemand etwas Schweres in die Hand drückte:

«Es ist Geld, jeder Neuangekommene bekommt das!» tönte es schon aus der Ferne. – Ich schob es ein –.

Nach mehreren fruchtlosen Anstrengungen brachte die Maschine den Zug endlich in Bewegung. Die Geschwindigkeit war sehr mäßig, noch mäßiger die qualmende Ölbeleuchtung in den Wagen. Zurückblickend gewahrte ich gerade noch die hohe Mauer, sie ragte schwarz in den Nachthimmel. «Wie ein Festungswall», dachte ich und sah interessiert hinaus. Sie verschwand immer mehr in der Finsternis.

Von dem Lande, durch das wir fuhren, sah ich nicht allzuviel. Unser Zug warf einen matten Schein auf Bäume, Sträucher, Wächterhäuschen. – Es war im allgemeinen so, wie eine Nachtfahrt zu sein pflegt.

Der Schaffner stieg von der Außenseite des Zuges zu uns.

«Ihre Lampen riechen aber miserabel, da kann einem ja schlecht werden», sagte ich zu dem Beamten.

«Es war noch nie eine Klage!»

«Wie lange ist's noch nach Perle?»

«In zwei Stunden – um Mitternacht – sind wir dort.»

«Können Sie mir ein Hotel empfehlen?»

«Nur die blaue Gans kommt in Betracht. Die kleineren Gasthäuser, die noch da sind, dürften Ihnen nicht zusagen.»

Er sprach das sehr gefällig und verschwand wieder im Dunkel.

Bei einigen Stationen bemerkte ich lange Schuppen und Berge von Kisten und Kolli. Einmal kaufte meine Frau ein Körbchen mit kaltem Abendessen und eine Flasche Wein. Ich zahlte mechanisch von dem Geld, das man mir zugeschoben hatte. Wir bemerkten da erst zu unserm Erstaunen, daß ich Kreuzer und Gulden in der Tasche hatte – auch ein Röllchen Gold war dabei.

Meine Frau war in Gedanken versunken. Sie hatte wohl den Chok vom Tor noch im Kopfe. Ach ja, die überreizten Nerven! Es ist hohe Zeit, daß man wieder in seine Ruhe kommt.

Zwei Arbeiter waren eingestiegen und unterhielten sich gleichgültig. Als sie sich beim nächsten Halten wieder entfernten, grüßte der eine und warf mir einen Blick zu, als kenne er mich schon. Auch mir kam er bekannt vor. Man findet eben immer wieder dieselben Gesichter auf der Welt. Eigentlich beneidete ich ihn. Er durfte schon heraus, und ich mußte noch im Öldunst ausharren. Zum Glück würde es nicht mehr lange dauern! –

Eine melancholische Fahrt!

Kurz vor Perle durchkreuzte der Zug eine wasserreiche

Wildnis. Dann fuhr er immer langsamer und blieb schließlich stehen. Ich blickte hinaus – wir waren da –!

Auch hier wieder nur geringes Leben. Hinter dem Bahnhof träumte eine vereinzelte Droschke. Wir weckten den Kutscher und ließen uns zur blauen Gans fahren. Neugierig schaute ich auf die Straßen, durch die das schlechte Gefährt klapperte.

«Das soll Perle, die Hauptstadt des Traumreiches sein?» – Meine Entrüstung war nur schlecht zu verhehlen. «So sieht es ja bei uns in jedem Drecknest aus!» sagte ich voll Unlust und Enttäuschung und deutete auf ein langweiliges Gebäude.

Von Verkehr war wenig zu spüren. Nur hie und da huschten Passanten vorüber. Mit der Beleuchtung wurde geknausert, kaum eine Gasflamme an den Straßenecken. Oft hätte ich schwören können: «Dieses Haus habe ich schon gesehen.» Auch meiner Frau kam manches bekannt vor. «Bei uns daheim wird wenigstens nicht so mit dem Licht gespart!» entschied ich grimmig. – Wir hielten.

Das Hotel war nicht ersten Ranges, aber halbwegs sauber und gemütlich. Ich ließ Tee aufs Zimmer bringen. Es war geräumig und recht nett eingerichtet. Ein bißchen zusammengekauft sah das Mobiliar allerdings aus. Über dem Ledersofa hing ein großes Bild Maximilians, des Kaisers von Mexiko, über den Betten hing Benedek, der Unglückliche von Königgrätz.

«Wie kommt denn der hierher?» konnte ich mir nicht versagen, das Stubenmädchen zu fragen.

Wer je zehn Tage kein richtiges Bett gesehen hat, wird begreifen, daß uns das jetzt wertvoller war als alle Traumschätze der Welt.

«Ich bin nur froh über die milde Luft, die hier zu herrschen scheint», sagte meine Frau und untersuchte und lobte die Betten. Ich lag schon in köstlichen Federn und entgegnete gähnend: «Das scheint aber auch das einzige Erfreuliche hier.» – – –

– – – Der Tag mußte schon weit vorgeschritten sein, als ich entdeckte, daß ich bereits eine ganze Weile mit offenen Augen dalag. Ein Raum mit roter Tapete?!.... Jetzt habe ich's..... richtig............. ich bin der Zeichner so und so, – ich liege in einem Hotelbett der Hauptstadt des Traumreiches, und neben mir schläft meine Frau.

Frisch, total ausgeschlafen erhoben wir uns und machten Toilette. Ich war äußerst gespannt in Erwartung aller Dinge, die ich sehen sollte.

Nach eingenommenem Frühstück gingen wir aus. Es war ein trüber Tag.

Zweites Kapitel

Die Schöpfung Pateras

Hier unterbreche ich den Faden der persönlichen Erlebnisse, um meinen Lesern zunächst einiges über das Land zu erzählen, dem ich fast drei Jahre angehören sollte. Es waren sehr merkwürdige Verhältnisse, die sich mir Tag um Tag entschleierten. Gänzlich enthüllt haben sich mir die letzten Zusammenhänge aber niemals; ich kann nur alles so hinschreiben, wie ich es selbst erlebt und aus den Mitteilungen der anderen Traumleute entnommen habe. Meine Meinungen über diese Zustände finden sich in dem Buche eingestreut, vielleicht weiß einer oder der andere Leser bessere Erklärungen.

Im großen und ganzen war es hier ähnlich wie in Mitteleuropa und doch wiederum sehr verschieden! Ja, es gab eine Stadt, Dörfer, große Ländereien, einen Fluß und einen See, aber der Himmel, der sich darüber spannte, war ewig trübe; *nie* schien die Sonne, *nie* waren bei Nacht der Mond oder Sterne sichtbar. Ewig gleichmäßig hingen die Wolken bis tief zur Erde herab. Sie ballten sich wohl bei Stürmen, aber das blaue Firmament war uns allen verschlossen. Ein gelehrter Professor, den ich noch einige Male erwähnen werde, brachte diese zähen Dunstbildungen mit den ausgedehnten Sümpfen und Wäldern in Verbindung. Ich habe tatsächlich während dieser Jahre die Sonne nicht ein einziges Mal gesehen. Darunter litt ich zu Anfang sehr, allen Neuangekommenen erging es darin ähnlich. Öfters gab es wohl in der Wolkenbildung eine auffallende Helligkeit, einige Male, besonders in der letzten Zeit meines Aufenthaltes fielen vom Horizont sogar ein paar schräge Lichtstreifen über unsere Stadt, aber zu einem sieghaften Durchbruche kam es nie – nie.

Wie unter solchen Bedingungen die Erde mit ihren Fluren und Wäldern aussah, ist leicht vorstellbar. Saftiges Grün war nirgends zu sehen, in ein stumpfes Oliv, ein grünliches Grau waren unsere Pflanzen, Gräser, Gesträuche und Bäume getaucht. Was in der Heimat in reichen Farben prangte, hier war es gedämpft, matt. Während bei den meisten Landschaften das Blau der Luft mit dem Gelb des Bodens die Stimmung beherrschen und dazwischen die andern Töne nur eingesprengt erscheinen, waren hier Grau und Braun vorherrschend. Das Beste, die Buntheit, fehlte. Harmonisch war das Traumland anzusehen, das mußte man zugeben.

Der Wetteranzeiger stand immer auf «anhaltend trüb und schlecht», doch war eine warme, weiche Luft wie bei unsrer Ankunft die Regel. Ähnlich gegensatzlos verhielten sich die Jahreszeiten. Ein fünf Monate langes Frühjahr – fünf Monate Herbst; dauerndes Zwielicht in der Nacht kennzeichneten den kurzen, heißen Sommer, endlose Dämmerungen und ein paar Schneeflocken den Winter.

Im Norden begrenzte ein mächtiges Gebirge das Reich. Seine Gipfel waren stets in der Nebelregion verborgen. Es ging jäh und unvermittelt in die Ebene über und war der Ursprung einer mächtigen Wasserader: des Negro. Dieser Fluß stürzte in wilden Kaskaden eine Felsplatte hinab. Am Ausgange eines Engtales entfaltet, floß nun sein Wasser breit und träge dahin in auffallend dunkler, fast tintiger Färbung. Dann beschrieb er einen sanften Bogen. Hier war Perle, die Hauptstadt des Traumreiches, errichtet. Schwermütig düster wuchs sie aus dem kargen Boden in farbloser Einförmigkeit. Viele Jahrhunderte, meinte man, müsse sie schon so dastehen. Tatsächlich stand sie kaum ein Dutzend Jahre. Der Gründer dieser Stadt wollte den Ernst der Gegend nicht stören. Keine schreienden Neubauten waren hier errichtet worden; er gab viel auf Harmonie und ließ sich seine alten Häuser aus allen Teilen Europas senden. Es waren nur Gebäude, welche hierher paßten; nach *einer* Idee, mit sicherem Instinkt ausgewählt, fügten sie sich ins Ganze ein. Die Stadt zählte, als ich hinkam, gegen 22000 Einwohner. –

Um eine genaue Orientierung zu ermöglichen, welche ich zum Verständnisse der später folgenden Ereignisse für nötig halte, habe ich dem Buche einen kleinen Plan beigefügt.

Wie man daraus ersehen kann, gliederte sich Perle in vier Hauptteile: Das Bahnhofviertel, an einem Sumpfe gelegen, gänzlich verräuchert, enthielt die öden Verwaltungsbauten, das Archiv, die Post. Es war ein unerfreulicher, langweiliger Bezirk. Die sogenannte Gartenstadt, der Wohnsitz der Reichen, schloß sich an. Dann die Lange Gasse; sie bildete das Geschäftsviertel. Hier wohnte der Mittelstand. Gegen den Fluß zu war ihr Charakter mehr ein dorfartiger. Von der Langen Gasse bis an den Berg gedrückt lag der vierte Distrikt: das französische Viertel. Dieser kleine Stadtteil mit seinen 4000 Einwohnern, Romanen, Slaven und Juden galt als verrufene Gegend. Die bunt zusammengewürfelte Menge hockte da in alten Holzhäusern eng aufeinander. Winkelgäßchen und übelriechende Spelunken enthaltend, war dieses Viertel nicht gerade der Stolz von Perle. Über der ganzen Stadt gleichsam hängend und sie beherrschend erhob sich ein monströser Bau in ungeschlachter Größe. Drohend blickten die hohen Fenster weit über das Land und auf die Menschen da unten. An den porösen, verwitterten Fels sich lehnend, schob er seine Massen bis an das Zentrum der Stadt, den großen Platz vor. Das war der Palast – die Residenz Pateras.

Im Norden das Gebirge, im Osten der Fluß, im Westen der Sumpf, hätte sich die Stadt nur noch nach Süden hin ausdehnen können. Dort, neben dem Friedhof, waren allerdings noch große, unbebaute Flächen: Die Tomassevicfelder, nach ihrem verstorbenen Besitzer genannt. Aber alle Bauversuche erwiesen sich als trügerische Spekulationen. Nicht einmal unter Dach, wurden die Bauten Ruinen. Unter ihnen fiel ein verlassener Ziegelofen auf, der sich wie das Riesengrab irgendeines Pharao oder assyrischen Großkönigs ausnahm. – Jenseits des Flusses durften sich keine Europäer ansiedeln. Da lag die Vorstadt, eine kleine Niederlassung mit besonderen Privilegien. Von ihr wird ein eigenes Kapitel handeln.

Nun zur Bevölkerung. Sie rekrutierte sich aus in sich abgeschlossenen Typen. Die besseren darunter waren Menschen von übertrieben feiner Empfindlichkeit. Noch nicht überhandnehmende fixe Ideen, wie Sammelwut, Lesefieber, Spielteufel, Hyperreligiosität und all die tausend Formen, welche die feinere Neurasthenie ausmachen, waren für den Traumstaat wie geschaffen. Bei den Frauen zeigte sich die Hysterische als häufigste Erscheinung. Die Massen waren ebenfalls nach dem Gesichtspunkt des Abnormen oder einseitig Entwickelten ausgewählt: Schöne Potatorentypen, mit sich und der Welt zerfallene Unglückliche, Hypochonder, Spiritisten, tollkühne Raufbolde, Blasierte, die Aufregungen, alte Abenteurer, die Ruhe suchten, Taschenspieler, Akrobaten, politische Flüchtlinge, ja selbst im Auslande verfolgte Mörder, Falschmünzer und Diebe u. a. m. fanden Gnade vor den Augen des Herrn. Unter Umständen befähigte sogar schon ein ins Auge fallendes Körpermerkmal ins Traumland berufen zu werden. Daher die vielen Zentnerkröpfe, Traubennasen, Riesenhöcker. Endlich lebten hier noch eine Anzahl von Personen, welche durch ihre finstern Schicksale ein seltsam ausgeprägtes Wesen bekommen hatten. Erst nach und nach schärfte sich mein Blick für die tiefer liegenden Charakterschattierungen, welche sich hier unter oft unscheinbarem Gewand verbargen.

Die mittlere Einwohnerzahl schwankte zwischen 20 und 24000 Seelen, die sich stets aus neu Zugezogenen rekrutierten. Der Zuwachs durch Geburten fiel kaum ins Gewicht. Kinder waren nicht besonders beliebt. Es hieß, ihr Wert decke sich keinesfalls mit den durch sie verursachten Unannehmlichkeiten. Es war die herrschende Ansicht, daß sie nur Geld kosten, oft bis ins erwachsene Alter hinein, ungern und selten etwas zurückzahlen wollen, und fast niemals ihren Eltern für das Geschenk des Lebens dankbar seien, im Gegenteil oft zu der Meinung neigen, diese Gabe sei eine aufgedrungene. Kindersegen blieb gleichbedeutend mit Kindersorgen. Daß sie drollig und naiv sind, mein Gott, das sah man an den vorhandenen Exemplaren. Dies war aber alles ein zu geringer Antrieb, sich eine eigene Zucht anzulegen. Man lebte hier in einer bewegten Gegenwart, nicht in der unsichern Zukunft, von der doch kein Existierender etwas hat. Durch Kinder wollte man die Nerven nicht weiter ruinieren, die Frauen nicht altern machen. Ein Junges war das höchste, was man sich zulegte, Familien mit mehreren hatten diese aus dem Auslande mitgebracht. Einen Fall mit neun werde ich seiner Seltenheit halber später erwähnen. Außerdem eigneten sich auch die wenigsten Traumleute zu Vätern oder Müttern.

Noch gibt es verschiedenes nachzutragen, was ein Staatswesen erst zu dem macht, was es ist. Es wurde eine kleine Armee gefüttert, die voll Begeisterung ihrem Berufe lebte, eine wirklich ausgezeichnete Polizei, deren Haupttätigkeitsgebiet das französische Viertel war, und das schon mehrfach erwähnte Zollwesen. Alle diese Institutionen wurden vom Archiv aus geleitet, einem niedrigen, enormen Gebäude – es war dasselbe, das mir bei meiner Ankunft schon aufgefallen war. – Gelbgrau, verstaubt und verschlafen, erweckte sein Anblick ein heftiges Gähnen. Es stand am großen Platz und war der *offizielle* Sitz der Regierung. Ein Schienenstrang verband alle kleinen Flecken miteinander, gangbare, wenn auch übergraste Straßen führten bis in die entferntesten Gebirgstäler.

Zum weitaus größten Teile waren die Träumer ehemals Deutsche. Mit ihrer Sprache kam man in der Stadt wie bei den Bauern durch. Andere Nationaliäten kamen dagegen nicht auf.

Damit glaube ich alles gesagt zu haben, was in dieses Kapitel gehört, das nur den skizzierten Hintergrund zu der wirklichen Geschichte abgeben soll.

Drittes Kapitel

Der Alltag

I.

Das erste, was uns auffiel, die Kleidung der Traummenschen, – zum Lachen! – war gänzlich veraltet. Bei den sogenannten «feinen Leuten» bemerkte man das ganz besonders.

«Diese Menschen tragen die Kleider ihrer Eltern und Großeltern auf», sagte ich belustigt zu meiner Frau. Ganz unmoderne geschweifte Zylinder, farbige Leibröcke, Kragenmäntel – so waren die Herren angezogen. In Krinolinen und seltsam altmodischen Frisuren, mit Häubchen und Umschlagtüchern, stolzierten die Damen einher. Wie ein Maskenscherz wirkte das!

Doch auch wir erregten Aufsehen und waren daher schon nach einigen Tagen gezwungen, uns anzupassen. Meine Frau bequemte sich zu einer kleinen Halbkrinoline, ich trug mit Anstand einen Taillenrock, eine weit ausgeschnittene geblümte Weste und Vatermörder à la 1860. Zu weiteren Konzessionen konnte ich mich nicht entschließen. Spitze, enge Stiefel, die mir aufgedrängt werden sollten, wies ich entrüstet zurück. Man gewöhnte sich rascher, als man glaubte, an diese Veränderung des Äußeren. Schon nach kurzer Zeit sah ich mit Verwunderung die Neuankommenden in ihren fremdartigen Trachten.

An jenem ersten Tag war es meine ganze Sorge, baldmöglichst eine geeignete Wohnung zu finden. Dem Wunsche meiner Frau, tunlichst weit weg von dem unheimlichen Palaste zu sein, gab ich nach, und wir suchten mehr an der Peripherie der Stadt. In einer der hübschen Gartenvillen unterzukommen, daran war nicht zu denken. So irrten wir nun schon zum dritten Male die Lange Gasse hinauf und hinunter. Da zog ein mittelgroßes, zweistöckiges Erkerhaus meine Aufmerksamkeit auf sich. Wie aus Kindertagen bekannt kam es mir auf einmal vor. «Hier ist's ja, was wir suchen», rief ich darauf hindeutend. «Im zweiten Stock kommen wir unter!» Meine Gefährtin war recht verwundert über meine Sicherheit. «Woher willst du denn das so bestimmt wissen?» fragte sie mich, ein wenig spöttisch lächelnd. Dafür hatte ich allerdings keinen Grund, es erschien mir einfach selbstverständlich. Und gottlob! Ich hatte recht, es war wirklich eine Wohnung mit drei Zimmern und Küche zu haben. Ein Friseur – zugleich Hausverwalter –, der unten seinen Laden hatte, führte uns hinauf. Die Räume sahen behaglich und einladend aus, die Einrichtung war hübsch, der Preis mäßig. Wir zogen schon nachmittags ein.

Das Haus gehörte einem gewissen Dr. med. Lampenbogen.

II.

So waren wir nun richtige Traumstädter geworden. Ich mußte meinen früher ausgesprochenen Verdacht, hier sei alles wie daheim, jeden Tag unzählige Male zurücknehmen, wenigstens in den ersten Monaten. Später vergaß ich meine Heimat gänzlich. Man gewöhnte sich im Traumland derart an das Unwahrscheinlichste, daß einem nichts mehr auffiel.

Obwohl ich es wirklich nicht vorhatte, kam ich doch bald zu einem Beruf. Ich wurde einfach überrumpelt. – Es kam nämlich schon am dritten Tage ein äußerst flinker kleiner Herr zu mir:

«Ich bin der Verleger und Redakteur des Traumspiegels, des bestbekannten illustrierten Blattes, eigene Druckerei!» sprudelte er hervor. «Es ist gut, daß Sie da sind, auf einen Mann wie Sie warten wir schon lange. Castringius, unsere erste Kraft, hat sich leider etwas ausgegeben, und jetzt decken wir unsern Bedarf an Bildern, indem wir alle alten Holzstichplatten in Perle zusammenkaufen und abdrucken. Ach, sehen Sie, unsere letzte Nummer.» Er zog ein Blatt hervor: «Kochem an der Mosel, Minister Graf Beust im Kreise der Seinigen, Indianer im Kriegsschmuck, – ist das schön? ist das traumhaft? ist das interessant?» rief er aufgebracht und fuchtelte mit der Zeitschrift herum. «Nein, mein Lieber!» Einen Moment dachte er nach und wischte sich den Schweiß von der Stirn. Plötzlich brachte er einen säuberlich geschriebenen Kontrakt hervor. Ich brauchte nur zu unterzeichnen: Vierhundert Gulden im Monat, das ganze Jahr hindurch, ob ich viel oder gar nichts lieferte. Das war denn doch zu komisch, eine derartige Abmachung war mir noch nie zu Gesicht gekommen. Natürlich kratzte ich sofort meinen Namen hin; man entschloß sich im Traumreich sehr leicht zu so etwas, niemand überlegte lange. Unsicher waren alle Geschäfte. Ich hatte aber jetzt meine feste Anstellung, war Zeichner bei einer angesehenen Zeitschrift und stellte mit einem Worte *etwas vor*. – Und darauf kam es in diesem Land an: *Etwas vorzustellen*, irgendwas, meinetwegen einen Tagedieb oder Strolch.

Mein Redakteur schraubte fidel seinen Stock auseinander. Er war hohl, der Griff ein Gläschen, aus der Röhre schenkte er mir einen guten Schnaps ein: «Zur Bekräftigung!», wie er vielsagend meinte.

«Und bringen Sie mir möglichst Grelles und Schauriges! Ich will nämlich das Blatt heben», sprach er zukunftsfroh.

Dann nahm er tiefbefriedigt den Kontrakt, empfahl sich und tänzelte in seinem schwarzweiß karierten Anzug hinaus.

III.

Wer ins Traumreich eintrat, der merkte im ersten Augenblick das ewig schwindelhafte Gebaren gar nicht so sehr. Flüchtig betrachtet, wurde hier gehandelt und gekauft wie es überall Brauch ist. Das war jedoch nur Schein, lächerlicher Schein. Die ganze Geldwirtschaft war «symbolisch». Wieviel einer besaß, wußte er nie. Es wurde Geld gebracht, wieder geholt, man gab aus und nahm ein, Taschenspieler waren sie alle ein wenig, und auch ich lernte bald manchen schönen Kniff. Aufs Mundwerk kam das meiste an. Dem Gegner etwas vorzutäuschen, *das* war der Witz. Anfangs erschrak ich, wie sehr die Traumleute der Suggestion unterlagen, aber wohl oder übel mußte ich mich auch hierin finden und lebte mich immer stärker in eigene und fremde Einbildungen hinein. Der Wechsel von Glück und Unglück, Armut und Reichtum war ein viel rascherer wie in der übrigen Welt. Fortwährend überstürzten sich die Geschehnisse. Aber ging auch alles noch so sehr drunter und drüber, man fühlte eine *starke Hand*. Hinter den scheinbar unbegreiflichsten Zuständen witterte man ihre verborgene Kraft. Sie war die geheimnisvolle Ursache, daß sich dabei alles halten konnte und nicht ins Bodenlose stürzte. Es war das große Schicksal, das über uns allen wachte. Eine ungeheuerliche, bis ins Verborgene dringende Gerechtigkeit, glich es alle Ereignisse immer wieder aus. War ein Mensch verzweifelt, sah er vor Not keinen Ausweg mehr, so sandt er sein innerstes Gebet an diese Adresse. Jene schrankenlose Macht, voll furchtbarer Neugier, *ein* Auge, das in jede

Ritze drang, war überall gegenwärtig; nichts entging ihm. Im Glauben daran war der Traummensch ernst, alles übrige war vergänglich.

IV.

Durch ein paar Beispiele will ich jetzt unser geschäftliches Gebaren erläutern. An einem der ersten Tage, da wir in Perle waren, wollte ich einen Stadtplan kaufen. Ich betrat eine der großen Trödlereien in unserer Straße, ich glaube die nebenan von Max Blumenstich.

«Ein Stadtplan? Die neuen sind noch nicht eingetroffen, eine ältere Ausgabe tut's wohl auch?» Es wurde gesucht und gekramt, zwischen Hirschgeweihen, Kronleuchtern und alten Schatullen war absolut nichts zu finden. Endlich brachte der Kommis ein scheußliches Tintenfaß aus Gußbronze.

«Nehmen Sie dies, das können Sie sicher brauchen! Das *müssen* Sie haben, eine Notwendigkeit! Nur 72 Gulden.» Mit schmelzender Stimme bot er seine ganze Überredungskunst auf. Ich gab ihm einen Gulden und erhielt noch eine Nagelschere als Zugabe. Neulinge wollten aus diesen Zuständen ein gutes Geschäft machen, mußten aber recht bald einsehen, daß sie dabei ohne den Wirt rechneten. Der, das Traumschicksal, war erbarmungslos; der zusammengeraffte Reichtum zerrann im Handumdrehen. Die Überschlauen mußten nämlich für die unumgänglichsten Lebensmittel Wahnsinnpreise zahlen oder es regnete Postaufträge. Wurden sie zurückgewiesen, dann ereigneten sich weit ärgere Unannehmlichkeiten, z. B. Krankheiten; die Ärzte waren unerschwinglich. Gläubiger traten auf, die einem nie etwas geliehen hatten und forderten ihr Geld. Aber da half keine Versicherung, sie brachten die Zeugen gleich mit. So glich sich alles immer wieder aus, und man hatte keinen

Nutzen und keinen Schaden davon. Der unsichtbare Rechner ließ nicht mit sich handeln. Sobald ich diesen merkwürdigen Modus erfaßt hatte, ging alles gut.

Schon nach 14 Tagen kam einmal ein Diener in Livree zu uns. Sein Herr – er nannte irgendeinen großartigen Namen – warte schon ungeduldigst auf die fünf erworbenen Zeichnungen. Er hatte den Auftrag, sie abzuholen. Was blieb da übrig? Ich packte fünf meiner besten Blätter ein und schrieb obendrein noch einen höflichen Entschuldigungsbrief. Wohin diese Sachen wanderten, davon hatte ich keine Ahnung. – –

Täglich besuchte ich das schräg gegenüber liegende Kaffeehaus. Einmal, als ich heimkam, zeigte mir meine Frau einen Riesenkorb, gefüllt mit prachtvollem Gemüse, Spargel, Blumenkohl, feinem Obst, sogar zwei Rebhühner waren dabei.

«Das ist alles vom Grünmarkt, rate, was es kostete?» fragte sie frohlockend.

«Nun?»

«Zwanzig Kreuzer das Ganze.»

Jetzt rückte ich auch heraus und gestand, daß ich im Café für eine Schachtel Wachsstreichhölzer fünf Gulden bezahlen mußte.

Bald hatte man Hunderte in der Tasche, dann wieder nichts. Schließlich ging es auch ohne Geld ganz gut. Nur mußte jeder einfach so tun, als gäbe er etwas her. Gelegentlich konnte man es sogar riskieren, sich auf nichts etwas herausgeben lassen. Es kam doch immer aufs gleiche.

Hier waren Einbildungen einfach Realitäten. Das wunderbare dabei war nur, wie solche Vorstellungen in mehreren Köpfen zugleich auftraten. Die Leute redeten sich in ihre Suggestionen gewaltsam hinein.

Ich will einen typischen Fall anführen. Ein wohlsituierter Familienvater wacht eines Morgens auf in der Überzeugung, gänzlich verarmt zu sein. Seine Frau weint, seine Bekannten bedauern ihn. Schon schreitet der Gerichtsvollzieher zur Pfändung, es kommt zu einer Versteigerung des Eigentums, ein neuer Besitzer zieht vielleicht schon am selben Tag ein, Dienstmänner tragen den notwendigen Hausrat des alten in ein armseliges, karges Häuschen. In einem Monat hat sich alles getröstet, denn es gab auch wieder glückliche Zufälle.

Die vornehmen Leute trieben natürlich großen Luxus. Ihr Mißgeschick lag auf anderer Seite und trat ebenso offen zutage. Daher schwoll der Klassenneid nicht besonders an. Man oblag seiner Beschäftigung und hatte seine Lust und seinen Ärger. Ging es halbwegs, so konnte man zufrieden sein; allenthalben liebten die Traummenschen ihr Land und ihre Stadt. Ich arbeitete ruhig als Zeichner des Traumspiegels und machte vorläufig vergebliche Versuche, eine Visite bei Freund Patera abzustatten.

Da kam leider alles mögliche dazwischen. Das eine Mal hieß es, der Meister sei derartig mit Geschäften überlastet, daß niemand vorgelassen werden dürfe. Ein anderes Mal war er verreist; gerade als hätte ein verteufelter Kobold die Hand im Spiel. Da hörte ich, im Archiv würden Audienzkarten abgegeben. Ich ging hin. Schuldbewußt wie ein Störenfried durchschritt ich das wappengeschmückte Tor. Der Portier schlief. Ich suchte mich auf eigene Faust zurecht zu finden und trat in ein geräumiges Vorzimmer. Ungefähr zehn bis zwölf Amtsdiener waren hier anwesend.

Ich wurde wohl eine Viertelstunde lang überhaupt nicht bemerkt, als wäre ich unsichtbar. Endlich frug mich einer mürrisch, was ich wollte, wartete jedoch die Antwort nicht ab, sondern setzte das unterbrochene Gespräch mit einem Nachbar fort. Ein etwas gnädiger Gelaunter beugte sich zu mir und forschte nach meinem Vorhaben. Er legte sein gelbes, zerknittertes Gesicht in strenge Falten, tat ein paar

Züge aus seiner langen Pfeife, deutete mit derselben nach dem Nebenraum und sagte:

«Da drinnen!»

An der Türe stand: Nicht anklopfen! und «da drinnen» *schlief* ein Mensch. Ja, ohne Spaß, dreimal räusperte ich mich, bis einiges Leben in die völlig erstarrte Pose tiefsten Nachdenkens kam. Dann streifte mich ein majestätischer Verachtungsblick und eine Stimme knarrte:

«Was wollen Sie? Haben Sie eine Vorladung? Welche Papiere tragen Sie bei sich?»

So kurz angebunden wie draußen war man hier nicht, im Gegenteil, die Auskünfte schäumten:

«Um eine Audienzkarte zu erhalten, brauchen Sie außer Ihrem Geburts-, Tauf- und Trauschein das Schulaustrittszeugnis Ihres Vaters, die Impfbestätigung Ihrer Mutter. Im Korridor links, Amtszimmer Nr. 16 machen Sie Ihre Angaben über Vermögen, Bildungsgang und Besitz von Orden. Ein Leumundszeugnis Ihres Schwiegervaters ist erwünscht, aber nicht unbedingt erforderlich.»

Darauf nickte er herablassend, beugte sich wieder tief über den Tisch und schrieb, wie ich sehen konnte, mit trokkener Feder. Ich blieb ganz verdutzt stehen. Ein Glück, daß ich nicht auch alle quittierten Rechnungen vorlegen sollte. Betreten stotterte ich:

«Es wird mir vielleicht unmöglich sein, all das Verlangte herbeizuschaffen. Ich besitze nur einen Reisepaß. Ich kam als Gast Pateras hieher, mein Name ist so und so.»

Als ich dies vorgebracht, erlebte ich einen wahren Schrekken. Der Gestrenge sprang unvermutet auf:

«Bitte sehr, Sie sind längst angemeldet! Ich werde Sie sofort zu Seiner Exzellenz führen!»

Er war nun die Höflichkeit selbst. Sollte man glauben, zwei Herzen in einer Brust? Das verstand ich nicht!

Es begann eine endlose Wanderung durch öde Gänge,

Kanzleien, wo man bei unserem Kommen wie ertappt auffuhr; kahle Säle und Kabinette, bis an die Decke mit Akten und Mappen gefüllt. Endlich gelangten wir in einen großen Warteraum, wo die verschiedenartigsten Menschen herumsaßen. Mein Führer und ich wurden sogleich in eine Art Allerheiligstes eingelassen. Exzellenz saßen ganz allein da und *warteten*. Der arme Beamte wurde trotz seinen schönen Bücklingen recht unsanft angefahren und verschwand.

Se. Exzellenz waren ein sehr vornehmer Mann. Das ersah man schon aus seiner ganzen Umgebung. Aber nicht nur daraus ersah man das, auch an ihm selbst waren Auffälligkeiten. Er hatte beispielsweise viel Gold an seinen Kleidern aufgenäht und eine große Reihe aller möglichen Ordensbänder angesteckt. Ein breites rotes ging extra noch quer über seine Brust. Ob sich an seinem Körper weitere Hoheitszeichen befanden, kann ich nicht bestimmt sagen. Vermutlich ja. Ich habe das nie geschaut.

Wir waren allein. Im Gegensatz zu den andern im Archivgebäude war er sehr freundlich. Mich entzückte diese große Huld. Nachdem er mich angehört hatte, sprach er zuvorkommend: «Aber das ist doch selbstverständlich, Verehrtester! Die Karte wird Ihnen sogleich zugeschickt werden.» Dann erhob er sich und sprach automatisch wie zu einer Zuhörerschaft:

«Meine Herren! Meine Herren! Im Interesse der öffentlichen Wohlfahrt und unseres Ansehens erkennt die Regierung ihre volle Verantwortlichkeit an. Ich stehe nicht an Ihre sämtlichen Gesuche vor der höchsten Adresse zu vertreten. In Fragen der Armenfürsorge finden Sie bei mir stets ein geneigtes Ohr. Unser nächstes Ziel soll eine Vervollkommnung des Theaterwesens sein. Ich hoffe dabei auf Ihre tatkräftige Unterstützung. Die Erfahrungen, welche wir mit der Freigabe gewisser Institutionen im französischen Viertel gemacht haben, bürgen uns .... meine Herren .... ich bin überzeugt, Ihnen aus der Seele zu sprechen, wenn.... wenn.... wenn....» Der Redner verlor seine Gewandtheit, er blickte mich gänzlich verwundert und gläsern an. Ich half ihm aus der Verlegenheit, indem ich mich unter Verbeugungen und Danksagungen empfahl. Im Herzen nahm ich keinen großen Respekt vor dem Archiv mit nach Hause. Ich habe seinen Frieden nicht wieder gestört.

Das was ich da erlebte, passierte allerdings nur Neulingen. Solange man diesen Weg einschlug, wurde nie etwas Positives erreicht. Die dringendsten Anliegen wurden wegen nebensächlichster Formfehler zurückgesandt. Mit unentrinnbarer Sicherheit war von dieser Seite auf eine Durchkreuzung der Pläne zu rechnen. So erhielt ich auch die Audienzkarte zwar richtig, tags darauf aber die Mitteilung ihrer Ungültigkeit.

Das war im Traumstaat die reinste Komödienobrigkeit. Hätte man sie fortgenommen, es wäre alles genau so gut und so schlecht gegangen. Diese enormen Aktenstücke – aus aller Herren Länder zusammengekauft – hatten mit dem Traumreich gar nichts zu tun. Um es herauszusagen, wie es sich verhielt: die mit Papierstaub geschwängerte Atmosphäre brauchte man zur Züchtung einer besonderen Spielart des homo sapiens, die zur Buntheit des Ganzen beitrug. Die *wahre* Regierung lag woanders. Den Besuch gab ich nach diesen Erfahrungen vorläufig auf, um so mehr, als andere Dinge meine Aufmerksamkeit fesselten.

V.

So deutlich, als hätte ich es erst vor einigen Wochen gesehen, steht mir unser Wohnhaus heute noch vor Augen.

Zu ebener Erde befand sich die Stube des Friseurs, darin er selbst, ein sehr belesener, blonder Mann, Junggeselle mit einem goldenen Zwicker. Seine Leidenschaft war die Philosophie. Dabei ließ er seine Gedanken ordentlich austoben. Wild wucherten die Kenntnisse und er geizte keineswegs damit. «Ich könnte Ihnen manches erzählen!» meinte er mit scharfen Blicken.

Weiß Gott, was er in mir vermutete, aber ich genoß von Anfang an sein Vertrauen. «Kant, das ist der große Fehler. Ha, ha! So einfach segelt man um das Ding an sich nicht herum! Vor allem ist die Welt ein *ethisches* Problem, das werde ich mir nie ausreden lassen. Sehen Sie, der Raum wirbt um die Zeit; der Vereinigungspunkt, die Gegenwart, ist der Tod; oder, was sich genau so gut dafür setzen läßt; die Gottheit, wenn Sie wünschen. Mitten hineingestellt, das große Wunder der Fleischwerdung: das Objekt. Dieses wiederum nichts anderes als die Außenseite des Subjekts. Das sind Fundamentalsätze, verehrter Herr; hier haben Sie meine ganze Theorie.»

«Ja, Sie sind eben ein Denker», lauteten dann gewöhnlich meine anerkennenden Worte.

Er lebte tagaus, tagein in so hohen Regionen, und der Friseurladen wäre arg zurückgegangen, hätte es keinen Giovanni Battista gegeben. Das war zwar nur ein Affe, aber was für einer! Ein ganz ungemein begabtes und strebsames Tier. Neben diesem Gehilfen konnte man ruhig an das ethische Problem gehen. Giovanni hatte von der Pike auf in diesem Geschäfte gedient. Durch eigenmächtiges Schaumschlagen verriet sich eines Tages sein Talent und unser Friseur fand auch in ihm das Subjekt und nützte seine geschickte Hand aus. Sein ruhiger, rascher und sicherer Strich beim Rasieren war in der ganzen Gegend berühmt. Mittwochs und samstags besuchte er sogar die Privatkundschaft. Gar oft sahen wir ihn ernsthaft und geschäftig mit seiner Tasche die Lange Gasse einherschlurren. Ehrlicher und verlässiger als ein Mensch, war er die wahre Seele dieser Verschönerungsanstalt. Nur eines schmerzte seinen Herrn: Für Philosophie hatte er wenig Sinn.

«Sie sind Stoiker!» rief der Friseur ihm nach langen Vorträgen zu. Er hoffte immer noch heimlich, ihn höheren Zielen zuzuführen.

– – – Ich muß es aussprechen, so oft ich an mein erstes Jahr im Traumreich zurückdenke, überkommt mich große Wehmut. Es war damals noch das meiste gut, ja zum Teil verdanke ich meine besten Tage jenen Zeiten. Durch all die neuen Dinge angeregt, ging mir die Arbeit leicht von der Hand. Nachmittags so um fünf traf man sich mit Bekannten im Kaffeehaus. Dort war vom Fenster aus der ganze Verkehr zu beobachten. Groß war er ja nicht, in Perle blieben die Leute am liebsten bei sich in der Wohnung. In der inneren Stadt war es sogar auffallend öde und menschenleer. Aber trotz diesem trägen Straßenleben war gerade das, was man sah, wegen seiner Vertrautheit einem zur lieben Gewohnheit geworden. Nach und nach drang ich immer tiefer in alles ein. Ich fand Anhaltspunkte, feste Angeln in diesem Wirrwarr.

Die Häuser spielten da eine bedeutende Rolle. Oft war es mir, als ob die Menschen nur ihretwegen da wären und nicht umgekehrt. Diese Häuser, das waren die starken, wirklichen Individuen. Stumm und doch wieder vielsagend standen sie da. Ein jedes hatte so seine bestimmte Geschichte, man mußte nur warten können und sie stückweise den alten Bauten abtrotzen. Diese Häuser wechselten sehr mit ihren Launen. Manche haßten sich, eiferten gegenseitig aufeinander. Es gab garstige Brummbären unter ihnen wie die Molkerei da gegenüber; andere schienen frech und hatten ein loses Maul, gerade mein Café ist dafür ein gutes Beispiel. Weiter hinauf zu, das Haus wo wir wohnten, war eine vergrämte alte Tante. Klatschsüchtig und böswillig schielten die Fenster. Schlimm, sehr schlimm war das große Magazin von M. Blumenstich, derb und jovial die Schmiede neben der Molkerei, unbekümmert, leichtsinnig das daran gebaute kleine Häuschen des Flußaufsehers. Aber mein besonderer Liebling war der Eckbau, der am Flusse lag: Es war die Mühle. Die hatte ein lustiges Gesicht: sie war weiß getüncht und trug ein moosiges Schindeldach als Kappe. Gegen die Straße zu, hoch oben, steckte ein klobiger Balken in der Mauer, wie eine gute Zigarre. Ein wenig verzwickt und schlau war allerdings ihr Ausdruck um die oberen Dachluken herum. Sie gehörte zwei Brüdern. Oder gehörten die zwei ihr, gleich wie eine Mutter zwei Söhne hat?

Ich könnte hier noch gar vieles erzählen, wüßte ich, daß meine Leser diese komplizierten Verhältnisse auch so auffassen, wie ich es wünsche. So glaubte ich nach einiger Zeit zu bemerken, daß die Häuser einer Straße etwas wie eine Familie repräsentierten. Zankte man sich untereinander, nach außen war man einig. Es gingen mir hier in dem verödeten Perle Ideen auf, welche mir an den lauten Orten der Außenwelt nie so bewußt geworden wären. Noch weit intimer aber drang ich in diese Verhältnisse ein, als sich mein Geruchsinn wunderbar schärfte. Das geschah schon nach einem halben Jahre. Von da an bestimmte meine Nase meine Sympathie und meinen Widerwillen. Stundenlang schlich ich nun in all den alten Winkeln umher, beschnupperte und beroch alles. Hierbei erschloß sich mir ein ganz neues, unabsehbares Gebiet. Jedes dieser gebrauchten Geräte teilte mir ein kleines Geheimnis mit. Meine Frau lächelte oft: es kam ihr komisch vor, wenn ich an irgendeinem Ding, einem Buch oder einer Spieldose, verständnisvoll herumschnüffelte. Ich war auch wirklich fast wie ein Hund; erklären konnte ich das alles nicht so genau, das waren Empfindungssachen so fein, daß die Worte versagen.

Zunächst war es ein ganz bestimmter, unbeschreiblicher Duft, der durch das ganze Traumreich rann und allem anhaftete. Manchmal war er stärker vorhanden, dann wieder spürte man ihn kaum. Wo er sehr konzentriert war, läßt sich dieser eigentümliche Geruch als eine leichte Mischung von Mehl und getrocknetem Stockfisch bezeichnen. Sein Entstehen konnte ich mir nicht erklären. Weit bestimmter waren aber die Eigengerüche einer jeden Sache. Ich analysierte sie scharf, dabei packten mich oft starke Abneigungen. Gegen in meinem Sinne mißduftende Menschen konnte ich leicht unfreundlich werden. Aber schließlich ließen alle diese Geschöpfe und scheinbar leblosen Gegenstände, wenngleich durch eine bizarre Laune zusammengebracht in ihrer Mannigfaltigkeit doch eine unfaßbare Einheit durchfühlen.

VI.

Alles, was man im Traumreich zu Gesicht bekam, war matt und stumpf. Wie weit das ging, bemerkte ich eines Tages beim Rasieren. Giovanni bediente mit gewohnter Eleganz, nur der Zustand seines Messers und des Kupferbeckens störten; sie waren blind.

«Was soll das heißen?» sagte ich zu dem Friseur, welcher mir eben einen schwer verständlichen Exkurs aus Leibniz' Monadologie vorlas, «der Herr Assistent könnte wohl diese Sachen ein bißchen besser instand halten.»

«Wie beliebt?» fragte erschrocken der große Philosoph mit der Miene eines Abgestürzten.

«Ich meine, dies Becken hier könnte blitzblank und das Messer poliert sein.»

«Ja, was will man da machen? So ist's nun einmal. Ich hüte mich vor Neuerungen.»

Um ihn zu fangen, wies ich auf die Spiegel und sagte: «Schauen Sie die an, die sehen gewiß blinkend und geputzt aus.»

Da verließ ihn seine Philosophie, er saß in der Klemme: «Ja, die Spiegel!» Nachdenklich und zögernd entrangen sich ihm die Worte:

«Spiegel sind doch überhaupt *nichts*!»

Es war ihm augenscheinlich peinlich, davon zu sprechen.

«Ich wollte Sie nicht beleidigen!» meinte ich freundlich und verließ sein Lokal.

Gleichviel! Es war schön unter diesen oxydierten alten Sachen zu leben, und ich trage kein Bedenken, nachfolgenden Brief hierher zu setzen. Er ist ganz aus meiner damaligen Stimmung geschrieben. Außerdem enthält er die Schilderung eines sonderbaren Brauches, welcher zum Kultus, von dem ich nachher reden werde, hinüberleitet. Ich meine den *großen Uhrbann*. Dieser Brief lag in dem Notizbuch, das man unter meinen Lumpen fand, als das Traumreich untergegangen war. Auch das weiter unten angegebene Verzeichnis der heiligen Sachen fand ich in dem Buche, sonst waren die Blätter nur mit unleserlichen Schriftzügen bedeckt; ausgenommen die Innenseite des Umschlags, auf der sich die oberflächliche Skizze eines Stadtplans von Perle sowie flüchtige Angaben befanden, die ich mir zur eigenen Orientierung in den ersten Tagen gemacht hatte.

Den Brief schrieb ich im dritten Monat meiner Anwesenheit. Es war mein erster Versuch, eine Verbindung mit dem Ausland herzustellen. Nach zwei Jahren erhielt ich das Schreiben als unbestellbar zurück; sein Umschlag ist über und über mit Stempelabdrücken und Vermerken bedeckt. Brief und Notizbuch sind die einzigen Beweisstücke aus dem Traumreich, die ich Besuchern vorlegen kann.

Lieber Fritz!

Ich bin im Traumreich, Du wirst es unglaublich finden. Doch ich kann Dir nur das eine raten: Packe umgehend nach Erhalt dieses Briefes Deine Siebensachen und komme auch hierher. Perle ist ein wahres Dorado für Sammler, diese Stadt ist geradezu ein Museum, natürlich riesig viel Mist, aber auch die großartigsten Stücke. Ich habe heute eine geschnitzte gotische Truhe, ein Paar silberne Wandleuchter (XVI. Jahrhundert) und eine jener märchenhaften Renaissancebronzen (Knabe auf Stier von unserm Cellini), nach denen Du immer so fahndest, gesehen. Vorige Woche schwelgten wir in Porzellan; von den niedern Preisen muß ich schweigen, weil ich sonst geradezu für Deine Gesundheit fürchten müßte. Und solche Kleinordien findet, wer den Rüssel dazu hat, täglich auf Schritt und Tritt. Es gibt überhaupt *nur Altes*, man lebt wie Großvater im Vormärz und pfeift auf den Fortschritt. Ja, mein Lieber, wir sind konservativ, unsere Handwerker sind Meister im Flicken und Ausbessern. In jedem fünften Haus ein Antiquitätenladen; hier lebt man vom Trödel. Auch architektonische Extravaganzen wirst Du sehen, im Palast sind mindestens zwanzig Stilarten mühelos zusammengekleistert. Und sonst noch die spaßhaften Entdeckungen! Wer's nicht sieht, glaubt's nicht! Damit Du meine gute Laune begreifst, will ich Dir den letzten Scherz, den ich beobachtete, erzählen. Es ist der *«große Uhrbann»*, so ist hier sein Name. Also höre einmal: Auf unserm Hauptplatze steht stämmig und massiv ein grauer Turm, so eine Art untersetzter Campanile. Er ist das Wohnhaus einer alten Uhr, deren Zifferblatt das obere Drittel einnimmt. Von dieser bei Nacht transparenten Scheibe lesen wir unsere Normalzeit ab, und alle übrigen Uhren in Stadt und Land werden nach ihr reguliert. Das wäre nun nichts Besonderes, wenn nicht dieser Turm eine ganz seltsame Eigenschaft noch nebenbei hätte. Er übt nämlich auf sämtliche Bewohner eine mysteriöse, unglaubliche Anziehungskraft aus. Zu bestimmten Stunden wird dieses alte Gemäuer schwarmweise von Männern und Frauen umringt. Der Fremde bleibt verwundert stehen und betrachtet das merkwürdige Gebaren dieser Versammlung. Die Leute stampfen nervös den Boden und blicken immer wieder auf die langen rostigen Zeiger da oben. Frägt man sie, was da vorgehe, so erhält man zerstreute, ausweichende Antworten. Wer noch näher zusieht, bemerkt zwei kleine Eingänge am Fuße des Turmes. Dahinein drängt alles. Ist die Menge groß, so bildet man Reihen, die Frauen wachen ängstlich, die Männer wütend darüber, daß auch alles hübsch geregelt zugehe. Je weiter die Zeiger vorrükken, desto stärker wird die Spannung. Einer nach dem andern verschwindet; jeder will ein bis zwei Minuten da drin bleiben. Die Heraustretenden haben dann sämtlich tiefbefriedigte, fast glückliche Mienen. Kein Wunder, wenn man da neugierig wird. Und ich frug auch gelegentlich einen meiner neuen Bekannten vom Café, wie sich das mit der Uhr verhalte, kam aber recht schlecht an. Es sei geradezu unanständig von so etwas zu sprechen, überdies zeuge es von Dummheit. «Damit Sie es aber ein für allemal wissen: *Es ist der große Uhrbann!* schreiben Sie sich's auf!» Diese Entrüstung spannte mich nur um so mehr. Meine anfängliche Erklärung, es hier mit einer Sehenswürdigkeit, vielleicht einer Camera obscura oder einem Panoptikum zu tun zu haben, fiel zusammen. Kurz entschlossen riskierte ich's auch einmal, wurde jedoch grob enttäuscht. Weißt Du, was da drinnen war? Auch Deine Erwartungen werden sinken. Man kommt in eine kleine, winklige, leere Zelle, zum Teil mit rätselhaften Zeichnungen, wohl Symbolen, bedeckt. Hinter der Mauer hört man das gewaltige Pendel mächtig hin- und herschwingen. So! tick...... tack...... tick...... tack. Über die Steinwand strömt Wasser, ununterbrochen strömt es. Ich tat, wie der Mann, der nach mir eintrat, blickte die Wand starr an und sagte laut und deutlich: *«Hier stehe ich vor Dir!»* Dann geht man wieder hinaus. Mein Gesicht muß ziemlich verdutzt ausgesehen haben. Die Frauen haben ihre eigene Seite mit eigenem Eingang, was wie in der ganzen Welt durch kleine Aufschriften kenntlich gemacht ist. Aber das Merkwürdigste: Seit dem Tage, an dem ich mir diese Erfahrungen verschaffte, fühlte ich, wie auch mich der Zwang überkam. Zuerst gab's mir nur so einen kleinen Ruck, wenn ich am Turme vorbeiging, die nächsten Tage wuchs meine Unruhe immer mehr, es *riß* mich geradezu hin. Ich gab also dem Blödsinn nach, kämpfen half da nichts. Und jetzt ist's gut. Nach dem Hauptmuster sind in der ganzen Stadt kleinere Türme verteilt. Auf dem Lande soll jeder Bauernhof sein Uhrwinkel haben. Ich suche Tag für Tag zur bestimmten Stunde das meinige auf. Ja, lache mich nur aus. «Herr, hier stehe ich vor Dir!»

Mit der Malerei ist nicht viel los. Man schätzt Kunstwerke hauptsächlich als Gebrauchsgegenstände. Ein paar alte Maler leben wohl auch verstreut. Was ich sah war dunkle, dünn gemalte Leinwand, ein versprengter Johannistrieb Alt-Hollands. Wirklich gute Sachen, Ruysdael, Breughel, Altdorfer und Primitive trifft man dann und wann in reichen Häusern. Bankier Alfred Blumenstich, unser Krösus, Direktor der traumländischen Bank, besitzt eine wertvolle Galerie, sogar einen Rembrandt und einen echten Grünewald, von dessen Existenz bei Euch kein Mensch eine Ahnung hat. «Die sieben Todsünden essen das Lamm Gottes», heißt dieses Gemälde. – Hier gibt es keine lustigen Farben, rein zeichnerisch ist mehr zu holen. Ich habe eine ganz nette Stelle beim illustrierten Traumspiegel: 400 fl. und bequeme Bedingungen. Meinen einzigen Kollegen, den Zeichner Nikolaus Castringius, habe ich noch nicht kennengelernt. Wenn Du kommst, könnte ich Dich wohl bei dem Blatt unterbringen.

Nun sei mir nicht böse, daß ich schließe. Ich hoffe auf ein Wiedersehen!

Dein alter Freund, Träumling und Zeichner.

N. B. Du kannst bei uns in einem romantischen Haus am Rande der Stadt wohnen, ganz ungestört, wie auf dem Lande.

Damals war ich noch in vergnügter Stimmung, wie aus dem Briefe hervorgeht. Die Schattenseiten, welche sich bereits zu der Zeit bemerkbar machten, werde ich am Ende dieses Kapitels schildern, soweit sie mir schon zum Bewußtsein kamen. Vorläufig will ich einiges über den Kultus – oder was ich dafür hielt – bemerken.

VII.

Das war ein ebenso interessantes wie verwickeltes Gebiet. Bis auf den Grund sah ich nie, auch später nicht. Ich ahnte jedoch die Lösung manches Rätsels. Wenn meine Untersuchungen negative Resultate zeigen, so ist das nicht meine Schuld, denn gerade hier durchkreuzte ein feindliches Geschick meine ernsten Bestrebungen, und die erreichte Ausbeute blieb nur zu gering.

Alle großen Religionen der alten Welt hatten im Traumland mehr oder weniger Vertreter. Das war aber bloß äußerlich, ein aufgepappter Flitter. Die Gebildeten gaben dies auch ohne weiteres zu. Sie waren kluge Freigeister und konnten sich nicht so leicht einem hieratisch starren Schema unterwerfen. Zudem waren viele helle Köpfe unter ihnen.

Aber trotzdem, es war etwas da: der fatalistische Glaube an das spitzfindig gerechte Schicksal, und dann allerhand unverständliche und dunkle Anschauungen. Über diese durfte hier nicht gelächelt werden. Das bekam auch mir einmal schlecht.

Noch im ersten Vierteljahre lernte ich im Café einen sympathischen jungen Herrn kennen, einen Baron Hektor von Brendel, durchaus vornehme und saubere Atmosphäre, Lebemann, ein wenig neurasthenisch und müd, aber nicht im mindesten dumm. Seine leichte, stets im Zaum gehaltene Melancholie war es, die ihn mir von Anfang anziehend machte. Später sahen wir uns täglich.

«Sie sind doch schon drei Jahre hier, Brendel», sagte ich einmal am Stammtisch zu ihm, als wir gerade allein waren, «ich lasse es mir nicht nehmen, hier im Traumstaat besteht irgend so ein geheimes Glaubensband, eine Art Freimaurerorden. Wissen Sie etwas Näheres? Können Sie mich vielleicht ein wenig einweihen? Riten? Gebräuche?»

Er sah mich von der Seite an, hüstelte und frug trocken: «Was ist Ihnen denn aufgefallen?»

«Ach, nichts Bestimmtes, die Schicksalsideen sind ziemlich alt. Aber sonst im allgemeinen, dieses zähe Festhalten an der gleichen altmodischen Lebensordnung, dieser Mangel an fortschrittlicher Gesinnung, dann sonst noch einiges!» – Ich erzählte ihm meine Affäre mit dem Friseur und seinem Kupferbecken. Er hörte mich ernst an, drehte sich langsam eine Zigarette und bemerkte mit traurigem Lächeln:

«Um ganz offen zu sein, ja, mein Lieber, es ist wohl was da. Aber viel mehr als Sie weiß ich beim besten Willen auch nicht.»

«Also doch!» Ich war enttäuscht. «Wissen Sie denn gar nichts darüber? Daß ich schweigen kann, wenn es sein muß, ist selbstverständlich.»

Brendel dachte einige Augenblicke nach, dann sprach er halblaut:

«Gewissen Dingen bringt man hier Ehrfurcht entgegen, ich weiß aber nicht, ob Sie viel davon haben, wenn ich Ihnen die paar Heiligtümer nenne.»

«O bitte, tun Sie mir den Gefallen!» bat ich ihn, glühend vor Wißbegierde.

«Nun, das Ei, die Nuß, Brot, Käse, Honig, Milch, Wein und Essig sind besonders geweiht.»

«Aha!» rief ich frohlockend. «Ein hygienischer Kult auf der Magenbasis. Vortrefflich!» Eines leichten Spottes konnte ich mich nicht enthalten. «Warum denn nicht gleich Tee, Kaffee und Zucker?»

Da wandte mir Brendel den Rücken und zahlte. Ein Windstoß riß die Tür zum Café auf, die warme feuchte Erdluft drang herein, stark gemischt mit dem aufregenden Traumgeruch. Brendel ging mit kurzem Gruß, ich sah ihm durch die hohen, angelaufenen Scheiben nach. – Draußen war es dunkel.

Nein, so hätte ich es nicht machen sollen, da hatte ich mir etwas verscherzt. Ein anderes Mal würde ich vorsichtiger sein.

Speise und Trank allein konnten diese Religion übrigens nicht erschöpfen. Bald darauf erfuhr ich, daß Haare, Horn, Tannenzapfen, Pilze, Heu ebenfalls heilig seien. Sogar Pferde- und Kuhmist hatten höhere Bedeutung. Von den inneren Organen galten Leber und Herz, unter den Tieren die Fische für besonders wichtig. Gegerbte Häute nahmen auch einen mysteriösen Rang ein. Hingegen waren Stahl und Eisen und einzelne Metall-Legierungen sozusagen Antipoden jener Schätzungen. Hier traf das Gegenteil zu: sie schienen Gefahren zu symbolisieren. All diese Einzelheiten habe ich von Bauern und Jägern in Erfahrung gebracht; um sie zu erlangen, sind weite Spaziergänge ins freie Land nötig gewesen. Ich notierte mir alles, was ich diesen wortkargen Menschen im Laufe der Zeit abgerungen habe, eine komplette Liste will ich aber, um unnütze Längen zu vermeiden, nicht hierher setzen. Nur eines dürfte vielleicht noch interessieren: Es gab einsame Orte in Wäldern und an Sümpfen, wohin sich in der Dämmerung kein Wanderer wagte. Sie waren als unheimlich verschrien, und jeder Träumer war froh, der dort nichts zu suchen hatte.

Vielleicht hätte ich mehr Klarheit erworben und würde nicht so im Dunkel tappen, wenn ich nur ein einziges Mal den Tempel am See mit eigenen Augen erblickt hätte. Dieses Heiligtum muß nach allem was ich gehört habe ein märchenhaftes Wunder gewesen sein. Eine gute Tagereise von Perle entfernt, war er am Traumsee gelegen. Künstliche Wasserterrassen und ein stiller Park umgaben ihn. In diesem Tempel sollen die größten Kostbarkeiten des Traumstaates aufbewahrt worden sein. Er war aus edelstem Material so kunstvoll erbaut, daß der Beschauer den Eindruck einer schwebenden Architektur erhielt. Die größte Halle war in Braun, Grau und Grün, den Farben Pateras gehalten. In unterirdischen, geheimnisvollen Gelassen waren die symbolischen Statuen aufgestellt. Leider war er nur einmal im Jahre dem Besuche zugänglich und selbst dann waren gute Protektionen nötig. Anfangs hatte ich die Hoffnung, meine persönlichen Beziehungen zu Patera würden mir Einlaß verschaffen. Doch mein Besuch bei ihm verzögerte sich immer mehr, und später kamen dann: *die Ereignisse.*

So unermüdlich ich auch der wahren Traumreligion nachforschte, so wenig habe ich gerade hier erreicht. Es war ein Verhängnis, wie oft ich Anstoß erregte!

Einmal war ich bei Bankier Blumenstich geladen. Da waren eine Menge Leute, und es herrschte eine sehr heitere Stimmung. Der Hausherr war dekoriert worden für die

Badeanstalt, welche er ins Leben gerufen hatte. Diese Auszeichnung wurde nach Gebühr gefeiert.

Das Diner war vorüber. – Alles rauchte und man saß gemütlich bei Kaffee und Likör zusammen. «Hier sind die gescheitesten Leute von ganz Perle versammelt, wenn ich heute nichts erfahre, erfahre ich nie etwas», dachte ich, und voll Mut platzte ich plötzlich heraus. Ich erzählte von meinem Ärger und den fruchtlosen Bemühungen, den wahren Kultus der Traumleute kennenzulernen. Sehr schön klangen meine Worte, sehr glatt; wie getrieben von innen flossen sie von meiner Zunge. Endlich glaubte ich, alle von meinem brennenden Wissensdurst überzeugt zu haben, und bat die Anwesenden, mich ein wenig aufzuklären. Dann verstummte ich. Ich hätte auch nicht mehr weiter gekonnt, denn die Kehle war mir ausgetrocknet. Alles war sprachlos, verwirrt, beklommen. Zwei alte würdige Herren mit geistvollen Köpfen, in eleganter Biedermeierkleidung, verzogen sich bereits ins Nebenzimmer. Auf sie hatte ich meine Haupthoffnung gesetzt. Endlich sprach der Hausherr und kratzte sich dabei die schwarzen Koteletten:

«Junger Mann, waren Sie schon einmal in der Vorstadt drüben? Sehen Sie sich immerhin das alte Nest an.» Seine Stimme klang scharf und etwas abweisend.

Man war wie von einem dumpfen Druck erlöst. Wenigstens einer hatte gesprochen! Die Unterhaltung erstreckte sich jetzt über die gleichgültigsten Themen. Mich beachtete kein Mensch mehr. Nur mein Redakteur, der auch anwesend war, meinte besänftigend:

«Ja, ja, diese Zeichner!»

Damit war mir aber auch nicht gedient. In Gedanken versunken, ging ich bald heim. «Niemals werde ich dahinter kommen!» rief ich in die Nacht.

Beim Uhrturm riß es mich. Sollte vielleicht der Uhrbann damit zusammenhängen? Über den durfte auch nicht gesprochen werden. Das war doch auch unanständig! Woher käme wohl sonst die Verlegenheit? Ich war scheint's wieder einmal ein «enfant terrible» gewesen! Aber was soll's mit der Vorstadt, diesem alten Dörfchen über der Brücke, um das sich kein Mensch kümmerte? Faule Ausflüchte! Ich wollte schon noch hinter den Schwindel kommen! Das gelobte ich mir und ballte die Faust.

VIII.

Es ist nun an der Zeit, auch die Schattenseiten unseres Lebens ein bißchen zu zeigen. Sonst könnte am Ende gar einer glauben, hier sei es nur amüsant gewesen. Das kurzweilige Leben brachte auch viel Widerwärtiges mit sich. Um gleich einmal mit dem Hause anzufangen, worin wir wohnten: unter unsern Zimmern hatte sich ein altes Fräulein einquartiert, eine Prinzessin von X. Sie war häßlich wie eine kranke Ratte und dabei zanksüchtig. Dieses Wesen verursachte besonders meiner Frau viel Ärger. Sie war ein Geizhals, verfügte über viel Geld, doch war ihr Leben so verschlossen, daß kein Mensch Näheres darüber wußte. Sicher fand das alte Weib im ewigen Händelsuchen Befriedigung. Wenn ich nach neun Uhr abends im Zimmer noch umherging, klopfte sie regelmäßig an die Decke – ein Zeichen, daß sie Ruhe wünschte. –

Sah sie uns die Stiege herabkommen, ertönte jedesmal ihr Gekeife. Vor ihrer Wohnungstür stand immer eine Reihe von Töpfen und Schüsseln, für Milch und ähnliche Lieferungen bestimmt. Einmal habe ich ihr in der Dunkelheit einen irdenen Hafen zerschlagen; na, da war's ganz aus! Erklärte Feindschaft! Sogar beim Friseur wollte sie mich anschwärzen. Dieser hatte trotz seiner Philosophie noch einigen Respekt vor der «Hoheit». Als sie es aber zu arg trieb und meine Frau im Stiegenhause insultierte, fuhr ich sie einmal tüchtig an:

«Wie Sie dastehen, sind Sie für mich die Dreckprinzessin!» – Das alte Ferkel war unfrisiert. – Ein wenig half's. Die adelstolze Dame verzog sich von jetzt an in ihren Bau, wenn sie mich hörte. Dies geschah einmal so hurtig, daß einer ihrer geflickten Pantoffeln vor mir liegen blieb. Ich stieß ihn von mir fort, und zu meiner Überraschung klimperten Goldstücke die Stiege hinab. «Einbrecher, Mörder!» kreischte sie und machte das ganze Haus rebellisch.

Solche Sachen kamen oft vor; sie verbitterte uns gehörig das Leben. Noch gründlicher aber besorgte dies: «Der Student.»

Dieser hatte auf demselben Flur wie wir zwei Zimmer inne und war ein Saufaus. Ein ausdrucksloses, aufgedunsenes Gesicht mit einer Schramme auf jeder Wange, so daß es aussah, als hätte er einen dreifachen Mund. Dafür schien sein Verstand nur ein Drittel des Menschenmaßes zu erreichen. Unser Nachbar mit ausgesprochener Nachtexistenz irrte sich jedesmal in der Tür, wenn er, bis oben hin voll, sein Lager aufsuchte. Fast jede Nacht fuhren wir erschrocken auf bei seinem Fluchen und Herumhämmern. Unzählige Male stellte ich ihn darob zur Rede. Aber was halfen uns seine Entschuldigungen? Es blieb beim alten. – Nur um des lieben Friedens willen fügten wir uns schließlich ins Unvermeidliche.

Dann gab es noch anderes. Es war manchen Tag rein wie verhext. Um nur einiges herauszugreifen:

Da läutete früh um fünf Uhr ein Maurer mit einem Kübel Mörtel und Handwerkszeug und behauptete steif und fest, er hätte den Auftrag, in unserer Wohnung die Fenster zuzumauern. Ein andermal brachte man uns am späten Abend ein Ständchen. Eine Zigeunerkapelle konzertierte vor unserer Tür; natürlich lag ein Irrtum vor. Besucher mit den verschiedensten Anliegen kamen, fremde Gegenstände wurden abgeliefert und nicht wieder geholt. Ein Paket mit alten Käserinden lag einmal vierzehn Tage bei uns. Als ich es schließlich fortgeschmissen hatte, kamen drei Offiziere und forderten barsch ihr Eigentum. Der Hausbettel trieb in Perle die schönsten Blüten. Oft wurde es aber noch viel unangenehmer. Es schleppten z. B. eines Abends in der Dämmerung mehrere schwarzgekleidete Männer einen Sarg zu uns. Er sei wohl hier bestellt? frugen sie höflich. Meine arme Frau hat sich dabei recht aufgeregt.

Über all diese Mißverständnisse und das ewige Türklappen will ich nicht einmal so sehr klagen. Es kamen jedoch unheimliche und schwerglaubliche Dinge vor. Als Hilfe hatten wir eine Zugeherin, ein älteres Weib. Sie litt ewig an Zahnschmerzen und nie habe ich ihren Kopf frei von Tüchern gesehen. Sie kochte sehr gut und schmackhaft, was übrigens bei den frischen, ausgezeichneten Lebensmitteln im Traumreich keine große Kunst war. Nach ein paar Wochen hätte ich geschworen, unter den alten Röcken stecke jetzt eine andere Person; es war nicht mehr die frühere Aufwärterin. Ich sagte natürlich zu meiner Frau nichts davon, aber leider fiel ihr selbst manches auf.

«Du», fing sie einmal an, «die Anna färbt sich, glaube ich. Seit gestern ist sie blond, sie war doch immer brünett?»

«Schau, schau, die liebe Eitelkeit!» meinte ich mit gekünstelter Arglosigkeit. Mir war es selbst nicht recht geheuer, schon lange nicht. Einmal aber war es zu auffallend. Tags vorher hatte uns eine rüstige Person in mittleren Jahren bedient, und heute stellte eine geschäftige Alte mit einem Greisengesicht die Schüsseln auf den Tisch. Meine Frau klammerte sich an mich, wir waren beide wie versteinert. «Aber es ist doch dasselbe Kopftuch?» stotterte ich und blickte in die vor Schreck erweiterten Augen meiner Gattin. Flüsternd tauschten wir unsere Entdeckungen aus, auch sie hatte schon seit einem Monat die gräßlichsten Vermutungen. «Nein, und wenn sie für zehn arbeitete, ich will sie nicht! Lieber mache ich alles allein!»

Ich mußte die Anna entlassen. Ein paar Tage blieb ich daheim. Ich verabredete mit dem Friseur, daß Giovanni Battista morgens beim Zimmeraufräumen gegen Entgelt helfen sollte. Es ging vorzüglich, meine Frau befreundete sich richtig mit dem gelehrigen Tier; nur an den Zeichentisch durfte er nicht, da hieß es aufpassen, denn er fühlte sich selbst so ein wenig als Künstler, wollte nachhelfen, ausbessern. So weit es anging, namentlich beim Einkaufen, machte ich mich auch nützlich. Aber scharf mußte man dabei den Leuten auf die Finger sehen, sonst brachte man was Schönes heim! Wie einmal, da ich auf dem Markt ein paar Hammelskoteletten kaufte, sehr billig kaufte, und sie voll Stolz zu Hause auspackte, waren anstatt des Fleisches kleine Schlageisen im Papier; es hingen noch Mauseschwänzchen darin. «Also untergeschoben, ei du Verdammtes!» dachte ich.

IX.

Und dann diese Geräusche! Diese Unruhe die ganze Nacht hindurch, das war perfid!

Aus dem französischen Viertel kamen verlotterte Banden mit Dirnen der Freudenhäuser bis in unsere Gegend. Wüstes Gebrüll, Pfeifen, Johlen näherte sich den Fenstern und entfernte sich wieder. Betrunkene, die das Café verließen, hielten lange Monologe, furchtbar klangen die Lästerworte der Säuferwahnsinnigen. Daran konnte man sich nicht gewöhnen! Die Häuser ragten schief und winklig in die Straßen, die dadurch gebildeten Ecken und Vorsprünge warfen jedes laut gesprochene Wort mehrfach als Echo zurück. Gellende Rufe hallten aus der inneren Stadt; bald schärfer, bald leiser wurden sie aufgenommen und weitergegeben. Man wußte keine Ursache dafür. Dann war es wieder still, bis merklich ein Hüsteln und Kichern anhub. Nachts durch die Gassen Perles zu wandern war eine Qual. Hier taten sich schauerliche Abgründe für geschärfte Sinne auf. Aus den vergitterten Fenstern und Kellerlöchern klagte und stöhnte es in allen Tonarten. Hinter halb geöffneten Türen hörte man ein gepreßtes Ächzen, so daß man unwillkürlich an Erdrosselungen und Verbrechen denken mußte. Ging ich mit angstvollen Schritten nach Hause, höhnte es hinter mir her in tausend- – nein zehntausendfacher Weise. Die Torwege gähnten den Eiligen an, als wollten sie ihn verschlingen. Unsichtbare Stimmen lockten zum Flußufer, Blumenstichs Magazin lächelte schadenfroh, die Molkerei glich einer verborgenen, heimtückischen Falle, selbst die Mühle war nicht still, geschwätzig plapperte sie die ganze Nacht. Vor Angst gejagt flüchtete ich mich noch manches Mal auf dem Heimweg ins Kaffeehaus. Meine arme Frau fürchtete sich inzwischen allein zu Hause. Da knisterte ein Schrank oder es sprang ein Glas entzwei. Aus allen Ecken des Zimmers glaubte sie furchtbare Worte zu hören; oft fand ich sie beim Nachhausekommen in krankhaften Einbildungen feucht vor Angstschweiß. Diese schlaflosen Nächte wirkten zerstörend auf ihre Nerven, bald sah sie überall lebende Schatten und Gespenster.

Immer wieder war es die undefinierbare Substanz, man roch und fühlte sie schließlich mit dem ganzen Körper. Bei Tage wollte niemand etwas gesehen haben, die Stadt war wie gewöhnlich tot, leer, träge.

Viertes Kapitel

Im Bann

I.

Einmal kam ich aus dem Kaffeehaus und kletterte die Stufen zu meiner Wohnung empor. Auf unser verabredetes Zeichen öffnete meine Frau. Sie sah verweint und angegriffen aus. Auf dem Tische lag das Lederetui mit dem Bilde Pateras.

«Warum liegt das hier? Ist etwas passiert?»

«Ich habe *ihn* gesehen – ja – diesen da!» Sie sprach abgerissen und verwirrt. «Ich begreife noch gar nichts, aber eine Täuschung ist unmöglich, *diese Augen* kann es nicht zweimal geben.»

«Aber ich bitte dich, erkläre dich genauer.»

Und nun erzählte sie stoßweise mit fliegendem Atem:

«Vom Markte kommend, wollte ich gerade in die Lange Gasse einbiegen – es dämmerte schon stark, daher beeilte ich mich heimzukommen. – Da hörte ich hastige Schritte hinter mir, es war ein Laternenanzünder – beim Überholen streifte er mich fast. – Zugleich wandte er sich einen Augenblick um und sprach leise: Entschuldigung! Doch wie entsetzlich, denke dir – – dein Freund Patera war es.» – –

Die letzten Worte schrie sie förmlich, Tränen rannen ihr die Wangen hinab. Schluchzend barg sie ihren Kopf an meiner Schulter. Selbst aufs höchste erschrocken, mühsam mich beherrschend, suchte ich sie zu beruhigen. «Du täuschst dich», ich sprach so gleichgültig als es mir möglich war, «du täuschst dich bestimmt! Die Dämmerung… im Zwielicht ist das so leicht möglich. Und dann, wo denkst du hin? Patera, der Eigentümer von allem hier, er wird doch nicht als gewöhnlicher Laternenanzünder herumlaufen?»

Meine Stimme war unsicher, mir war selbst sehr bange.

«O sprich nicht so, du machst es nur noch schlimmer! Sein Gesicht war ganz bewegungslos wie eine Wachsmaske, nur die Augen!….. Es lag ein blinder Glanz darin!….. Ein Schauder verfolgt mich noch, denke ich daran!» Ihre Hand war heiß und fiebrig, ich drang darauf, daß sie zu Bett ging. Dabei suchte ich sie durch dummen Kaffeehausklatsch zu erheitern. Es war mir aber unmöglich, ihre Gedanken von dem Erlebnis abzulenken. – Auch ich hatte Angst. Das Leben wurde jetzt immer verteufelter und aufreibender. Trotz der schleichenden Gleichförmigkeit der Tage gab es kein Ausruhen, nicht einmal der nächsten Stunde war man sicher.

Ich bekam das Traumreich allmählich satt. Natürlich das Erlebnis meiner Frau war Halluzination. Ha, Patera, mein Freund, der hatte anderes zu tun, als Fastnachtsscherze auszuführen. Gleichviel, eine Halluzination ist immer ein Mahnruf, die gepeinigten Nerven melden sich.

II.

Nik. Castringius habe ich auch kennengelernt. Ich weiß eigentlich nicht recht, ob ich ihm sympathisch war. Die Stellung beim Traumspiegel hatte er aufgeben müssen und arbeitete jetzt auf eigene Faust. Ich fand ihn recht originell, viel netter als seine beiden Freunde, mit denen er ins Café kam: de Nemi und den Photographen, meine ich. Castringius konnte sich nicht gut verstellen; seinen Neid und seine Eifersucht sah ihm jeder am Gesicht an. Gerade deshalb blieb er ganz ungefährlich und man freute sich an seinen Lichtseiten. Ein wirklich schlechter Kerl wird ein Künstler selten sein, hie und da eine kleine Gemeinheit, dabei bleibt es. Unsere Sensationen lassen gar keine Zeit zu groß angelegten Gaunereien. Wir legen unsere Seelen offen in die Arbeiten, so daß jeder deutlich sehen kann, was für ein Lump unter Umständen aus einem Künstler hätte werden können. Die Kunst ist ein Sicherheitsventil!

Bevor ich kam, hatte Castringius seine einfachste Periode. Drei bis vier Linien und das Bild war fertig. Er nannte das «Größe». Die bedeutendsten Sachen hießen: Der Kopf, Er, Sie, Wir, Es! Da war freilich der Einbildungskraft keine Schranke gesetzt. Z. B. ein Kopf in einer Blumenvase, – alles konnte man sich darunter denken. Als *ich* dann Anklang fand, mußte sich Castringius auch zu etwas mehr aufschwingen. «Das Sujet vertiefen, darin liegt es!» war seine halsstarrige Meinung. Und jetzt kamen dann Blätter wie: «Der wahnsinnige Papst Innozenz beim Tanze der Kardinals-Quadrille.»

Der Zeichner hatte ein kleines Dachatelier im französischen Viertel inne. In diesem Stadtteil konnte er seinen Eigenheiten gemäß leben. Da fand er auch de Nemi. Dieser war ein Schwein und Leutnant bei der Fußtruppe, Stammgast bei Mme Adrienne. Seine Vorstellungen bewegten sich ausschließlich um die dort geübten Beschäftigungen. Seine Gespräche verließen prinzipiell niemals dieses Gebiet. Die Uniform war stets unsauber, seine Augen immer entzündet.

Von dem Photographen kann ich nicht viel sagen. Er war Engländer, hatte ein langes Gesicht, strohblonde Haare, Samtrock und einen wehenden Schlips. Er arbeitete noch nach dem alten, nassen Verfahren mit Kollodiumplatten und zehn Minuten Expositionszeit. Weiter war man darin in Perle noch nicht. Im übrigen war er schweigsam und mischte sich Liköre.

Wir sprachen vom Theater. Ich habe es nur ein einziges Mal besucht. Es wurde Orpheus in der Unterwelt gegeben; das Publikum bildeten nur drei Leute. Obgleich gut gespielt wurde, war es doch ein unbehaglicher Abend. Die drei Zuschauer machten den großen Raum noch verlassener. Unheimlich hallte die Musik ins Leere. Die Schauspieler schienen zur eigenen Unterhaltung zu spielen. – Ich saß auf der Galerie. Auf einmal überkam es mich, als wäre dieser geschwärzte Saal das alte, längst abgerissene Stadttheater in Salzburg. Als elfjähriger Bub ist es für mich der Inbegriff aller Herrlichkeit gewesen. Was ich jetzt sah, waren glatt gewetzte Holzbänke, zerschlissene, dunkelrote Polstersitze und zersprungene Stukkaturen. Der Bühne gegenüber befand sich eine finstere, große Loge, darüber in goldenen Bustaben: *«Patera!»* In ihrem Dunkel bildete ich mir manchmal ein, zwei Punkte leuchten zu sehen, zwei Punkte ganz nahe aneinander.

De Nemi, welcher sich hinter der Bühne recht gut auszukennen schien, erzählte umständlich, daß das Theater nicht reüssieren wolle. «Was brauchen wir in Perle ein Theater? Wir haben selbst Theater genug!» sagten die Leute und gingen nicht hin. Nun war der Bankerott da. Das Ensemble wurde aufgelöst, die niedern weiblichen Kräfte wanderten allmählich unter Beibehaltung ihrer Charge als Choristinnen, Balletteusen usw. ins Freudenhaus, der Rest bildete ein Varieté; Blumenstich gab Geld dazu. De Nemi frohlockte, er schwärmte für das Tingeltangel. Ich hatte für das Thema nur wenig Interesse. Der Wirt ging von Tisch zu Tisch und begrüßte die Gäste mit dummem, schlauem Lächeln. Bei den Schachspielern verankerte er sich, hier wurde er ernst. Dabei hatte der Mann keine Ahnung von Schach, es war zu einfältig! – Ich gähnte und sah zum Fenster hinaus. Bei der Mühle lud man Getreidesäcke ab. Deutlich konnte ich die zwei Eigentümer erkennen: den ewig lachenden, heiteren, und den verschlossen und finster dreinschauenden. Äußerlich waren die beiden die Rückständigsten in der ganzen Stadt. Sie trugen noch Haarbeutel und Schnallenschuhe wie vor alten Zeiten.

Eine Equipage fuhr vorbei. Darin lehnte eine elegante Dame. «Kennen Sie die?» fragte de Nemi und stieß mich an. «Das ist Ihre Hausfrau, Frau Dr. Lampenbogen.» Er lachte zynisch, auch die anderen Gäste schmunzelten. Der Wagen fuhr zur Badeanstalt.

Ich rief den Kellner, um zu zahlen. Anton, ein Eskamoteur ersten Ranges, wollte mir schlechtes Geld – Assignaten der ersten Republik – unterschieben. Heute ging's nun einmal nicht, mit frechem Grinsen mußte er abziehen.

III.

Meine arme Frau konnte sich von ihren Angstzuständen gar nicht mehr erholen. Sie wurde zusehends blässer, ihre Wangen fielen immer mehr ein und bei jedem Wort, das ich unvermutet an sie richtete, zuckte sie nervös zusammen. Das konnte so nicht länger weiter gehen, nur der Umstand, daß es mir noch immer nicht gelungen war, Patera zu besuchen, verzögerte unsere Abreise. Ohne seine spezielle Erlaubnis war an ein Fortkommen überhaupt nicht zu denken. Zehn Gesuche von mir lagen im Archiv, aber nur ein paar geschraubte Vertröstungen kamen von oben herab, wie: «In der gegebenen Jahreszeit hat das Departement für Audienzen Ferialtage.» Oder: «Der Bittsteller wurde wiederholt darauf aufmerksam gemacht, daß nur eine normale, bürgerliche Gesellschaftsstellung einige Aussichten auf Gewährleistung einer Audienz zu verleihen vermag. Er möge also nicht von diesen üblichen Gepflogenheiten abweichen, und sehe sich um eine solche» etc. etc. Ich war vor Gift und Galle geschwollen und gewillt, meinem Freunde reinen Wein über diese gemeinschädliche Beamtenkaste einzuschenken. «Die sollen's büßen!»....

Noch etwas fiel für unsere Heimreise schwer ins Gewicht: – *Unser Geld war fort –! – Jawohl, einfach fort –!* Kein Pfennig von den Hunderttausend war mehr da.

«So, da haben wir's, hab ich's doch vorausgesehen!» sprach ich erbittert zu meiner Frau, als ich dahinter kam. Die Ärmste konnte wahrhaftig nichts dafür, deshalb verschonte ich sie auch mit weiteren Lamentationen. Genug, Diebstahl oder nicht, das Geld blieb verschwunden und wir waren jetzt allein auf meinen Verdienst angewiesen.

So ging unser zweites Jahr im Traumreich seinem Ende entgegen. Meine Frau wurde jetzt auch bei Tage von Furchtvorstellungen gequält. Die Küche lag auf der Rückseite unserer Wohnung, durch ein Fenster sah man auf den Hof der Molkerei hinab; in dessen Mitte befand sich ein Brunnenschacht, weiter hinten ein paar Stalltüren.

«In diesem Brunnen spukt es», behauptete sie. Seltsames Fauchen und Klopfen wollte sie oft gehört haben. Mir fiel nichts auf. Um ihr aber einen Gefallen zu erweisen, nahm ich mir vor, einmal nachzusehen, und ich ging. Unter dem Vorwand, die Molkerei besichtigen zu wollen, klopfte ich einen schwerhörigen Schweizer heraus. Seine Begriffsstutzigkeit reduzierte ich durch ein schönes Trinkgeld. Ich solle ansehen, was mir passe, schrie er mir ins Ohr und verzog sich wieder in seine Kammer. Mir selbst überlassen, konnte ich also meine Untersuchung leicht ins Werk setzen. Rasch durchschritt ich eine ganze Flucht schlecht erleuchteter Räume. Das Gebäude war ziemlich tief in die Erde eingelassen, das bißchen Licht zwängte sich hoch oben durch kleine vergitterte Fenster. Auf langen Holzgestellen standen viele flache, runde Gefäße, in den Winkeln befanden sich hölzerne Kübel. Alle waren bis an den Rand mit Milch gefüllt. Ein Gewölbe diente lediglich zur Aufbewahrung verschiedener Werkzeuge. Da hingen die Wände voll von Blechgeschirren, hölzernen Platten, Brettchen. Ich suchte eilig den Hof; anstatt aber einen Ausgang dorthin zu finden, traf ich jetzt nur noch finstere Kammern, in denen große Kessel über erloschenen Feuerstätten hingen. Ein scharfer Geruch von Käsen beizte meine Nase. Da lagen sie, stanken und tropften, regelmäßige Reihen in allen Größen – ein unappetitliches halbdunkles Gelaß, schmal und lang, die verschimmelten Wände voll von Spinnenweben. Hier konnte es nicht sein – ich lief wieder zurück. In dieser Gleichförmigkeit von Käse, Butter und Milch kannte ich mich aber nicht mehr aus. Ich verirrte mich und gelangte in einen augenscheinlich ganz unbenutzten Teil des Souterrains. Die gewölbte Decke war niedrig und rostige Eisenketten hingen an schweren Haken herab. Man konnte kaum noch sehen, der schlüpfrige Boden schien sich etwas zu senken. Auf einmal stolperte ich über ein paar glitschige Stufen und stand nun gänzlich im Dunkeln. Tiefe Nacht und eisige Kellerluft – oben hörte ich irgendwo eine Tür zufallen! Gottlob – ich hatte ein paar Wachsstreichhölzer bei mir. – Da vernahm ich mit einem Male von weit, weit her ein Geräusch. Es klang wie entferntes Hämmern, wurde aber mit unheimlicher Schnelligkeit immer deutlicher. Beim Schein eines Streichholzes sah ich, daß ich mich in einem Gang befand. Mich packte tödliche Angst. «Fort von hier – nur fort von hier!» war mein einziger Gedanke. Ich rannte und stieß manches Mal mit dem Schädel an die triefenden Wände. Hinter mir jedoch schwoll das Tosen – ein furchtbares, taktmäßiges Dröhnen wie ein Galopp. Meine Lichtchen wurden immer weniger, die feuchte Luft ließ keine Flamme aufkommen. Der Schall kam näher, ich wurde augenscheinlich verfolgt. Jetzt konnte ich deutlich ein Ächzen und Blasen unterscheiden. Das schnitt mir derartig ins Mark, daß ich glaubte, wahnsinnig zu werden. Wie gepeitscht stürzte ich weiter, doch da verließ mich die Kraft und der Ohnmacht nahe fiel ich auf die Knie. Hilflos hielt ich meine Hände der anstürmenden Gefahr entgegen, auf dem Boden flackerten meine letzten Streichhölzer. Da tobte es auch schon heran, – ein kalter Wind erfaßte mich, – ich erblickte ein weißes, abgemagertes Pferd. Obwohl ich es nur unscharf sah, bemerkte ich doch seinen entsetzlichen Zustand. Die große Mähre war fast verhungert und schleuderte mit verzweifelter Kraft ihre riesigen Hufe. Den knochigen Schädel weit vorgestreckt, die Ohren rückwärts angelegt, so jagte dieses Tier an mir vorüber. Sein trübes, glanzloses Auge traf mich – es war blind. Ich hörte das Knirschen seiner Zähne und als ich ihm aufschaudernd nachblickte, sah ich sein zerschundenes, blutiges Hinterteil glänzen. Der rasende Galopp dieses lebenden Skeletts kannte kein Einhalten. Ich tastete mich weiter, während das Dröhnen verhallte, gequält von dem Anblick dieser schrecklichen Knochen. Bald erblickte ich in der Ferne eine rettende Gasflamme. Nur verschwommen konnte ich sie sehen, denn ein Nervenschock packte mich. Meine Zunge wurde starr und mein Körper wie Stein. Als der Anfall vorüber war, schleppte ich mich dem Lichte entgegen. – Eine Stiege tauchte auf – noch ein Licht –. Dann hörte ich Menschen und betrat einen bekannten Raum. – Ich befand mich im Kaffeehause.

IV.

Man hatte mein Kommen nicht bemerkt. Draußen dämmerte es, die Lichter waren angezündet. An einem einsamen Tisch im Hintergrunde wollte ich meine Gedanken sammeln, das Ungeheuere zu begreifen versuchen und das unangenehme Schwindelgefühl los werden. Ich blieb nicht lange allein. Ein älterer würdevoller Herr mit einem weißen Halstuch kam auch in die Ecke und setzte sich zu mir.

«Hier ist's ein wenig ruhiger», bemerkte er.

Von mir kam keine Antwort; in meinem Kopfe schwamm noch alles wild durcheinander. Nach einer Weile sagte er mit weicher, teilnehmender Stimme:

«Sie haben ihn das erstemal erlebt; es hat Sie sehr angegriffen!»

Jetzt sah ich auf, es lag etwas Freundliches, Mildes in dem Manne.

«Was meinen Sie?» frug ich müde.

«Nun den Klaps! Schauen Sie umher!» und er machte eine Geste ins Lokal hinein.

Da fiel mir erst auf, daß hier etwas passiert sein mußte.

Für den starken Besuch war es auffallend still. Auf allen Gesichtern lag Erschöpfung, Verstörung.

«Ja, was ist denn geschehen?» Ich hatte schon wieder Angst.

«Sehen Sie sich die Leute nur an! Jetzt ist es übrigens vorüber.»

Ich faßte Vertrauen zu dem Sprecher, er war harmlos und gewinnend.

«Gleich merkte ich Ihnen an, daß es für Sie das erstemal war, es ist ein Fluch!» Er seufzte. – Die Gäste saßen sämtlich still in sich versunken, einige flüsterten. – Hie und da gab es schon wieder ein paar laute Worte..... Mitten im Lokal wurden Scherben zusammengekehrt. Die beiden Schachspieler glichen Holzpuppen, sie schienen von einander fasziniert. Ich bat meinen Tischfreund, mich über die seltsame Stimmung ein bißchen aufzuklären, ich wisse von gar nichts. Mit seinen schönen weißen Locken, die zu den sentimentalen, etwas komisch phantastischen Augen gut paßten, war er schon ein hoher Sechziger.

«Sie sind noch nicht sehr lange im Traumreich, wenigstens noch nicht viele Jahre?» fing er zu reden an.

«Es werden jetzt bald zwei!»

Anton, schon wieder ganz munter, brachte auf meinen Wink Kognak herbei. Im Kaffeehaus wurde es allgemach wie gewöhnlich. Der Alte sprach weiter:

«Gewiß, man findet sich nur schwer hinein, wenn man es einmal anders gekannt hat. Wir stehen hier alle unter *dem Bann*. Ob wir wollen oder nicht, es vollzieht sich ein notwendiges Geschick an uns. Wir müssen dabei noch froh sein, es könnte ja viel ärger zugehen. So aber kann man über den großen Unsinn wenigstens manchmal lachen. Viele, ach wie viele, wollen da nicht immer mittun, besonders Neuankommende stemmen sich dagegen. Wird aber das innerliche Auflehnen gegen das Unabänderliche zu stark, dann kommt der Klaps; den spürt dann jeder; heute war so ein Tag.»

Er schwieg; ein trübes, ergebenes Lächeln huschte über sein Gesicht. Ich war sprachlos. Hier war ich einem Rätsel auf der Spur. Vielleicht ist es das große Rätsel, das mich so lange schon beunruhigt? Und jetzt erzählte ich dem alten Manne, was mir für merkwürdige und unangenehme Dinge passiert waren, auch das furchtbare Geheimnis von vorhin, das mir noch das Herz zusammenpreßte. Ich ließ nichts aus.

Teilnehmend und nachdenklich hörte mich mein Nachbar an. Er schüttelte ein wenig den Kopf und neigte sich zu mir:

«Lieber, junger Freund, grübeln Sie nicht unnötig, sträuben Sie sich niemals gegen Ihre innere Stimme. Gewiß, Sie haben recht. Hier gibt es überall Geheimnisse, aber sie sind unerklärlich. Der zu Neugierige verbrennt sich am ehesten die Finger. Trösten Sie sich mit der Arbeit, arbeiten kann man in Perle vortrefflich. Auch mir ging es früher ähnlich wie Ihnen. Vor Ihnen sitzt ein alter Naturfreund, und so werden Sie mir gewiß glauben, daß ich viel unter dem Unnatürlichen dieses Bodens litt. Aber man findet sich schon mit der Zeit zurecht; ich lebe fast dreizehn Jahre hier, habe mich angepaßt und finde viel Interessantes. Nur bescheiden muß man sich, auch das Kleinste kann Freuden bescheren. Ich zum Beispiel sammle Läuse, Staubläuse.» Seine Augen leuchteten auf und lebhaft, mit geheimnisvollem Lächeln, sprach er weiter: «Ich bin einer neuen Art auf der Spur. Ja, das Archiv enthält Wunder, von denen nur die wenigsten etwas ahnen. Das Amtszimmer No. 69 ist jetzt mein Jagdgebiet. Exzellenz stellten es mir huldvollst zur Verfügung, dort liegen meine Hoffnungen! – Aber jetzt muß ich gehen.»

Nachdem er diese Worte gesprochen, zog er ein altes grünes Futteral aus der Tasche, entnahm ihm eine Hornbrille und setzte sie auf. Bevor er ging, machte er eine altmodische Verbeugung und stellte sich vor: «Professor Korntheur, Zoologe.»

Ich blickte ihm voll Sympathie nach. Seine originelle Haltung, das volle, schneeweiße Haar mit dem einnehmenden, noch jugendlichen Idealismus verratenden Gesicht, die sorgfältige Sauberkeit der Kleidung bis zu den grauen Gamaschen und Überschuhen hinab, mit einem Wort, sein ganzes Wesen gefiel mir.

Aber ich war zerrissen von den Aufregungen des heutigen Tages. Mit einem dumpfen Druck stieg ich die Treppe zu meiner Wohnung empor.

Meine Frau lag gänzlich ermattet auf dem Divan, – ich hatte es nicht anders erwartet. Sie sagte nichts, mir zuliebe nahm sie sich zusammen; auch ich schwieg rücksichtsvoll, denn lügen mochte ich nicht.

Ruhelos wälzte ich mich im Bette. Immer vermeinte ich einen tosenden Schall zu hören und ein stieres, aufgerissenes Auge zu sehen. Fast ausschließlich beschäftigten mich die Mitteilungen des Professors. Also ein Bann – und der Klaps – ? Ich grübelte über den Sinn dieser Worte. – Ach ja, Außergewöhnliches fiel mir genug hier auf; erst neulich sah ich hinter einem Hause einige Burschen, die mit Klappern und Trommeln lärmten. Auf mein Befragen bekam ich zur Antwort: Wir machen Nebengeräusche! – Von jetzt ab ärgerte mich der Blödsinn, ich fand das Narrenhaus in allem. Anfangs war es neuartig gewesen, wir hatten am Fenster gelegen und auf die burlesken Vorgänge da unten gelauert. Seit den letzten Monaten aber gab es kein Lachen mehr in unserm Heim. Mit meiner Frau ging es langsam und stetig bergab. Zu gleicher Zeit nahmen die unheimlichen Vorkommnisse zu. Ich durfte meiner Lebensgefährtin nicht mehr alles sagen, wollte ich sie nicht in unmittelbare Gefahr versetzen. So verschloß ich meine Sorgen in mir, und fühlte mich einsam und dauerd verstimmt. Wohin sollte das noch führen? Ich ging je selbst zugrunde! –

V.

Einige Tage später ging ich auf der Straße. Neujahr stand vor der Tür, doch das bedeutete in diesem winterlosem Lande nicht viel. Ich schlich die wohlbekannten Häuserreihen entlang; man gewöhnte sich hier in Perle einen eigenen Gang an: leise, schwankend, unsicher, jeden Moment auf ein Mißgeschick gefaßt. Ein paar einsame Straßenlaternen zeigten mir den Weg. Eine echte Traumlandsbeleuchtung! Aus der allgemeinen Dämmerung, die alles verwischte und riesenhaft vergrößerte sprangen unnatürlich körperliche Details: Ein Pfosten, ein Ladenschild, ein Gatter.

Ich kam aus dem alten, gotischen Nonnenkloster, dessen einer Trakt ein Kinderspital barg. Dort hatte ich zwei Flaschen stärkenden Medizinalwein für meine Kranke geholt. Als ich an der eingebauten Kirche vorbeikam, bemerkte ich im Schatten des Portals ein schwarzes Bündel. Ich hörte ein paar undeutliche Worte und ein nackter Armstumpf reckte sich bittend empor. Gleichgültig warf ich ein paar Münzen in die dunkle Ecke, blieb aber schon im nächsten Augenblick wie festgewurzelt stehen. Was war das für ein seltsames altes Frauengesicht in diesen schmutzigen Lumpen? Das mußte ich mir ansehen, ein geheimer Zwang gebot es. Widerwillig und voll Ekel beugte ich mich zu der Bettlerin. Es war nicht der stinkende Atem oder der zahnlose Mund, welcher mich festhielt, sondern ein scheußliches, helles Augenpaar; wie die Zähne einer Viper bohrte es sich in mein Hirn. Halb tot und geschüttelt kam ich zu Hause an. War das Wirklichkeit oder die Angstgeburt einer überreizten Phantasie? Es war mir, als hätte ich ins Bodenlose geblickt.

Solche Zufälle gingen über meine Nervenkraft. Ich nahm mir fest vor, andern Tags zu Patera zu gehen. Ich wollte mir nötigenfalls Einlaß *erzwingen*, schreien! Er war mein Freund, er hatte mich eingeladen, an ihm lag es, ob wir zugrunde gehen sollten oder nicht! Die kopflosen Traumstädter hatten gewiß eine falsche Vorstellung von ihm. Warum waren sie so scheu und gedrückt und wichen aus, wenn ich von dem Herrn sprach? Das hatte mein Freund nicht verdient.

Über dem heutigen Tag lag ein besonderer Unstern. Meine Frau stöhnte vor Kopfschmerzen, ich machte ihr noch einige kalte Umschläge und warf mich dann erschöpft aufs Lager. Da – es mochte ein Uhr nachts gewesen sein, ertönte ein Läuten und Klopfen an unserer Wohnungstür. Ärgerlich dachte ich: «Der Saufbruder von nebenan!» Bald hörte ich ihn auch meinen Namen grölen, gleich mehrere Male hintereinander. Ich war wütend über diese Rücksichtslosigkeit, sprang auf, schlüpfte in meinen Schlafrock und nahm den Spazierstock aus der Zimmerecke. Jetzt wollte ich es dem Burschen einmal gehörig einbleuen! Ich öffnete die Flurtür, da stand er richtig und blies mir seinen Bierdunst ins Gesicht. Ob ich nicht ein paar Zigarren habe, – leihweise – ich sollte ihm doch die Ehre meines Besuches geben, – auch die Frau sei eingeladen, – er wolle Grog machen.

Ich konnte mich vor Zorn kaum mehr halten. «Sie Unverschämter, verschonen Sie andere Leute mir Ihren Lausbübereien. Machen Sie, daß Sie hier fortkommen, sonst werfe ich Sie die Stiege hinab, Frechling!» Ich schrie was ich konnte, in mir kochte alles. Mit stierem, betrunkenem Lachen stotterte er:

«Na, na, komm nur rüber!» Dabei faßte er mich am Arm und wollte mich zu sich zerren. Ich verlor die Selbstbeherrschung. Blitzschnell erhielt er einen Tritt vor den Bauch, daß er auf den Boden kollerte. Was erdreistete sich dieser Mensch? In mir wälzte ein Gedanke den andern.

«Jetzt beschwere ich mich aber, das duldet keinen Aufschub, ich werde mir selbst Gerechtigkeit verschaffen. Ich halte es nicht länger aus in diesem verwünschten Nest!» Man verstehe meine Lage: seit Wochen den gräßlichsten Eindrücken preisgegeben, die kranke Frau, welche mir Sorgen machte, das Geld verschwunden, – überall sah ich nur Feinde und Hohn. Ein wilder Haß gegen das ganze Traumland raubte mir die Besinnung und zitternd vor Aufregung sprang ich so wie ich war die Stufen hinunter und lief spornstreichs zum Palast. Genugtuung wollte ich verlangen für die Schmach, die ich fortwährend zu erdulden vermeinte, und wenn ich Patera aus dem Bette holen müßte, es sollte geschehen. So rannte ich die Lange Gasse hinauf dem Platz zu. Ein dicker Nebel war eingefallen, die Gasflammen erschienen als gelbe leuchtende Flecken, ich sah keinen einzigen Passanten, nur das nasse, schmutzige Pflaster. Halb rasend lief ich dahin, einzig damit beschäftigt, wie ich Patera alle diese Gemeinheiten schildern sollte. Ganz laut sprudelte ich meine Anklagen heraus, prachtvolle Redewendungen fielen mir spielend ein und ich fand erschütternde Worte für mein Unglück. – Aber jetzt fror es mich. – Als ich an mir hinab sah, mußte ich dann allerdings auch zugeben, daß ich nicht in der geeigneten Toilette war für einen Besuch bei einem vornehmen Herrn. Ein alter, geblümter Schlafrock, darunter ein Nachthemd und ein Pantoffel – den andern hatte ich im Lauf verloren – bildeten meine ganze Kleidung. Auf dem Platze lichtete sich der Nebel etwas: da stand der Palast! Wie ein gigantischer Würfel ragte er in den Himmel. Die helle Scheibe des Uhrturmes täuschte einen Mond vor. Nässe und Kälte brachten mich zur Vernunft; ich erkannte mein Vorhaben als törichtes Beginnen. Nein, das war nicht der richtige Moment und passende Aufzug für eine Beschwerde. Im Schlafrock, mit einem Spazierstock nach ein Uhr nachts, barhäuptig – wie sah ich denn aus? Ernüchtert kehrte ich um und suchte den Heimweg. Durch eine kleine Seitengasse wollte ich ihn verkürzen; die Kälte war recht unbehaglich. Meine Frau würde auch mein Kommen schmerzlich erwarten – morgen aber – morgen sollte der Tag der Vergeltung sein! Um mir warm zu machen, verfiel ich in einen leichten Trab. Ein erleuchtetes Fenster tauchte auf, ich lief darauf zu. Musik, Klaviergeklimper, rauhe Stimmen, Gesang! Ein heller Schein lag über der Straße. Donnerwetter, so durfte man mich hier nicht sehen! Ich war aber schon bemerkt worden.

«Heda, Sie, nur näher!» Ein paar verdächtige Gestalten traten zu mir. Jetzt wußte ich, ich hatte mich verirrt: ich war im französischen Viertel.

Hier ging es noch sehr lebhaft zu. Bald erregte ich das größte Aufsehen. Ich war mürrisch und beschämt; man lachte über meinen merkwürdigen Aufzug. Ich schimpfte und ging rasch weiter, immer mehr Menschen mir nach; man machte rohe Späße, und ich berechnete, wie das alles ablaufen würde. In diesen verrufenen Winkeln und Sackgassen fand ich mich nicht zurecht; es war sehr peinlich, Castringius hätte sich ausgekannt. Wenn ich nur gewußt hätte, wo die Polizeistation sich befand. So sah ich rechts und links nur schmutzige Spelunken und Lasterhöhlen. Aus allen Gossen dampfte und stank es. Ich machte meine größten Schritte. Ein geschminkter Bursche faßte einen Zipfel meines Schlafrockes und riß ihn mir herunter, – Patsch! saß ihm eine Ohrfeige. Aber das hätte ich lieber nicht tun sollen. Nun hub es erst recht an. Mit Heulen und Hallorufen wurde Jagd auf mich gemacht. Ein aufgedunsenes, riesenhaftes Weib trat mir entgegen und wollte mir ein Bein stellen. Ich sprang leicht über sie hinweg und verlor den Stock dabei. Sie wälzte sich im Straßenkot, mein Hemd blieb ihr als Trophäe. Dadurch hatte ich etwas Vorsprung. Jetzt wußte ich auch, es ging ans Leben. Wie ein toller Windhund griff ich aus. Noch nie war ich meiner Kraft so sicher gewesen. Hinter mir aber mehrte sich der wüste Tumult, das halbe französische Viertel war mir auf den Fersen, gellende Pfiffe ertönten, der Boden wurde immer glitschiger, ich mußte aufpassen, nicht auszugleiten. «Bald bin ich erschöpft, ich werde kaum entwischen», sagte ich mir und Angst pochte in meinen Schläfen. Mit Flaschen und Messern warf man nach mir, kreuz und quer lief ich in den Gassen und an jeder Ecke schrie ich, so laut ich konnte: «Hilfe, Polizei!» Aber niemand half und hinter mir hörte ich den tollen Haufen hohnlachen. Mit aufgerissenem Munde, nackt und verzweifelt, flog ich förmlich dahin; keine Rettung, keine Hoffnung bot sich mir. Endlich – ich war schon ganz matt – sah ich ein schmales hohes Haus; es schloß die Gasse ab. Alle Fenster waren erleuchtet, über der Schwelle hing ein roter Lampion. Das Tor war offen; ich stürzte die hell erleuchtete Stiege hinauf. Die Wände waren bunt bemalt und mit Palmen geschmückt. Im ersten Stock trat mir eine Frau entgegen, eine holde Illusion, festlich, im langen silber glänzenden Hemd mit offenen Haaren und herrlichen Armen. Sie war gar nicht besonders überrascht, mich so zu sehen und sagte lächelnd:

«Nicht zu mir! Der Herr hat sich wohl vergriffen, da ist Nummer fünf!»

Beglückt und beschämt von ihrer Freundlichkeit stammelte ich atemlos Entschuldigungen, mit der Hand meine Blöße deckend. Dann öffnete ich die bezeichnete Tür. Verdammt, da waren schon zwei drin, auch splitternackt! – Ich schlug die Tür wieder zu. Von unten tobte jetzt der Pöbel herauf. Zuerst ein Schutzmann – jetzt war einer da –, der brüllte: «Wo ist der Kerl? Ich werde Anzeige erstatten! Das Haus muß noch geschlossen werden!» Dann der Mob. Die Retterin war verschwunden, – meine blutenden Füße schienen mir wie Zentnergewichte. Tief atemschöpfend kletterte ich noch ein paar Stufen in die Höhe und sah groß angeschrieben das erlösende Wort: «Hier!» wie ein Befehl. Noch einmal die Hilfe des Himmels! Mit letzter Kraft öffnete ich die Tür und schob den Riegel hinter mir zu. – Vorläufig in Sicherheit – aber die Meute rüttelte schon am Schloß. «Aufmachen, aufmachen!» gellte es tausendstimmig.

Wie ein gehetztes Raubtier blickte ich mich um, da durchblitzte mich ein verzweifelter, jäher Entschluß. Auf die Gefahr, mich totzustürzen, klemmte ich mich durch ein schmales Fenster und griff mit der Hand nach etwas Faßbarem. Richtig, ein Draht, ein Blitzableiter! – Und mit einer wunderbaren, mir unbegreiflichen Sicherheit kletterte ich an ihm hinunter. Stille und Nacht ringsum – hier sank ich zusammen – meine Beine trugen mich nicht mehr. –

Ich lag auf einer Schutthalde. Ein Kotwagenfahrer bei seinem nächtlichen Gewerbe hob mich auf und fuhr mich in seinem gerücheschwangeren Gefährt zu mir nach Hause. Meine Frau sah aus dem Fenster, wie ich so ankam. Sie hatte eine schreckliche Viertelstunde hinter sich, länger war ich nicht weggewesen.

Nach einigen Tagen erblickte ich auf der Straße ein paar

Hunde, die mit einem bunten Paket spielten, an dem Schnüre mit Quasten hingen. Ich erkannte meinen alten Schlafrock – als herrenloses Gut hatte er sich die ganze Zeit in der Traumstadt herumgetrieben. Mit meiner Begeisterung für die Schöpfung Pateras war es jetzt gründlich vorbei.

VI.

Die nächsten Tage wurde wieder nichts aus meinen Beschwerdeplänen. Bei uns sah es trist aus. Meine wunden, geschwollenen Füße waren in Binden und meine Frau verließ nicht das Bett.

Das Lampenbogensche Haus hatte nach hinten eine Kellerwohnung. Hier hungerte eine Familie mit neun Kindern. Neun Kinder! Ein Unikum in Perle! Der Mann war ein wüster Krakeeler und Bummler, der sich von seinem abgezehrten, ewig schwangeren Weibe ernähren ließ. Diese bediente uns jetzt, denn der Affe kam nur noch hie und da des Abends auf einen Besuch. Da gab's wenigstens ein paar gemütliche Stunden. Er pflegte sich an das Bett meiner Frau zu setzen, ihr Strickzeug in die Hinterhände zu nehmen und rasch zu stricken. Dabei sah er sich gerne eine alte Nummer des Traumspiegels an, die er in den Vorderhänden hielt.

Unsere jetzige Hilfe brachte öfters ihre zwei ältesten Mädchen herauf, und ich konnte die Entdeckung meiner Gattin bestätigen, daß im Traumreich geborenen Kindern das Nagelglied des linken Daumens mangelte. Das Töchterchen meines Redakteurs, sogar die beiden Söhne Sr. Exzellenz unseres Herrn Regierungspräsidenten hatten denselben Defekt. Die brave Frau Goldschläger vermißte also neun Stück Nagelglieder.

Sobald ich wieder gehen konnte, galt mein erster Besuch

dem Arzt. Der fliegende Puls meiner Frau gefiel mir nicht. Ich hatte schon mehrmals darangedacht, den Doktor zu rufen, Lampenbogen als Besitzer kam auch oft ins Haus. Aber ich bin von jeher Ärzten gegenüber mißtrauisch gewesen, und hier in diesem Lande der Unsicherheit war Vorsicht vielleicht noch mehr am Platze. – «Ein Arzt ist ein Geschäftsmann wie jeder andere», sagte ich mir. «Bestellt ein Mensch bei einem Schuster ein Paar Stiefel und dieser verlangt den Preis, ohne sie geliefert zu haben, so wird er einfach ausgelacht werden. Einen Arzt aber muß man zahlen, selbst wenn er nicht geholfen, auch dann, wenn er nur geschadet hat.» Lampenbogen war ein reicher Mann, er besaß eine schöne Villa, eine hübsche Frau, eine Equipage. Das Zinshaus trug ihm viel, da war es kein Wunder, daß er so dick und fett wurde. Wie schlug ihm alles so gut an! Die Frau soll allerdings leichtsinnig sein, heißt es. Ich dagegen mit meiner paar mageren Knochen...

Nun kam der Doktor, wie ein wandelndes Quadrat in seinem Pelze trat er zur Tür herein. Während er untersuchte, bewunderte ich seinen Nacken, «Ein Stück zum braten!» dachte ich kannibalisch. Er riet Luftveränderung, wir sollten einige Wochen ins Gebirge ziehen. Auch mein Zustand gefiel ihm gar nicht. Auf meinen Einwand, daß ich erst Patera aufsuchen wollte, sprach er: «Das lassen *Sie lieber bleiben*!» und ging.....

Unsere kleine Expedition war reisefertig. Frau Goldschläger schob meine Gattin im Rollstuhl vor sich her. Bei dem Postgebäude am Platze warteten die Stellwagen; wir wurden verstaut. Dann knallte die Peitsche. Umschauend gewahrte ich noch Frau Goldschlägers wackelnden Bauch und das Abschiedslächeln auf ihrem reizlosen Gesicht.

Gleich hinter Perle kreuzte man die Eisenbahn. Wir wollten ins Gebirge nach einem Dörfchen, wo uns in einem Forsthause ein gutes Unterkommen in Aussicht gestellt war. Die ziemlich verwahrloste Straße zog sich in Schlangenwindungen durch die berüchtigten Sümpfe. Auch eine Ruinenstadt, Trümmer aus uralter Vergangenheit, wurde passiert. Ein paar Pelikane waren alles, was wir leben sahen. Nach dieser Wildnis wurde das Land bewohnter. Es kamen ausgedehnte Weidetriften, Kartoffeläcker, sogar Weingärten. An groß angelegten Bauernhöfen mit altersschwarzen Strohdächern fuhren wir vorbei – überall blickten uns die Bewohner nach, manche winkten uns zu. Die rauhen, in Leder gekleideten Gestalten saßen auf den Hausbänken, einige schnitzten Holzfiguren, ebenso vierschrötig wie sie selbst. Trotzdem viele von ihnen gebückten Tieren glichen, gefielen sie mir doch besser als die Städter. Sie schienen weniger zerrissen und gehetzt. Hier hatten sich die seltsamen mystischen Gebräuche entwickelt, hier wurden sie noch genau befolgt und festgehalten. – Die Straße gabelte sich; wie ein Finger ragte ein dünner Turm über einer Kapelle, welche ganz mit Fresken bedeckt am Kreuzweg stand. «Rechts geht es zum großen Tempel», machte uns der Postillon aufmerksam und deutete mit der Peitsche nach der Richtung.

Nun fuhren wir in ein enges Tal ein. Hoch oben an den steilen Felsen klebten schwer erkennbar graue Hütten, wie ich hörte die Wohnstätten asketischer Einsiedler. – Allgemach wurde es dunkel, die Wolken hingen tiefer herab und ballten sich zu gelbbraunen Klumpen wie vor einem Gewitter. Ernst und großartig in ihrer Eintönigkeit war jetzt die Landschaft; wir befanden uns am Fuße des Erzberges, zu mancher Jahreszeit wegen der gewaltigen magnetischen Entladungen eine gefährliche Gegend. Auch heute war die Spannung groß, und wir bemerkten Kugelblitze, die auf der metallischen Kuppe herumrollten. «Der Berg ist fast ganz aus Eisen», belehrte der Postillon. Es war sonderbar: nicht einmal trockenes Gestrüpp und verdorrte Halme waren auf ihm zu sehen. Dunkel rostfarben lag er da und versperrte das Tal.

Plötzlich wollte meine Frau nicht mehr weiter, die Luft drücke sie hier oben noch mehr als in der Stadt, sie verspreche sich keine Besserung von solchem Landaufenthalt. Ich empfand ebenso, mir sträubten sich die Haare in dieser von Elektrizität erfüllten Atmosphäre. Da war es besser, sofort umzukehren. Ich bedauerte nur, die Kranke hierher geschleppt zu haben. Bei einem Straßenwirtshaus stiegen wir ab und erwarteten den zur Stadt fahrenden Wagen. Die Wirtsleute bemühten sich um die Fiebernde und halfen ihr freundlich beim Einsteigen. Es ging also wieder zurück. Beim Sumpf erreichte uns die Finsternis. Ein fauler, sinnbetäubender Geruch stieg auf. Beim Scheine der Wagenlaternen erblickte ich einige mohammedanische Gräber, halb in gärendem Schlammwasser versunkene, turbangeschmückte Steine. Die Feuchtigkeit des Bodens hemmte unsern Atem. Ein Huschen und Rascheln hub an, die Dämonen des Sumpfes regten sich. Meine Frau litt unter Schüttelfrösten und preßte sich eng an mich. Als wir in die Stadt einfuhren, war es zwei Uhr. Ich wußte jetzt, daß ich eine Todkranke heimbrachte.

VII.

Andern Tags wollte ich den Arzt aufsuchen, um ihm von dem mißglückten Unternehmen zu berichten. Er war nicht in seiner Villa. – Auf dem Heimweg fielen mir zwei männliche Gestalten auf. Sie folgten einer Dame, die vor mir in die Lange Gasse einbog. Jetzt erkannte ich sie, es waren mein Nachbar, der Student, und de Nemi. Auch die beiden schienen eben erst zu merken, daß sie das gleiche Ziel verfolgten. Vor meinen Augen kam es zu einer Kollision. Was zwischen ihnen vorging, kann ich nicht genau sagen. Ich sah nur, daß sie zusammen in einen dunklen Hausflur traten, aus dem im nächsten Augenblick der Hut des Studenten in den Straßenschmutz flog. Um unerkannt zu bleiben und nicht zu stören, ging ich im schnellsten Tempo quer über die Straße. Da stand die verfolgte Dame gerade vor dem Fenster einer Leihbibliothek. Ich mußte sie schon gesehen haben! Sie besaß eine hohe Figur, war sehr elegant gekleidet und hatte einen dicken Knoten rotbraunen Haares im Nacken hängen. Das Gesicht war mir abgewandt. Sie mußte von der ganzen Jagd wohl gar nichts bemerkt haben, denn sie machte eine jähe Wendung und ging wieder zurück, mir entgegen. Es war Frau Melitta Lampenbogen; ich bewunderte ihren untadeligen, schwebenden Gang. Da traf mich ein Blick – – – – – ich sah in weiße Leere – – – – – wie ein Schlag auf das Gehirn – *Die Augen der alten Bettlerin!*

Diese Nacht verlief sehr unruhig, Poltern, Gehen und Kommen auf der Treppe. Von Schlaf keine Rede. Um sechs Uhr morgens rumorte es wieder auf dem Flur. Ich trat hinaus. Drei Männer trugen einen schwarzen Sarg hinab; die Tür zur Wohnung des Studenten stand weit offen.

Im Kaffeehaus sagte man, daß der Student in einem Duell erstochen worden sei. Noch ein anderes Gerücht hatte sich verbreitet. Einer der beiden Mühlenbesitzer war verschwunden, und zwar der jüngere, immer heitere. Auf dem andern lastete nun der Verdacht des Brudermordes. Man wußte nichts Sicheres.

«Zwei Kriminalbeamte haben die Mühle durchsucht!» flüsterte mir Castringius geheimnisvoll zu. Er gierte nach sensationellem Stoff, weil er wieder zum Traumspiegel kommen wollte. Ein farbiges Blatt, «Die Wunde des Studenten», war ihm umgehend zurückgegeben worden.

Ich war auch in einer peinlichen Lage: Frau Goldschläger war heute ausgeblieben, und ich entschloß mich, sie in ihrem Kaninchenstall aufzusuchen. Diese Stube war ein Greuel, ein ganz besonders antipathischer Duft erfüllte sie. Die Hebamme wehrte mir den Eingang, heute nacht hatte sie eine Totgeburt gehabt. So nahm ich das herzliche Anerbieten Hector von Brendels an, der mir seinen Diener – eine alte graue Maschine – für Gänge zur Verfügung stellte. Seit den drei Tagen, da ich den gefahrvollen Zustand meiner Frau erkannt hatte, war ich wie vor den Kopf geschlagen. Zorn und Aufregung verschwanden; ich war nicht mehr imstande, meine Lage zu übersehen und schleppte mich schwerfällig herum. Stumpf, apathisch, wie ein verprügelter Hund, innerlich zernagt von Unruhe, wußte ich nicht, wo ich mich aufhalten sollte. Zu Hause wollte ich nicht bleiben, ich konnte das nicht ansehen, es zerquetschte mir das Herz. Also herumlaufen, an die Luft! Ich beschrieb einen weiten Bogen um das Kaffeehaus und wandte mich zum Flußufer. Hier an dem lautlos dahingleitenden Strome hielt ich mich sonst so gerne auf. Unwillkürlich streifte mein Blick die Mühle. Sie zitterte wie lebendig. Unscharf und verwischt in einem Dunstschein, wie aus einer gallertartigen Substanz bestehend, kam sie mir vor, ein unbekanntes Fluidum ging von ihr aus, das mich bis in die Zehenspitzen vibrieren machte. Hinter einem verstaubten Fenster stand der Müller. Finster und haßerfüllt sah er auf mich nieder. Nun kam ich ins Freie: Vorüber am Abdecker, am Viehhof, an der Ziegelei. Die trübe, nasse Luft, das traurigmachende Geknarre der Frösche vom Wasser her paßten zu meiner Stimmung. Ehe ich es dachte, war ich am Friedhof. Ich blieb stehen und zündete eine Zigarette an. Ich gewahrte durch das schmiedeiserne Tor die Grabsteine. Da faßte mich ein Schauder; zähneknirschend lief ich durch mir noch unbekannte Straßen. Ich schluckte die sich gewaltsam aufdrängende Melancholie hinunter. In mir fühlte ich kalte Verachtung gegen alles, besonders gegen Patera.

«Wo versteckst du dich, Folterknecht?» rief ich in die leeren Gärten, an denen ich vorüberrannte. Aber die entlaubten Gebüsche und kahlen Bäume gaben keine Antwort. Vorwärts lief ich und trat unbekümmert in die Pfützen. Erwärmt von einem leichten Fieber trieb es mich weiter, über Plätze und durch Gassen, die ich mich nicht entsinnen konnte, je gegangen zu sein. Eine armselige Pferdebahn – sie schien mir mehr zur Dekoration als zum Gebrauch da zu sein – frappierte mich. Mir war es neu, daß es in Perle dieses Transportmittel gab. Aber ich war viel zu verworren, um mich lange bei diesen Gedanken aufzuhalten und ehe ich erkannte, wohin mich meine Füße trugen, stand ich vor dem Palast. Eben wurden die Laternen angezündet.

In einen der Eckpfeiler der Residenz war eine Marmortafel eingelassen, die meine Blicke bannte.

Audienzzeiten bei Patera für jedermann
täglich von 4 bis 8 Uhr

Kopfschüttelnd las ich das mehrmals halblaut und sprach es vor mich hin. Da durchfuhr mich ein ganz närrischer Gedanke: «Das ist ja ein ungeheurer Witz – wir sind nur zu dumm, um ihn zu begreifen.» Ein Lachkrampf durchschüttelte mich, ich hätte Patera ermorden können. An eine Säule gelehnt, rang ich nach Fassung. Dann schritt ich durch das offene Portal, ganz einfach, als wäre es nichts. Ich stieg breite Treppen empor, unter den enormen Wölbungen muß ich ganz winzig ausgesehen haben. Immer höher hinan stieg ich. – Durch die Bogenfenster sah ich tief unter mir die Stadt. Um mich war alles totenstill, nur meine Schritte hallten. – Ich war so gänzlich mit meinem Zustande beschäftigt, daß mir meine seltsame Lage nicht zum Bewußtsein kam. Ungewöhnlich leicht war mir zumute, das habe ich heute noch deutlich im Gedächtnis. Ich öffnete riesige weiße Flügeltüren und durchwanderte eine Flucht von großen Gemächern. Jedesmal schlug mir ein neuer kalter Lufthauch entgegen. «Hier wohnt sicher niemand», murmelte ich fortwährend, wie im Traume befangen. Einige umfangreiche, geschnitzte Schränke und durch Schutzüberzüge verhüllte Polstermöbel standen in jedem Saale. Einmal sah ich eine schlanke Gestalt eilig und kerzengerade auf mich zukommen. Doch das war Trug, ein Wandspiegel warf mein eigenes Bild zurück. Als ich die endlose Reihe von Hallen und Gemächern durchschritten hatte, gelangte ich in eine unabsehbare Galerie, die scheinbar zurückführte. An den Wänden hingen nachgedunkelte, lebensgroße Porträts in breiten Ebenholzrahmen, zu meiner Rechten reihten sich Bogenfenster. Ganz am Ende war ein niedriges Pförtchen, das ich vorsichtig öffnete. Ich befand mich in einem mittelgroßen, leeren Raume, der mit bleigrauen schweren Stoffen ausgeschlagen war. Das Zwielicht machte dieses Zimmer undeutlich. Soviel aber bemerkte ich: Hier war kein weiterer Ausgang, hier war das Ende. Und jetzt erst hielt ich einen Augenblick inne und dachte nach, was ich eigentlich wollte. Hier war nichts – es war so still wie in einer Gruft.

Schon wollte ich umkehren, da stieg von allen Seiten der eigentümliche Duft auf, dem ich in diesem Lande immer wieder begegnete. In bedeutender Stärke durchdrang er den ganzen Raum, ich hörte so etwas wie ein leises, trockenes Lachen. Und wirklich! Ich sah an der Wand gegenüber das Gesicht eines schlafenden Menschen. An das Halbdunkel gewöhnt, unterschied ich jetzt eine in Grau gekleidete Gestalt, die auf einem erhöhten Ruhebett saß. Ich trat einen Schritt näher. Ein Haupt von ungewöhnlicher Größe – ich erkannte meinen Freund Patera. Ein Irrtum war völlig ausgeschlossen, wie oft hatte ich mir doch das Bild angesehen! Das fahle Antlitz umringelten dunkle Locken, die Augenlider waren festgeschlossen, nur der Mund zuckte und bewegte sich unaufhörlich als wollte er sprechen. Ergriffen bestaunte ich die wunderbare, regelmäßige Schönheit dieses Kopfes. Mit seiner breiten, niedern Stirn und der mächtigen Nasenwurzel glich er eher einem griechischen Gott als einem lebenden Menschen. Über den Zügen lag ein tiefer Schmerz. – Nun vernahm ich Worte, ganz leise und hastig flüsterte es: «Du beklagst dich, daß du nie zu mir kommen kannst, und doch war ich immer bei dir. Ich sah dich oft, wie du mich schaltest und an mir verzweifeltest. Was soll ich für dich tun? Sage deine Wünsche!»

Er schwieg. Es herrschte Stille, mein Hals war ausgetrocknet, nur mit der größten Anstrengung brachte ich hervor: «Hilf meiner Frau!» Der Kopf hob sich ein wenig, Patera schlug langsam die Augen auf. Zugleich überfiel mich entsetzliche Schwäche. Starr und unverwandt mußte ich diesen fürchterlichen Blicken folgen. Das waren überhaupt keine Augen, das ähnelte zwei blanken hellen Metallscheiben, die glänzten wie kleine Monde. Ausdruckslos und ohne Leben waren sie auf mich gerichtet. Die Flüsterstimme sprach:

«Ich werde helfen.»

Seine Gestalt richtete sich völlig auf, wie eine Medusenmaske hing das Haupt über mir. *Gebannt*, war ich keiner Bewegung fähig, ich dachte nur: *«Das ist der Herr, das ist der Herr!»* – Jetzt erlebte ich ein unbeschreibliches Schauspiel. – Die Augen schlossen sich wieder, ein grauenhaft schreckliches Leben trat in dieses Gesicht. Das Mienenspiel wechselte chamäleonartig – ununterbrochen – tausend- nein hunderttausendfach. Blitzschnell glich dieses Antlitz nacheinander einem Jüngling – einer Frau – einem Kind – und einem Greis. Es wurde fett und hager, bekam Auswüchse wie ein Truthahn, schrumpfte winzig klein zusammen, – war im nächsten Augenblick hochmütig gebläht, dehnte, streckte sich, drückte Hohn, Gutmütigkeit, Schadenfreude,

Haß aus, – voll Runzeln wurde es, und wieder glatt wie Stein – es war wie ein unerklärliches Naturgeheimnis, – ich konnte mich nicht abwenden; eine magische Kraft hielt mich wie festgeschraubt, Schrecken überrieselte mich. Jetzt erschienen Tiergesichter: das Antlitz eines Löwen, dann wurde es spitz und schlau wie ein Schakal – es wandelte sich in einen wilden Hengst mit geblähten Nüstern – wurde vogelartig – dann wie eine Schlange. Es war entsetzlich, ich wollte schreien und konnte nicht. – In abscheuliche, blutüberströmte und spitzbübische feige Fratzen mußte ich blicken. Dann trat endlich langsam Ruhe ein. Wie Wetterleuchten fuhr es noch manchmal über das Antlitz, – die verzerrten Larven verschwanden und wiederum schlief vor mir der Mensch Patera. Die geschwungenen Lippen fieberten und bewegten sich schnell. Ich hörte wieder diese seltsame Stimme:

«Du siehst, ich bin der Herr! – Auch ich war verzweifelt, da baute ich mir aus den Trümmern meines Gutes ein Reich. – Ich bin der Meister!»

Ich war erschüttert und hatte das tiefste Mitleid mit ihm; mühsam sprach ich:

«Bist du auch glücklich?»

Doch schon traf mich der Strahl und lähmte mich. Ganz nahe vor mir sah ich die gräßlichen Augen. Patera war herabgestiegen und hielt meine Hände. Ich war innen und außen wie von Eis überzogen. Er rief. «Gib mir einen Stern, gib mir einen Stern!»

Seine Stimme bekam etwas Berückendes, sie schmeichelte und lockte. Ich sah seine weißen Zähne schimmern, die Bewegungen waren schwer und lahm. Ich verstand nur das geringste von dem was er sprach. Seine Laute wurden heiser und gepreßt – seine Brust hob sich – die Adern an seinem bleichen Halse schienen zum Bersten gefüllt. Plötzlich wurde sein Gesicht grau wie die Wand, nur die aufgerissenen, gequollenen Augen flackerten und fesselten mich in ihren unerklärlichen Bann. Ein wahrhaft ungeheuerer, nicht mehr menschlicher Schmerz mußte ihn durchwühlen.

Patera reckte sich empor, seine Hände griffen weit ins Leere. – Da senkte sich ein Vorhang zwischen mich und den Herrn. Ich hörte noch ein unartikuliertes Röcheln und einen dumpfen Fall.

Als ich mich umwandelte, mußte ich mich gegen das Fenster stützen, denn ich fühlte, wie mich ein Starrkrampf packte. Von der Zunge ausgehend, ergriff er den ganzen Körper. – Unten auf dem Platze wurden Menschen und Tiere einen Moment steif wie Holz. Nur einen Moment, dann ging alles wieder seinen Gang.

Wieder Herr meiner Bewegungen, stürzte ich fort in der tiefen Überzeugung, wahnsinnig zu sein.

VIII.

Zerrüttet, zu jeder Sammlung unfähig, kam ich zu Hause an. Lampenbogen war gerade da, schien aber im Begriffe zu gehen. Er hatte aus dem Kloster eine barmherzige Schwester mitgebracht. Als mich der Doktor sah, zog er mich sogleich in die Fensternische. Er sprach ernst auf mich ein, aber ich war nicht imstande, dem Sinn seiner Worte zu folgen. Mit tat seine schwerfällige Ruhe wohl. «Nur nicht die Hoffnung aufgeben», verstand ich. «Es ist ein starker Nervenanfall, vielleicht die Krise. – Es ist übrigens immer noch möglich, daß die Frau diese Attacke übersteht. – Man darf die Hoffnung nie ganz aufgeben. Falls Unvermutetes eintreten sollte, so holen Sie mich natürlich heute nacht noch. Morgen komme ich auf jeden Fall.»

Er ging. – Wie gesagt, was eigentlich geschehen war, warum er so sprach, wußte ich nicht.

Still, geschäftsmäßig ging die Pflegerin mit Tüchern und Schüsseln aus und ein. Ich fühlte in mir nur ein halbes Leben, zu einer vernünftigen Handlung konnte ich mich nicht aufschwingen. Ratlos, mit dem Gefühl der Überflüssigkeit, stand ich herum. – Meiner Frau konnte es wohl gar nicht so schlecht gehen; als ich mich einmal scheu auf den Fußspitzen dem Bette näherte, lag sie da und schlief; sie sah sogar voller und besser aus als in den letzten Wochen, Röte bedeckte ihr Gesicht. Dann sprach ich mit der Krankenschwester. Nun, ein Anfall, eine Art Gehirnkrampf, hatte die Kranke während meiner Abwesenheit gehabt. Die geistliche Frau war einsilbig, spät abends betete sie halblaut. Langsam kamen mir Ahnungen von dem furchtbaren Ernst der Situation. Mitten in die wirren Gedanken, die sich mit dem Herrn des Traumreichs befaßten, blitzten Erinnerungen an die Schüttelfröste auf, die meine Frau bei unserer nächtlichen Stellwagenfahrt befallen hatten. Aber ich *konnte* das Schlimmste nicht glauben, ich *wollte* nichts glauben.

Diese Nacht nistete ich mich auf dem Divan im Wohnzimmer ein, das zugleich mein Arbeitsraum war. Von Schlafen keine Rede. Gegen Morgen erhob ich mich einmal und sah mir das Bild Pateras an. Die Kranke schien Ruhe zu haben, nur ein einziges Mal hörte ich während der Nacht ein paar Worte sprechen. Gegen neun Uhr morgens ging ich hinüber. Hier war alles schon geordnet und gelüftet. Meine Frau sah mich erstaunt an, das Erkennen machte ihr sichtlich Mühe. Trotz ihrem guten Aussehen war sie sehr schwach, kaum verstand ich ihre Worte. Die Schwester war zufrieden mit der Nacht, das Fieber hatte nachgelassen, tatsächlich wurde die Patientin jetzt frischer. Die Pflegerin verließ uns nun auf eine Weile, sie machte einige Besorgungen. Ich setzte mich auf den Bettrand und nahm die heißen Hände meiner Frau in die meinen. Voller Hoffnung, und um ihr die Anstrengung des Sprechens zu ersparen, erzählte ich ihr alles mögliche, von dem ich annahm, daß es sie erfreuen würde. Ich sprach von dem Tempel am See und seinen Wundern, von den Juwelen und Geschmeiden, die dort aufbewahrt lagen, denn ich wußte, schöner Schmuck war eine kleine Leidenschaft von ihr. Ich schilderte die spiegelnden Wasserstraßen und den tiefen, lauschigen Park, als wenn ich selbst tagelang dort herumgestreift wäre. Sie sah mich unverwandt, fast heiter an und strich mir sogar ein paarmal über den Kopf. Ich war glücklich, daß ihr meine Geschichten gefielen und fuhr eifrig fort. Ich sprach von den vergoldeten Schiffen und den schneeweißen Schwänen auf dem See, meine Bilder gewannen Farbe – Farbe hier in dem fahlen, düstern Traumland. Glühend beschrieb ich die vielen Blumen, die buntgesprenkelten Orchideen, die schwarzroten Rosen, die Lilien an den zartgebogenen Stengeln. Ich glaubte fest an die Zauberkraft meiner Worte. Von blauen Wäldern von Vergißmeinnicht sprach ich, von den Millionen glitzernder Tautröpfchen, über denen die frühe Sonne aufging. Ich sprach von dem Gezwitscher der Vögel, von den freudigen Klängen silberner Posaunen. Dorthin in lichte Pracht wollten wir eilen, nötigenfalls entfliehen. Dort würde sie gesund werden. Während ich die verlockendsten Worte fand und in einem schönen Zukunftsleben schwelgte, war meine Frau – eingeschlafen.

Mutlos, wie zerschmettert, saß ich da. Die trostlose Bangigkeit hatte mich wieder. Mit halbgeschlossenen Augen lag die Kranke, ihre tiefe Röte kam mir nicht mehr so natürlich vor. Ich zwängte die heraufkommenden Tränen zurück – die Pflegerin kam herein.

Und dann kam auf einmal Herr von Brendel und erkundigte sich in teilnehmenden Worten nach dem Befinden meiner Gemahlin. Auch Blumen hatte er mitgebracht, blaßgelbe Tulpen. Ich zog ihn ins Wohnzimmer; endlich ein gesunder Mensch! Ich klammerte mich förmlich an ihn.

Wie versprochen kam auch der Arzt. Er blieb lange. Bevor er ging, nahm er Brendel mit sich in die Küche; dort hatten die beiden eine kleine Unterredung, dann verabschiedete er sich rasch auch von mir und ging die Treppe hinab. Sein letztes Wort war: «Kopf hoch, und hoffen!»

Brendel machte mir den Vorschlag, mit ihm zu gehen: «Wir können den ganzen Tag zusammen bleiben, hier stören Sie doch nur und haben kein richtiges Essen.»

Er vermied es absichtlich, von meiner kranken Frau zu sprechen. Wir gingen also ins Kaffeehaus auf ein Frühstück. Mir fehlte zwar jeglicher Appetit, aber irgendwohin mußte ich gehen. Ich hatte Brendel wirklich gern, er war ein reizender, ungemein gefälliger Mensch, der nur eine einzige Schwäche hatte: Er gehörte zu den sentimentalen Don Juans. – Das ist noch lange nicht das Ärgste –. Weit entfernt, ein solcher Schürzenjäger wie de Nemi zu sein, dem es nur auf die mechanische, phantasielose Unzucht ankam, war Hektor von Brendel tatsächlich verliebt – und zwar immer und immer wieder in eine andere. Wer aber glaubte, hier einen jugendlichen, unklaren Menschen vor sich zu haben, der vor lauter Zartheit für ein Weib unreif gewesen wäre, der hätte sich geirrt. Mit vollkommener Hingabe hastete er einem eingebildeten Ideal nach, das er leider nie verwirklicht fand – das heißt: *Dauernd* verwirklicht fand. Seine jeweilige Geliebte, der «Rohstoff», wie er das nannte, mußte erst umgebildet werden. Hier scheute er keine Mühe, kein Geld; nach einem eigenen, recht verwickelten Erfahrungssystem ging er vor, Schritt um Schritt, geduldig, planmäßig. Nach Erledigung der Toilettenfragen – bis hierher ging es dank den reichlichen Mitteln immer sehr gut –, kamen die vielen geistigen Kategorien an die Reihe: Benehmen, Lieblingsausdrücke etc. etc. Über diese Hemmnisse stolperten schon die meisten und sprangen aus. Brendel griff unermüdlich zu neuem «Rohstoff». Den nachfolgenden höheren

Stufen, («wahres Vertrauen», «geschmackvoller Umgang») sah sich fast nie eine Bewerberin um seine Gunst gewachsen. Er schwärmte mir oft halbe Nächte lang von einem neuen Idol vor. Gegen sich selbst war er streng, klagte sich an, verbesserte, änderte seine Methode, aber nie gelang es ihm, den Zustand zu erreichen den er «die Reife» nannte. Der Fehler lag in einer falschen Psychologie, dann hatte er aber auch wirkliches Mißgeschick. Eine betrog ihn, eine andere stellte sich als langweilig heraus. Er war ewig nur zur Kostprobe verurteilt.

Heute schwieg er rücksichtsvoll, obwohl es mir lieber gewesen wäre, er hätte gesprochen. Mir waren seine erzählten Abenteuer, die der Komik nicht entbehrten, oft sehr amüsant. Bei jedem «Ende» gab es ein hübsch arrangiertes Abschiedsmahl, wobei das Bedauern schon wieder in neues Hoffen überging. Ritterlich und anständig trug er keiner einen «Fehler» nach. Er verstand sich zu trösten, die Materie war ja unerschöpflich und zu interessant für ihn. – –

Mich würgte gestaltlose Angst, sie stieg vom Magen herauf, schnürte das Herz und drückte die Eingeweide. – Ich rauchte und trank. – Aber es entlastete mich nichts. Der Eindruck, den diese lebende Bildsäule im Palast in mich gegraben hatte, und die Erkenntnis der Gefahr, in der meine Frau schwebte, verschmolzen miteinander. Ich war wie in einem Alptraum, aus dem ich nicht erwachen konnte.

Der Müller von drüben trat herein und stürzte am Büfett stehend ein paar Gläser Rum hinunter – ohne Gruß ging er wieder. Die beiden Schachkünstler saßen wie immer da gleich chinesischen, verschnörkelten Holzgötzen.

Brendel nahm mich mit sich in die blaue Gans, wo er zu speisen pflegte. Nach Tisch gingen wir in seine Wohnung; er servierte mir einen Kaffee und zeigte seine hübsche Sammlung von Aquarellen, Motiven aus dem Traumlande.

Nachmittags gegen 5 Uhr hielt ich es bei ihm nicht mehr aus. Ich bat ihn um Entschuldigung für den schlimmen Tag, den ich ihm gebracht hatte, dankte und ging nach Hause; ich war schon allzulange fortgeblieben und begriff mich selbst nicht, daß ich so lieblos sein konnte.

Meine Angst wurde zur Folter, wie einen Motor trieb sie meinen Gang an; ich stürzte die Stiegen hinauf – und dann wagte ich nicht einzutreten. – – – Ich horchte an der Tür – – nichts! – sie lag ja im zweiten Zimmer. Noch einmal schöpfte ich tief Atem – dann machte ich auf …

Das erste, was ich sah, war Lampenbogens Pelz, zitternd betrat ich die Krankenstube. Der Arzt dankte flüchtig für meinen Gruß – er hatte seine Manschetten abgestreift. Im Bette lag meine Frau – sie war alt und verfallen. – Ein namenloser Schreck ließ mich in diesem Augenblick zusammensinken, ich flehte den Arzt an:

«Helfen Sie! – – – Helfen Sie!»

Der kolossale Mann klopfte mir auf die Schulter und sprach:

«Fassung, Sie sind jung!» – – – Ich wimmerte. – – – Die Pflegerin wollte mir ein Glas Wasser reichen – da fuhr ich auf wie von einer Peitsche getroffen und stieß sie weg.

Über das zerwühlte Lager gebeugt stierte ich fassungslos mein sterbendes Weib an; – – – sie war ganz still bis auf ein schauerliches Zähneklappern, – – – wie eine kleine Maschine – ein unaufhörliches Geklapper – trocken – hart – und klar. Ich fühlte den tiefsten Schmerz meines Lebens; vor Entsetzen begriff ich gar nichts. – – – Ihre faltige Haut war grünlich, – – Schweiß brach aus allen Poren – – – mit einem Tuche wollte ich ihn abwischen – – – da hörte das Geklapper auf – – – Mund und Augen öffneten sich weit – – – das Gesicht wurde bleich wie Kreide – – – sie war tot. – –

Wie aus großer Entfernung hörte ich die Nonne beten,

den Doktor fortgehen. Ich kniete am Bettrande nieder und leise, leise sprach ich aufs zärtlichste mit der Toten. – – – Mir erstanden noch einmal die Jahre, die wir zusammen gegangen waren. – – – Nicht vom Traumlande sprach ich zu ihr, sondern von den Zeiten, da wir uns kennengelernt hatten. Ich dankte ihr für alle Freuden. Ich hielt meinen Mund nahe an ihr Ohr, denn es brauchte mich niemand zu hören. Ganz leise, nur für sie bestimmt, flüsterte ich ihr zu, daß ich bei Patera für sie gebeten hätte, daß der Herr helfen würde. Kindliches Vertrauen war in mir. Während ich das letzte sprach, stieß ich gegen ihren Kopf; er fiel schwer zur Seite und kam in den gelben Schein der Lampe. Jetzt sah ich erst die Veränderung, etwas Fremdartiges mit blutleeren Lippen und spitzer Nase lag vor mir – so kannte ich meine Frau nicht. Große, glanzlose Pupillen schauten durch mich hindurch – es schüttelte mich krampfhaft – unaufhörlich sinnlose Reden führend, lief ich fort – fort in die fremden Straßen. Ich kümmerte mich um niemand und suchte die finstersten Schlupfwinkel auf. Doch nirgends hielt es mich lange. Die ganze Nacht lief ich herum, ein geschwätziges Gespenst, das die Furcht verloren hat. – Alle Gebete, die mir von meiner Kindheit her einfielen, stammelte ich vor mich hin. Ich war einsam – es gab nichts Einsameres als mich.

Auch den nächsten Tag verbrachte ich im Verborgenen. Ich hoffte, auch mich würde der Tod holen. Die folgende Nacht pfiff und krachte es um mich her, fortwährend glaubte ich, die Erscheinung Pateras zu sehen, ein graues, schleierhaftes Gebilde, das vor mir schwebte. Als der Morgen graute, kroch ich müde und mit hohlem Schädel die Stufen zu unserer Wohnung empor. Eine vage Hoffnung, daß vielleicht alles doch nur eine Einbildung sei, äffte mich.

Im Sterbezimmer herrschte Unordnung; fader, süßlicher Geruch traf mich. – Das Bett war leer – alles durcheinander gerückt. Auf dem Nachttisch umgeworfene Medizinflaschen und verstreute Zuckerstückchen. In allem lag Unbegreifliches, Trostloses. – Ich ging wieder hinunter, – da stand Lampenbogen bei seinem Wagen.

Er faßte mich am Arm – ich fuhr zusammen: noch ein Unglück?

«Ein paar Worte; ich habe Sie gesucht. Sie dürfen sich nicht derartig gehenlassen. Ich werde Sie mit mir nehmen, in einer halben Stunde beerdigt man Ihre Frau. Sie brauchen jetzt ein Heim, eine Familie. Hoffentlich lehnen Sie nicht ab, wenn ich Sie einlade, vorläufig zu mir zu ziehen; auch meine Frau würde sich freuen. Man überlebt so etwas – Sie werden ruhiger werden.»

Ohne ein Wort zu erwidern, stieg ich zu Lampenbogen in den Wagen; ganz schmal saß ich neben dem breiten, dicken Manne. Vom Kaffeehause sah man uns nach; Anton machte durchs Fenster eine Verbeugung, die Schachspieler waren vertieft.

Nach einigen Minuten kamen wir auf den Friedhof. Schon von weitem bemerkte ich in der kleinen Halle des Leichenhauses eine Gruppe von Menschen – nach und nach unterschied ich bekannte Gesichter: Hektor von Brendel, der Kaffeewirt, einen Geistlichen, ein paar Unbekannte. Alle standen, nur *etwas* lag. Ein einfacher Sarg mit einem schwarzen Tuche bedeckt. Es fing an zu regnen, die Nässe drang durch die Kleider, – was meine trockene, gespannte Haut fast als Wohltat empfand.

Der Priester murmelte Gebete – man trug den Sarg zur Grube. Ich schritt als erster dahinter. «Da drinnen liegt meine Frau», dachte ich. Ich stellte sie mir vor, als lebte sie noch. «Sie weiß sicher alles, was hier vor sich geht, daß ich hier hinten gehe und alles geschehen lasse.» Mitunter trat ich wankend in den nassen Rasen. Jetzt bemühte ich mich, nur an meine Haltung zu denken. «Nichts soll man mir anmerken, allen Schmerz später, wenn ich allein bin.» Ich las fortwährend ein großes, gedrucktes Wort in meinem Kopf: «Mut, Mut, Mut, Mut!» ... Eine unendliche Zeile war es. Dabei biß ich mir in die inneren Wangen. Mit etwas Neugierde schaute ich trotzdem, wo das Grab geschaufelt war. Da, mitten unter vielen, vielen andern Gräbern. ... Jetzt war man da, das schwarze Tuch wurde vom Sarge entfernt. Ich befand mich in einer Art Halbtraum. Geschickt senkten die Männer den Sarg in die Erde. Einmal blickte ich ganz kurz hinunter, unnatürlich scharf prägte sich mir das Bild ein. «Das ist der letzte Blick, der Abschiedsgruß für deinen Lebenskameraden.»

Ich entfernte mich mit schwankenden Schritten, Lampenbogen hielt mich am Arm – alle Leute grüßten –.

In diesem Augenblick kam jemand eilends vom Friedhofstor gelaufen und putzte dabei mit dem Ärmel seinen Zylinder. Es war der Friseur. – Er nahm meine Hand und sagte feierlich: «Im Tode wird das Subjekt zur Diagonale zwischen dem Raum und der Zeit, möge Sie das trösten!»

An der Mauer links sah ich die große Gruft der Familie Alfred Blumenstich. Auf einem weißen Marmorwürfel eine eiserne Sphinx mit Ritterhelm und geschlossenem Visier. Ich war froh, daß alles vorbei und so glimpflich abgegangen war.

Dann stieg ich wieder zu Lampenbogen, wir fuhren nach seiner Villa.

IX.

Es war gewiß recht freundlich von Lampenbogens, einen so Verlassenen wie mich bei sich aufzunehmen. Ich wäre allerdings auch mit jedem anderen gefahren, mir war es zu gleichgültig, wohin es fortan ging.

Lampenbogens lassen sich «nichts abgehen», «denen ist's

egal, daß meine Frau tot ist», dachte ich, als mir das Mädchen die Tür zum Eßzimmer öffnete. Es war sechs Uhr abends. Die Frau Doktor hatte mich schon begrüßt, als wir ankamen, sie sagte, daß sie hoffe, ich würde mich in ihrem Hause recht wohl fühlen, und das «schreckliche Ereignis» bald vergessen. «Jawohl, das schreckliche Ereignis», antwortete ich mechanisch. «Im Leben gibt es viele Trauer», bemerkte Lampenbogen und legte eine Schachtel Zigarren auf den Tisch in meinem Zimmer. Nachdem ich mich genugsam gewundert, daß ich hinfort in einer anderen Stube wohnen sollte, machte ich mich ein wenig schön und ging hinunter. – Draußen war es kalt und unfreundlich gewesen, hier war es warm, geräumig und luxuriös. Die Hausfrau schien besorgt um mich, was mir wohl tat. Der Eindruck von neulich mußte eine Sinnestäuschung gewesen sein, ich sah ihr heute ganz ruhig in die Augen; sie waren mandelförmig, graugrün; nachdenklich suchten sie in einem fort etwas.

«Also von dieser Frau spricht man so viel», dachte ich bei mir, «das ist ja alles lächerlich.»

Wir setzten uns zu Tisch, Lampenbogen nahm mit seinem Elefantenleib eine ganze Breitseite ein. Er war Gourmand. Während er aß, wurde sein Gesicht zum Blasebalg, man sah und hörte, daß es ihm schmeckte. Mir stand der Sinn nicht nach Essen, trotzdem ich nichts im Magen hatte. Lampenbogen aber wurde vor dem Tischtuch ein ganz anderer Mensch, ein «Priesterfeldherr», wenn man so sagen darf. Andächtig und zugleich scharf überblickte er die Schüsseln, und wenn man sie ihm nicht gleich reichte, schnalzte er mit den Fingern, ganz kurz. Bereits abgetragene Speisen verlangte er kategorisch aus der Küche zurück. «Wie oft habe ich es ihr schon gesagt, dieser Bestie», knirschte er und wurde rot. In diesem Moment glich er dem japanischen Glücksgott Fukuroku. Den Salat bereitete er selbst an einem kleinen Nebentisch. Geschickt hantierte er mit zwei Gabeln, mir fiel auf, wie sicher seine kleinen, fetten Hände sich bewegten. Ich dachte: der muß gut zu operieren verstehen. Schließlich schien er trotzdem mit seinem Werk nicht zufrieden.

«Man bekommt hier rein gar nichts mehr», grollte er, und überblickte mißbilligend eine ganze Batterie farbiger Fläschchen und Dosen. «Lampenbogen im Querschnitt», ein Stoff für Castringius.

«Aber Sie essen ja gar nichts!» rief er beim Käse. Seine Frau wies ihn zurecht! «Odoaker, du weißt doch!» Übrigens bemerkte ich, daß er gleich mir eine feine Nase hatte. Das war aber auch die einzige Ähnlichkeit zwischen uns.

Nach Tisch bekam ich meine Zigaretten; bedauernd, seufzend erhob sich der Fettberg:

«Leider, leider muß ich heute in den Klub und wir könnten so schön noch beisammen sitzen.» Auch ich bedauerte. «Wo ist der Klub?» frug ich. Er wollte mich natürlich sofort einführen, in den hinteren Räumen der blauen Gans befand sich eine Kegelbahn. Ich dankte. Für heute wäre es mir ein bißchen zu viel. «Nun also, in Gottes Namen denn», sagte er und schüttelte mir die Hand.

Seine Frau erhielt einen Klaps auf die Wange. Im Kontrast zu seiner Schwere hatten seine Bewegungen eine gewisse federnde Grazie.

Wir blieben allein. – – –

«Ihr Gatte hat eine massive Gesundheit», bemerkte ich, um etwas zu sagen.

«Ach ja», gab sie zurück.

Die Stimmung wurde ein wenig drückend; ich hatte Angst vor der Nacht und wollte meine Anwesenheit hier möglichst lange hinausziehen. Jetzt erst betrachtete ich die schöne Frau näher. Sie trug ein blau- und weißgestreiftes, bauschiges Kleid und das üppige Haar in einem Netz nach der damaligen Mode im Traumreich. Ihr Gesicht erschien mir auffallend klein, die Stirne schmal, die Augenbrauen stark geschwungen und zwar außen höher. Die Nase war ziemlich kurz, eine Stumpfnase, der Mund sehr voll und breit, leichte Negerlippen. Das schönste waren ein Teint wie Alabaster und das Haar. Für ein Weib war sie groß.

Ich wunderte mich, wie scharf ich in meiner Lage noch beobachten konnte. – Melitta kramte in einem Körbchen nach einer Arbeit, dann setzte sie sich an den Kamin, in welchem lange Buchenscheiter prasselten. Das reiche, braungetäfelte Eßzimmer war leicht überhitzt, draußen knirschten die Bäume im Sturm, ab und zu schlug ein Regenschauer gegen die Fenster.

Ich erwartete, daß die Dame etwas sprechen würde, ich war heute ein schlechter Gesellschafter. – Aber sie schwieg. – Ich mußte also ins Treffen. – «Gnädige Frau, Sie haben sehr schönes Haar», sagte ich aufs Geratewohl.

«Es ist nicht soweit her damit, früher hatte ich mehr. – Offen ist es hübscher!»

Da durchfuhr mich auf einmal ein jäher Schreck. Ich fühlte, wie ich blaß wurde.

Was sich jetzt ereignete, wird mir niemals vollständig erklärbar werden. – Ich hatte in den letzten Tagen die furchtbarsten Erschütterungen durchgemacht, die ein Mensch zu ertragen imstande ist. Ich war gebrochen – lag am Boden – ohnmächtig und verzweifelt.

Beherrscht unsere Natur etwa eine Art von Pendelgesetz? Was war es sonst, daß in mir gerade jetzt leise, aber plötzlich ein ganz kleiner Gedanke auftauchte, kalt und lauernd?

Fast im gleichen Moment spürte ich, wie sich dumpfe, unermeßliche Kräfte in mir regten. Das ging alles irgendwo im Tiefen vor sich, an der Oberfläche meines Bewußtseins war ich empört über mich selbst. Aber blitzartig wandelte sich jetzt alles, alles in einen gesammelten starren, einheitlichen Willen: so wurde es irgendwo bestimmt; ich war besonnen, berechnend wie eine Schlange. – Von außen gesehen war ich ein Mann, welcher rauchte.

Melitta legte ihr Nähzeug hin und sagte ruhig: «Als Maler müssen Sie natürlich einiges von Schönheit verstehen.»

Ich war vollständig Herr über ein kristallklares Gedankengefüge.

Jetzt *wollte* ich handeln – – doch erst sondieren.

«Ihr geöffnetes Haar muß wirklich ein wunderbarer Anblick sein», sagte ich und verbarg mich hinter Rauch.

«Sie wären enttäuscht, fürchte ich!» Dabei beugte sie sich wieder rasch über die Arbeit und lachte ein wenig.

«Ach so …» dachte ich; nein, auf ein kitzelndes Spiel kam es mir wirklich nicht an, das war nie meine Sache gewesen. Gleichgültig stand ich auf und bemerkte mit kühler Galanterie:

«Schade, daß Ihr Mann nicht Künstler ist.» – – (Das war eine Diversion, der Gegner sollte weiter vordringen, sich zu erkennen geben.) Und richtig: «Großer Gott, der merkt das alles gar nicht!» Es kam mit einem leicht verächtlichen Achselzucken heraus; ich hatte es nicht anders erwartet. Jetzt war sie mein. Trotzdem war noch nichts geschehen, die Situation durchaus unverfänglich.

Das Stubenmädchen trat herein: «Haben die Herrschaften noch Wünsche?»

«Nein, Sie können gehen!»

«Was würden Sie sagen, wenn ich so frech wäre und Sie bäte, Ihr Haar zu öffnen?

(Ich brauchte diese Frage, bevor ich die Schlinge zuzog, denn ein Refüs wäre zu lächerlich.)

«Heute, am Begräbnistage Ihrer Frau?!»

(Ein Scheinhieb.)

«Außer dem Tode gibt es auch noch das Leben», schauspielerte ich weiter. Trotzdem empfand ich eine leichte Kontrawelle, aber was vermochte sie gegen die Gewalt, die bereits über mich entschieden hatte.

«Also, wenn Sie wollen, wenn ich Sie damit trösten kann?»

(Aha, der versteckte Stachel gegen den Witwer, ihre letzte Parade.)

«Wie dumm ist dieses Weib… eine wie die andere…» Irgendwoher stieg dieser Gedanke in mir auf. Melitta erhob sich und nestelte an ihrer Frisur.

«Wird das Mädchen nicht kommen?» sprach ich sehr ruhig und ganz leise.

(Das war ein Riegel und zugleich Vorsorge, daß das Geplänkel nicht noch weiß Gott wie lange dauerte. Außerdem fühlte ich die Ordnung in meinem Kopfe schwinden.) Leise kam es aus ihrem Munde:

«Wir sind sicher.» (Was kann man mehr verlangen?) Zwei prachtvolle rotbraune Flechten fielen ihr den Rücken hinab. Sie trat hinter den hohen Schutzschirm am Kamin und löste ihr Haar völlig.

Ich war überrascht, trotzdem übertrieb ich. Detaillierte Sachkenntnis gab ich zu besten, tropfenweise goß ich leidenschaftliche Ausdrücke dazu. Mir war es ja gar nicht so um das Haar zu tun.

Eine Beklemmung preßte mir den Schlund zusammen. Ich sah es kommen, wenn ich noch viel redete, würden meine Worte idiotisch.

«Ihr Haar ist einzig, darf der Künstler nicht mehr sehen? Bitte, bitte», schmeichelte ich und bemerkte, wie sehr Melitta verwirrt wurde.

«Sie verlangen weiß Gott viel», meinte sie, auf kokette Weise indigniert. – Ihre Röte zeigte mir, daß ihr Widerstand schmolz. Mit zitternden Fingern durfte ich die Zofe ersetzen…

Im Boudoir nebenan verbreiteten zwei kleine Wandleuchter gedämpftes Licht. Ich wollte sie ihrer Dumpfheit entreißen, zugleich freute ich mich über diese Dumpfheit. Ich spürte den berauschenden, im Traumland nur zu bekannten Duft – – meine Frau hatte für mich nie gelebt. – – – –

Auf der Straße war es ruhig, der nächtliche Sturm hatte sich gelegt; es war noch sehr naß und kalt. Ein Säbel rasselte, zwei Passanten kamen.

«Das Trinkgeld des Teufels», hörte ich Castringius wohlbekanntes Meckern. Ich lief und lief, um möglichst weit von der Villa fortzukommen. Niemand, nichts konnte mich dahin zurückbringen.

Im Kaffeehaus trank ich einen starken Punsch und sagte wie im Galgenhumor: «Endlich allein!» Nach dem dritten Glase machte ich eine Bilanz über das, was ich im Leben erstrebte und erreicht hatte: Ein Blick ins Nichts. Ähnlich wie Brendel mit seinen Liebschaften ging es mir mit allem. Ich verfolgte Vorspiegelungen eines Glückes, das mich narrte. Ich wollte von dieser Affenkomödie nichts mehr wissen. Beim vierten Glase watete ich tief im Sumpfe der Selbstmordideen. Lieber gar nicht existieren, als ein Narr unter Narren sein.

Dabei folterte mich Reue über das zuletzt Geschehene. Ich leistete der Toten Abbitte. Seit einigen Stunden deckte sie die nasse Erde, eingeengt und verlassen in ihrem hölzernen Gefängnis, während ich die Last des lebendigen Fleisches schleppen mußte. Selbst in dieser Stunde neckten mich zwischendurch laszive Gedanken, welche gleich Blasen in mir aufstiegen und zerplatzten.

Beim fünften Glase der Entschluß: «Hier mich vollsaufen, dann ins Wasser.» Von dem vielen Tabakrauchen brannte mir die Zunge und brummte mein Schädel.

An dem Nebentische sprach man von der Mühle. Jakob, der abgängige Müller, war Ende voriger Woche noch gesehen worden, er hatte sich von der Fähre weiter unten übersetzen lassen; eine Straße führt daselbst durch einen endlosen Urwald, ein noch unerforschtes, wildes Gebiet des Traumlandes. Nachts drangen wahre Höllensymphonien bis über den Fluß herüber. «Vielleicht hat sich der Müller verlaufen und ist irgendeiner Bestie zum Opfer gefallen», das war die Durchschnittsansicht hier. Trotzdem zog man über den andern Bruder her und hängte ihm den schwersten Verdacht auf.

Ich trank einen schwarzen Kaffee und konstatierte, daß ich weder zum Selbstmord noch zum Leben fähig war. «Ich werde ein vegetatives Halbleben zwischen den beiden Möglichkeiten führen und den Todesstoß wie ein Schlachtochse erwarten, lange kann er ja nicht ausbleiben.» – Ein Blick in den Spiegel zeigte mir ein krankes, aufgeschwollenes Gesicht.

Es war drei Uhr morgens, da aß ich drei Portionen Schinken und extra noch einen Rosinenkuchen; ein Wolfshunger hatte mich gepackt. Als späte Gäste erschienen Castringius und de Nemi. Der Zeichner sah mich sofort, ich ergriff aber schnell die Stimme, und vertiefte mich darin. Beide verstanden, was ich damit sagen wollte. Gesperrt gedruckt stach mir mein Name in die Augen, ein kurzer Nachruf für meine Frau. Über die Zeitung hinweg mußte ich immer auf Castringius' Hände sehen, jetzt hing eine, die rechte, über die Stuhllehne, ein schauderhaftes Werkzeug; das mußte eine Rückbildung sein, vielleicht eine Zwischenform. Aber Castringius gab zu verstehen, daß er zum Menschengeschlechte gezählt werden wolle. Schiffsschrauben nannte ich die kurzen, fleischigen Finger mit den breiten, hornigen Nägeln; sie waren gelb und rissig. Weil ich wußte, daß mich mein Kollege im Grunde nicht mochte, war ich ungemein höflich zu ihm.

Der Wirt kam an meinen Tisch; verschlafen frug er mich,

ob ich meine Wohnung auch fortan beibehalten würde. «Um des Himmels willen, nein!» Ich erklärte ihm, daß ich augenblicklich obdachlos sei, ob er etwas wisse? – «Gewiß, bei mir.» Er hatte ein Zimmerchen, lang und schmal wie ein Gang. Hier schlief ich den Rest dieser Nacht, und hier blieb ich. Durch einen Vorhang abgetrennt stand in einem dunkeln Alkoven das Bett. – Der Raum kam mir so altbekannt vor, als hätte ich nie in einem andern gewohnt, er heimelte mich an mit seinen etwas schadhaften vergilbten Ledertapeten, dem altertümlichen Uhrkasten und dem bauchigen Kachelofen.

Todmüde schlief ich ein und wurde erst am übernächsten Tage geweckt, als man mein Zeichenpult herüberschaffte. –

Es überfiel mich ein Arbeitsdelirium; im nächsten halben Jahre produzierte ich unter dem Drucke des Schmerzes meine besten Sachen. Ich betäubte mich im Schaffen. Meine Blätter, in der düstern und fahlen Stimmung des Traumreiches gehalten, sprachen auf verborgene Weise mein Weh aus. Fleißig studierte ich die Poesie der dumpfigen Höfe, der verborgenen Dachkammern, der schattigen Hinterzimmer, staubigen Wendeltreppen, verwilderten, nesselbestandenen Gärten, die blassen Farben der Ziegel- und Holzpflaster, die schwarzen Schlote und die Gesellschaft der bizarren Kamine. Immer wieder auf neue Art variierte ich den einen melancholischen Grundton, das Elend der Verlassenheit und den Kampf mit dem Unverständlichen. Außer diesen vielen Blättern, die ich unter die Leute und zum Traumspiegel brachte, machte ich aber auch anderes. Ein paar kleine Serien Arbeiten entstanden, nur für wenige bestimmt. Hier versuchte ich unmittelbar neue Formgebilde nach geheimen mir bewußt gewordenen Rhythmen zu schaffen; sie ringelten, knäuelten sich und platzten gegeneinander. Ich ging noch weiter. Ich verzichtete auf alles bis auf den Strich und entwickelte in diesen Monaten ein seltsames Liniensystem.

Ein fragmentarischer Stil, mehr geschrieben wie gezeichnet, drückte es wie ein empfindliches meteorologisches Instrument die geringsten Schwankungen meiner Lebensstimmung aus. – «Psychographik» nannte ich dieses Verfahren und wollte später Erläuterungen dazu verfassen. Im Bezirke neuen Schaffens fand ich die Entlastung, die mir so not tat. Doch weit entfernt mit dem Schicksal ausgesöhnt zu sein, führte ich im Grund ein Zwitterleben.

Für das Ende meiner Frau habe ich, viele Nächte nachdenkend, nach Erklärungen gesucht. – Mich traf auch etwas die Schuld; sie war eine reale, gesunde Natur, welche in dem Boden dieses gespenstischen Reichs niemals Wurzel fassen konnte. Das hätte ich mir beizeiten sagen und lieber auf das ganze Abenteuer verzichten sollen.

Als ich wieder unter Menschen zu gehen anfing, erfuhr ich von allerhand Veränderungen. Im Traumreich ging es womöglich noch ärger drunter und drüber.

Eines Tages trug man Frau Goldschläger, die uns seinerzeit bedient hatte, tot aus dem Hause, die dritte Leiche in einem halben Jahr. – Den armen neun Kindern ging es nun schlecht.

Hektor von Brendel sollte ein Verhältnis mit der Lampenbogen eingegangen sein; ob die wohl zur «Reife» gelangen würde? De Nemi ging zu Lampenbogen, weniger der Melitta als eines schlimmen Leidens wegen, einer Folge seiner galanten Anlage. Von Giovanni Battista hörte ich nur Erfreuliches; er war ein Meister seines Faches, und der Friseur kaufte ihm eine Altersrente.

Ein starker Zuwachs machte sich nicht bemerklich, die paar Neuangekommenen fanden wenig Beachtung. Sie erzählten wohl viel von der Welt da draußen mit ihren Fortschritten und großartigen Erfindungen. Das interessierte jedoch die Träumer nicht im mindesten, man sagte so obenhin: «Ja, ja, ist schon recht!» und ging zu etwas anderm über. Uns erschien das Traumreich unermeßlich und grandios, die übrige Welt kam gar nicht in Betracht, man vergaß sie. Kein Mensch, der sich hier eingelebt, wollte wieder hinaus, «da draußen», das war Schwindel, das gab's gar nicht.

Eines späten Abends ging ich zum Fluße hinunter. Ich hatte vor, einige Nachtschnüre, zum Fang für Aalrutten bestimmt, auszulegen; Fischerei war eine Jugendleidenschaft von mir.

Um die Mühle knisterte und webte noch immer die sonderbare gasartige Substanz. Grünliche phosphoreszierende Streifen sah ich über die Wände huschen. Deutlich fühlbare, unangenehme Störungen beunruhigten mich in ihrer Nähe. Unter der Tür, an der ein Eulenkopf, eine lebendig gekreuzigte Fledermaus und ein Rehlauf als glückbringende Zeichen befestigt waren, unter dieser Tür stand der Müller. Die Glut seiner Pfeife leuchtete. Vor diesem verschlossenen Menschen hatte mich schon immer geschaudert, aber heute ging ich absichtlich kühn an ihm vorbei. Die Plätze für die Angeln hatte ich mir schon ausgedacht, gleich hinter dem großen Rechen. Als ich eben auslegen wollte, hörte ich leise und deutlich eine Stimme aus nächster Nähe: «Pst, pst, Obacht! bitte mehr links zu gehen!» Es war niemand zu sehen. Da gewahrte ich mit Schrecken ein dickes, rundes Gesicht in dem Sande zu meinen Füßen. Ich fürchtete schon wieder einen Teufelsspuk, aber es erklärte sich bald auf natürliche Weise: Ein Kriminal hatte sich hier eingegraben und belauschte den Müller. – Ich war erleichtert.

Nachdem ich meine Arbeit verrichtet hatte, ging ich wieder heim. An der Brücke blieb ich stehen, – ein eintöniges, gezogenes Singen hallte herüber. – In dieser Richtung lag die Vorstadt mit ihren niedrigen Häuschen. Dorthin war ich noch nie gekommen, ich hatte gerade genug Traumlandunterhaltung gefunden. Der Gesang griff mir eigenartig ans Herz, feierlich monoton klang es, ich lauschte stumm; eine merkwürdige Ruhe lag über dem Wasser. «Ich will doch demnächst hingehen», nahm ich mir vor, und wieder wie so oft, dachte ich an Pateras große Geheimnisse, und was ich darüber wußte. Von solchen Dingen wird im nächsten Kapitel die Rede sein.

Dann ging ich auf ein Viertelstündchen ins Kaffeehaus. Anton war nicht zu zitieren. Eifrig sprach er zu einem Tisch voll Gäste und schwang in der Hand den Fremdenanzeiger der letzten Nummer der Stimme.

«Nun haben wir ihn, gestern ist er angekommen», schallte es bis zu mir.

Endlich bemühte er sich auch dienstbeflissen um mich.

«Heute ist der *Amerikaner* angekommen», berichtete er wichtig.

«Wer?»

«Nun der Amerikaner, ein Mann mit vielem Gold.»

Fünftes Kapitel

Die Vorstadt

I.

Verschnörkelte, zackige Giebel, Strohdächer! Es war ein kleines Dörfchen, in das ich trat. Niedere Holzhäuschen, schrullig in ihrer Form, winzige Kuppelbauten, kegelförmige Zelte. Jede Wohnung war von einem gepflegten Gärtchen umgeben. Von ferne gesehen, wirkte diese Kolonie wie eine ethnographische Musterausstellung. Signalstangen mit Wimpeln und Glasschreiben, zahllose große und kleine groteske Figuren in Steingut, Holz, Metall standen herum, ein Durcheinander mit Moos bewachsen. Ehrwürdige Bäume verhüllten das meiste mit ihren tief herabhängenden Zweigen.

Hier waren die Ureinwohner des Traumlandes zu Hause. Eine eigentümliche Ruhe lag über allem. Die bizarren unverständlichen Gestalten auf ihren fremdartigen Holzaltären waren verwittert und fügten sich trotz ihren oft scheußlichen exotischen Formenkonglomeraten harmonisch in den umgebenden Frieden ein. Eine geraume Zeit wandelte ich da herum, bis ich auf die ersten Menschen stieß. Drei hochgewachsene, sehnige Gestalten kamen einen Hügel herab.

Auf meinen Gruß neigten sie ernst die rasierten Köpfe und wandelten ruhig weiter. Es waren Greise von deutlich mongolischem Typus, in mattorangegelbe Tücher gehüllt. Bald sah ich andere. Regungslos, statuenhaft saß jeder anscheinend ohne Beschäftigung vor seiner Hütte. Einer hatte

Gefäße mit Blumen vor sich, ein anderer betrachtete einen schlafenden Hund, ein dritter war in den Anblick einiger Steine versunken. «Über diese Leute schüttelt man in Perle den Kopf», dachte ich. Man ging nie hieher, sie waren beinahe verachtet. Trotzdem war dieser Stamm sehr stolz, er leitete seine Herkunft in gerader Linie von dem großen Dschingis-Khan ab. Allerdings erinnerte er in nichts mehr an diesen asiatischen Despoten. Was jetzt noch hier lebte, waren durchgehends alte Leute, die paar Frauen unter ihnen waren kaum zu unterscheiden; Haltung, Kleidung und Gesichtsausdruck glichen sich. Das schönste an diesen Menschen waren ihre leicht schräg gestellten Augen von strahlendstem Blau. Wie widersprach hier alles den Zuständen im übrigen Traumreich! Dort die Hast, hier die Ruhe. Doch mußten diese alten Leute auch ihren Kampf gehabt haben, tiefe Furchen in den Gesichtern sprachen davon.

Nach diesem ersten Besuch wanderte ich öfters über die Brücke zu den Blauäugigen. Obwohl mich niemand einlud, verwies man mich auch nicht. Immer mehr fiel mir der schroffe Gegensatz auf. Ich ruhte mich hier aus und beobachtete still. Die Abgeklärtheit machte einen tiefen Eindruck auf mich. Ich dachte darüber nach und versuchte, die Ergebnisse meinen andern Erfahrungen anzugliedern.

Stand ich doch schon seit sechs Monaten dem großen Rätsel Pateras nicht mehr ganz blind gegenüber. Der alte Professor hatte in manchem recht. Das gesamte Traumland war einem Bann unterworfen, die Schrecken und der unleugbar humoristische Einschlag in unserm Leben standen in Verbindung. Der Meister steckte wirklich hinter allem und manifestierte sich häufiger als es angenehm war auf geheimnisvolle Weise. Der Gedanke, daß er der Lenker von fast 65 000 Träumern sei, war nicht von der Hand zu weisen, so ungeheuerlich er mir auch schien. Wo die Grenzen seiner Macht lagen, konnte ich unmöglich absehen, denn ich bekam noch genug Beweise, daß er auch allem tierischen und pflanzlichen Wesen seine Impulse mitteilte. Wir ahnten das auch sämtlich und nahmen es als ein besiegeltes Schicksal ruhig hin. Das Ganze war derart verworren, daß der spitzfindigste Geist daraus nicht klug werden konnte. Pateras Art blieb unergründlich, ebenso unverständlich die Macht, die uns im Traumlande zu Marionetten machte. Bei jeder Kleinigkeit fühlte man sie. Der Herr besaß unseren Willen, trübte unsere Vernunft. Er bediente sich seiner puppenhaften Untertanen, aber wozu? Wir hatten doch keine Abgaben zu zahlen, schufen doch nichts für ihn? Es wurde immer dunkler, je mehr man darüber dachte. Sicherlich litt diese mysteriöse Persönlichkeit, er war Epileptiker, und wir alle empfanden seine Anfälle mit, das war der «Klaps». Er wird altern, er wird sterben, was soll dann sein? Wird dann jeder Funke unserer eigenen Kraft mit verglühen? Wir brauchen ihn ja zu allem, nur um nicht umzusinken. Woher besaß er diese maßlosen Energien? – Nun lebte hier ein Überrest eines alten, vornehmen Stammes, seine Gewohnheiten waren den unseren entgegengesetzt, wie hingen diese mit dem Meister zusammen? Die Greise starrten stundenlang trockenen Auges in die Ferne, beugten sich tagelang über irgendwelche Kleinigkeiten, Steine, Knochen, Federn.

Niemals lachend, kaum miteinander sprechend, waren diese Blauäugigen die Verkörperung des vollkommensten Gleichgewichts. Davon zeugten die maßvollen Gebärden, die gefurchten, den Stempel geistiger Kraft tragenden Gesichter. Ihre fast außermenschliche Gleichgültigkeit ließ sie wie ausgebrannt erscheinen. Teilnahmslose Anteilnahme – diese widersprechenden Worte fallen mir immer ein, wenn ich ihrer gedenke, und ich werde ihren Zauber bis in meine letzte Stunde spüren. Über das Alter der einzelnen wagte ich keine Schlüsse zu ziehen. Trotz greisenhaften, allen Gefühlen scheinbar unzugänglichen Mienen, konnte ich aus ihren gewissermaßen von innen erleuchteten Blicken nichts Bestimmtes lesen. – Auch ihre Zähne waren ohne Fehl – der übrige Körper hager, fast dürr wie ein Gerippe. Ihre Anzahl wird fünfzig schwerlich überschritten haben. Dreimal sah ich sie, wie sie ihre Toten bestatteten, dabei konstatierte ich, wie sehr sie sich von christlichen wie buddhistischen Anachoreten unterschieden. Die Leichen wurden in ihr Gewand gewickelt, mit Moos und Blättern in die Erde gebettet und überdeckt; die Grube wurde mit Erde wieder aufgefüllt. – Neben der Hütte, in der sie gelebt hatten, wurden sie verscharrt; ohne irgendein Zeichen zu errichten, ebnete man den Boden wieder. Da gab es keine Aufregungen, keine Gebete. – Allein aus der Beobachtung dieser eigentümlichen Dinge habe ich unermeßlichen Gewinn gezogen.

Hier unterbreche ich den Fluß der Erzählung und Schilderung, um dem Leser die Philosophie der Blauäugigen so wie ich sie erfaßte, nicht ganz vorzuenthalten.

II.
Die Klärung der Erkenntnis

Was ich vor allem lernte war, den Wert der Indolenz zu schätzen. Diese zu erobern, erfordert für einen lebhaften Menschen die Arbeit eines Lebens. Hat man ihre Süßigkeit einmal erfaßt, so hält man sie, wenn auch unter stetem Kampfe, für immer fest. Auch ich versuchte jetzt Steine, Blumen, Tiere und Menschen stundenlang gesammelt zu betrachten. Dabei wurde mein Auge geschärft, so wie es Geruch und Gehör schon waren. – Jetzt kamen große Tage – ich entdeckte eine neue Seite der Traumwelt. Die ausgebildeten Sinne beeinflußten allmählich den Gedankenapparat und formten ihn um. Einer überraschenden Art des Staunens wurde ich fähig. Herausgerissen aus dem Zusammenhang mit den andern Dingen gewann jeder Gegenstand eine neue Bedeutung. Daß so ein Körper aus der Ewigkeit bis zu mir reicht, das machte mich aufschaudern. Das bloße Sein, so und nicht anders sein, ward mir zum Wunder. Eines Tages wurde es mir vor einer Muschel überklar, daß sie gar nicht so plump existiert, wie ich bisher meinte. So ging es bald mit allem, mit der ganzen Welt. Die stärksten Sensationen kamen anfangs vor dem Einschlafen oder unmittelbar nach dem Erwachen, – also wenn der Körper müde war und das Leben in mir sich in einem Dämmerzustand befand. Eine nicht immer lebendige Welt mußte nach und nach geschaffen werden und zwar immer neu.

Immer mehr fühlte ich das gemeinsame Band in allem. Farben, Düfte, Töne und Geschmacksempfindungen waren für mich austauschbar. Und da wußte ich es: – Die Welt ist Einbildungskraft, *Einbildung – Kraft*. Überall, wohin ich ging und was ich trieb, war ich bemüht, meine Freuden und Leiden zu verstärken, und heimlich lachte ich über beides. Wußte ich es doch jetzt sicher, daß das Hin- und Herpendeln ein Gleichgewicht darstellt; gerade bei der weitesten und heftigsten Schwingung kann es sich am deutlichsten fühlbar machen.

Einmal sah ich die Welt als ein teppichhaftes Farbenwunder, die überraschendsten Gegensätze alle in einer Harmonie aufgehend; ein andermal überschaute ich ein unermeßliches Filigran der Formen. In der Finsternis umrauschte mich eine Orgelsymphonie von Tönen, worin sich pathetische und zarte Naturlaute zu verständlichen Akkorden ergänzten. Ja, ganz neuartige Empfindungen erfaßte ich nachtwandlerisch. Ich entsinne mich jenes Morgens, da ich mir wie das Zentrum eines elementaren Zahlensystems vorkam. Ich fühlte mich abstrakt, als schwankender Gleichgewichtspunkt von Kräften – ein Gedankengang, der mir niemals wieder gekommen ist. Jetzt verstand ich Patera, den

Herrn, den ungeheuren Meister. Nun war ich mitten unter den großen Burlesken ein Hauptlacher, ohne zu verlernen, mit den Gequälten zu zittern. In mir war ein Tribunal, das alles beobachtete und da wußte ich, daß im Grunde gar nichts geschah. Patera war überall, ich sah ihn im Auge des Freundes wie des Feindes, in Tieren, Pflanzen und Steinen. Seine Einbildungskraft pochte in allem, was da war: Der Herzschlag des Traumlandes. Dennoch fand ich noch Fremdes in meinem Innern. Da fand ich zu meinem Schrekken, daß mein Ich aus unzähligen «Ichs» zusammengesetzt war, von denen immer eines hinter dem andern auf der Lauer stand. Jedes folgende erschien mir größer und verschlossener; die letzten entschwanden meinem Begreifen im Schatten. Jedes dieser Ichs hatte seine eigenen Ansichten. So war zum Beispiel vom Gesichtspunkt des organischen Lebens die Auffassung des Todes als Ende richtig, auf einer höheren Stufe der Erkenntnis gab es den Menschen überhaupt nicht, da konnte nichts zu Ende sein. Allgegenwärtig war der rhythmische Pulsschlag Pateras, er wollte, unersättlich in seiner Einbildungskraft, immer alles zugleich, die Sache – und ihr Gegenteil, die Welt – und das Nichts. Dadurch pendelten seine Geschöpfe so hin und her. Dem Nichts mußten sie ihre eingebildete Welt abringen, und von dieser eingebildeten Welt aus das Nichts erobern. Das Nichts war starr und wollte nicht, dann fing die Einbildungskraft an zu summen und zu schwirren, und in allen Skalen formte, tönte, roch und färbte es sich – da war die Welt da. Aber das Nichts fraß alles Geschaffene wieder auf, da wurde die Welt matt, fahl, das Leben verrostete, verstummte und zerfiel, war wieder tot – nichts –; und wieder fing's von vorne an. So war's erklärlich, warum sich alles ineinander fügte, ein Kosmos möglich war. Das alles war furchtbar mit Schmerz durchwebt. Je höher man wuchs, desto tiefer mußte man wurzeln. Will ich Freuden, dann will ich zugleich Leid.

Nichts – oder alles. In der Einbildungskraft und dem Nichts mußte der Urgrund liegen; vielleicht waren sie eins. Wer seinen Rhythmus erfaßt hat, der kann ungefähr berechnen, wie lange Qual oder Leid für ihn dauern kann. Der Irrsinn, der Widerspruch müssen mitgelebt werden. Der Brand meines Hauses ist Unheil und Flamme zugleich. Der Leidende möge sich damit trösten, daß beides eingebildet ist. Patera, der auf beiden Seiten gewann, mußte das ja auch.

Durch den verwandten Pulsschlag verstand ich auch die niedern Wesen. Ich wußte genau: dieser Kater hat schlecht geschlafen, jener Stieglitz hegt gemeine Gedanken. Diese Spiegelungen in mir regelten nun mein Tun und Lassen. Der Lärm der Außenwelt hatte meine Nerven gerade so lange gepeitscht und empfindlich gemacht, bis sie für die Erlebnisse der Traumwelt reif waren.

Am Ende dieser Entwicklungen hat der Mensch als Einzelwesen aufgehört, man braucht ihn auch nicht mehr. Dieser Weg führt zu den Sternen.

III.
Die Verwirrung des Traumes

In dieser Nacht schlief ich mit großen Gedanken ein. Weniger großartig war mein Traum, den ich seiner Sonderbarkeit wegen doch hierher setzen möchte. Ich sah mich selbst am großen Flusse stehen und sehnsüchtig nach der Vorstadt blicken, die ausgedehnter und pittoresker erschien, als sie wirklich war. So weit man sehen konnte, ein Gewirr von Brücken, Türmen, Windmühlen, Bergzacken, alles ineinander eingeschaltet und miteinander verbunden wie eine Luftspiegelung. Große und kleine, dicke und dünne Gestalten bewegten sich in diesem Gewirr. Wie ich so hinüber sah, fühlte ich, daß hinter meinem Rücken der Müller stand:

«*Ich* habe ihn umgebracht», raunte er und wollte mich ins Wasser stoßen. Da zog sich mein linkes Bein zu meiner großen Überraschung in die Länge, so daß ich ohne Anstrengung in das Gewimmel auf dem andern Ufer treten konnte. Und nun hörte ich um mich herum ein vielfaches Ticken, und gewahrte ein Menge flacher Uhren der verschiedensten Größen, von der Turmuhr bis zur Küchenuhr und kleinsten Taschenuhr hinab. Sie hatten kurze Stummelbeine und krochen wie Schildkröten unter aufgeregtem Ticken durcheinander auf der Wiese umher. Ein in grünes weiches Leder gekleideter Mann, mit einer Mütze, welche wie eine weiße Wurst aussah, saß auf einem entlaubten Baume und fing aus der Luft Fische. Er hing sie dann an den Zweigen auf und im Nu waren sie gedörrt. – Ein alter Kerl mit abnorm großem Oberkörper und kurzen Beinen näherte sich; bis auf ein Paar beschmierte Arbeiterzwilchhosen war er nackt. Er hatte zwei lange senkrechte Reihen von Brustwarzen – ich zählte achtzehn –. Nun zog er seine Lungen schnaufend voll Luft, bald schwoll die rechte und bald die linke Brust mehr an, dann spielte er mit den Fingern auf diesen achtzehn Warzen die schönsten Harmonikastücke. Dabei bewegte er sich taktmäßig nach der Melodie wie ein Tanzbär, während er die Luft wieder ausstieß. Schließlich hörte er auf, schneuzte sich in die Hände und schleuderte sie von sich. Dann wuchs ihm ein ungeheurer Bart, in dessen Gestrüpp er verschwand. Nebenan in einem Dickicht stöbert ich eine Anzahl fetter Schweine auf; im Gänsemarsch liefen sie vor mir davon und wurden immer kleiner und winziger, bis sie laut quiekend in einem Mausloche am Weg verschwanden.

Hinten am Flusse saß der Müller – mir wurde unbehaglich –, er studierte ein gewaltiges Zeitungsblatt. Nachdem er es gelesen und gefressen hatte, dampfte Rauch aus seinen Ohren, er wurde kupfrig, stand auf und hielt sich seinen Hängebauch mit beiden Händen, während er das Ufer auf-

und niederstürmte. Dabei blickte er wild um sich und stieß schrille Pfiffe aus. Endlich fiel er wie vom Schlage getroffen zu Boden, erblaßte, sein Leib wurde licht und durchsichtig, und man sah deutlich in seinen Eingeweiden zwei kleine Eisenbahnzüge herumsausen; sie schienen sich fangen zu wollen, blitzschnell wurde eine Darmschlinge nach der andern durchfahren. Kopfschüttelnd und etwas verblüfft wollte ich dem Müller meine Hilfe antragen, die Worte wurden mir aber von einem Schimpansen abgeschnitten, der um mich mit größter Geschwindigkeit eine ringförmige Gartenanlage pflanzte, wobei dicke apfelgrüne Strünke wie Riesenspargel dichtgedrängt aus dem feuchten Boden sprossen. Ich fürchtete in diesem lebenden Zaun wie in einem Käfig gefangen zu werden, wurde jedoch, ehe ich mir recht überlegte was zu tun sei, befreit. Der tote Müller, nun nicht mehr durchsichtig, hatte in Krämpfen einen Kranz von vielen Hunderttausenden milchiger weißer Eierchen gelegt, aus denen sich Legionen von Schnecken entwickelten, die ihren Erzeuger sogleich begierig auffrassen. Ein durchdringender Geruch von Selchfleisch verbreitete sich und brachte die fleischigen Stengel zum Faulen, so daß sie in sich zusammenfielen. In der Ferne verschwand die Vorstadt in einem Gespinst violett schimmernder Fäden.

Ich bemerkte eine kolossale Muschel, die wie ein Felsenriff am Flußufer lag; ich sprang auf ihre harte Schale. Da, ein neues Unheil! Die Muschel öffnete sich schwerfällig, mein Standort wurde abschüssig, in ihrem Innern zitterten gelatineartige Massen – – – – – – – ich erwachte. –

Dritter Teil

Der Untergang des Traumreiches

Erstes Kapitel

Der Widersacher

I.

Herkules Bell aus Philadelphia machte viel von sich reden. Dieser Milliardär geizte keineswegs mit seinem Reichtum, das Traumland wurde von ihm mit Gold geradezu überschwemmt. Unsere verrottete Geldwirtschaft muß ihm ein Greuel gewesen sein. Er setzte sich mit Alfred Blumenstich ins Einvernehmen und bald merkte man, daß wir neu finanziert wurden. Kein Mensch wollte mehr Papier nehmen, niemanden durfte man die grünspanigen, außer Kurs gesetzten Münzen anbieten. Infolge dieser Verwaltung wuchs für eine Zeitlang die Üppigkeit, ein unsinniger Taumel ergriff Perle. Tag für Tag veranstalteten die Reichen luxuriöse Feste, das Volk hockte dichtgedrängt in den Schenken, trank und stank. – Überall ließ man den «Amerikaner» – wie er allgemein genannt wurde – hoch leben, feierte seine Großmut und Freigebigkeit.

Es ging schon auf den Herbst zu. Froh über meine geistige Klärung, gönnte ich mir Erholung.

Der Amerikaner hatte sein Hauptquartier in der blauen Gans aufgeschlagen, wo er für eine hohe Summe die erste Etage gemietet hatte. Um ihn zu sehen, ging ich eines Abends im Gesellschaftsanzug zum Hotelrestaurant.

Hier fand ich bereits Castringius und Herrn von Brendel anwesend und hatte Gelegenheit, meinen Kollegen von einer mir noch neuen Seite kennenzulernen.

Castringius hatte in der langen Zeit, da ich ihn nicht mehr zu Gesicht bekommen, Bekanntschaft mit dem Baron von Brendel gemacht. Der Künstler, welcher mich rollenden Blicks sofort erkannte, tat zu meiner Verwunderung sehr fremd und von oben herab. Als kenne er mich nur von ungefähr, dankte er kurz und etwas abweisend für meinen Gruß, um sich sogleich wieder abzuwenden. Das mußte mir einigermaßen auffallen. «Was hat er?» dachte ich. «Ich habe ihn doch nie beleidigt; sonst war er immer beinahe aufdringlich? Gesehen haben wir uns doch fast vier Monate nicht? – Komisch.» Über Brendels Anwesenheit freute ich mich aufrichtig. Er war in die Speisekarte vertieft und bemerkte mein Eintreten nicht sogleich, sprang aber, als er mich erkannte, freudig auf und lud mich herzlich ein, an seinem Tische Platz zu nehmen. Der Zeichner hob zuerst befremdet die Augenbrauen, erkannte aber die Situation rasch, und nun schmolz sein Hochmut. Er streckte mir die Schiffsschrauben entgegen. Die Sache war die: Castringius hatte keine Ahnung, daß ich Brendel längst intim kannte, er wollte seinen Brendel für sich haben. Da dies nun nicht mehr anging, fügte er sich den neuen Umständen, – ein Genie der Anpassung. Als er sich einmal eine Weile vom Tisch entfernte, jammerte Brendel über seinen neuen Freund, der eifersüchtig seine Schritte bewache. Er begleite ihn zu jedem Rendez-vous, wo er dann behaupte, «er könne ja in der Nähe warten». Hie und da verwende er den Zeichner als postillon d'amour, aber auch da habe er eine sonderbare Art, die Aufträge auszuführen. «Ich werde ihn nicht mehr los!» klagte er ergeben. «Außerdem ist er von unglaublichen Kordialität – ach, man macht so seine Erfahrungen!»

«Ja, eine echte Künstlernatur», tröstete ich lachend den Baron.

Es wurde übrigens diesen Abend noch recht lustig.

Brendel ließ Champagner bringen und Castringius klopfte mir gönnerhaft auf den Schenkel, wobei er sagte: «Ja, da schauen Sie, was?» Er wußte nicht, daß Alkohol mir in jeder Erscheinungsform gleichgültig war.

Im großen Saale nebenan war Lärm. Man hörte Reden und Applaus – der Amerikaner hatte eine Versammlung einberufen. «Ordnung wird er noch ins Traumreich bringen!» soll er geschworen haben. Später sah ich ihn selbst, wie er durch das Lokal ging. Seine Erscheinung werde ich nicht vergessen. In die Saaltüre trat ein Mann anfangs der Vierziger mit untersetzter Figur und breiten Hünenschultern. Sein Gesicht schien wie eine Kombination von Geier und Stier. Alle Formen waren leicht aus der Symmetrie geschoben; die Hakennase nach einer Seite gedrückt, ein betontes Kinn, eine hohe, schmale, sehr kantige Stirn gaben dem Kopf etwas schief Verwegenes. Sein schwarzes Haupthaar war am Scheitel gelichtet. Er trug einen Frack. Mit kurzen elastischen Schritten ging er an unserem Tisch vorüber. Castringius grüßte zuvorkommend und erhielt zum Dank ein kurzes Nicken. Der Amerikaner erregte die Aufmerksamkeit des ganzen Restaurants.

«Das ist ein Kerl, wenn man an den heran könnte, Geld wie Heu», bemerkte Castringius, ihm gedankenvoll nachblickend. «Der geschworene Feind Pateras, mir sagte es unser Redakteur –», zugleich schenkte er sich sein Glas voll. Skeptisch lächelnd stieß Brendel mit ihm an und sagte dazu: «Also, gut bekomm's ihm und Ihnen.» – – Mit jedem Glase wurde nun Nik wohlwollender. Als dann gar die Zigeunerkapelle mit dem Cymbal ankam, knackte er mit seinen Zähnen Nüsse, schlug sich auf seinen wolligen Negerschädel und rief dem Primas zu: «Hier sehen Sie den Mann mit dem Löwengebiß.» Auf Brendels erstaunte Blicke erklärte er: «Ein guter Freund von mir, soll ich ihn einladen?» Brendel meinte, nun könne ich es bestimmen, da ich auch anwesend sei. Ich aber fand den Zigeunerprimas schrecklich. Dann vernahm man wieder den Trubel der Versammlung, übertönt von der Stentorstimme des Amerikaners.

Beim Umschauen bemerkte ich einen alten Bekannten: Professor Korntheur. Feierlich gekleidet mit einer hellen, seidenen Weste, einer bis ans Kinn gehenden Krawatte, saß der alte Herr in einer Seitennische; er hatte eine Flache Burgunder vor sich. Ich war aufgestanden und ging hin, ihn zu begrüßen. Er machte einen festlichen, freudigen Eindruck und bot mir einen Stuhl an. «Nur auf einen Moment», sagte ich und setzte mich. «Was ist Ihnen denn Angenehmes widerfahren?»

«O, Sie ahnen ja gar nicht, lieber Herr, ich habe sie, sie gehört mir, heute ist ein großer Tag!» und ekstatisch leuchteten seine guten Augen auf. «Zehn Jahre lang habe ich sie gesucht und endlich gefunden. Sie ahnen nicht, was das für einen alten Mann bedeutet! Das verjüngt! Neues Leben flutet durch die gebrechlichen Glieder! Nie mehr werde ich Acarina Felicitas von meiner Seite lassen.»

Ich gratulierte. – («Ein Johannistrieb?» dachte ich. «Schau, schau, das hätte ich dem würdigen Herrn gar nicht zugetraut. Wohl eine Sängerin aus dem Variété? Nun ja, es mag ganz nette darunter geben.»)

«Warum haben Sie sie denn nicht gleich mitgebracht?» frug ich, und ich bedauerte innerlich den Alten. («Die wird ihn schön wurzen», dachte ich.)

«Aber hier habe ich sie ja», rief er mit Pathos und zog eine kleine, mit Silberpapier beklebte Schachtel aus der Rocktasche.

«Eine Photographie? Ein Medaillon? Bitte, lassen Sie mich sehen», bat ich.

«Nein, meine angebetete Acarina Felicitas selbst, da sitzt sie, in der Ecke!»

Und da in der Schachtel hockte wirklich ein kleines,

schmutziggraues Insekt, die verdammte Staublaus. – Ich begriff.

– Im Hause meines Vaters gibt es viele Wohnungen. –

Als wir gingen, frug ich den Hotelier, was denn nebenan so geräuschvoll beschlossen worden sei.

«Ja, das kann ich Ihnen schon sagen», meinte er geheimnisvoll, «heute wurde ein Verein ‹Luzifer› gegründet.»

Castringius, zu vier Fünftel gefüllt, wollte uns partout zu Mme. Adrienne führen. Wir lehnten ab. «Dann geht der Künstler solo», sagte er, wendete seinen kaffeebraunen Rock und stolzierte, das Futter nach außen, gravitätisch von dannen. Sein letztes Wort war: «Gute Nacht, Unmündige!»

II.

Der reiche Amerikaner machte immer mehr von sich reden. Jeden Nachmittag galoppierte er auf einem schwarzen Hengst durch die Lange Gasse, wir konnten vom Café aus sein verächtliches Lächeln deutlich sehen, während sich die blassen Traumstädter in die Haustore und Winkel flüchteten, um diesem rücksichtslosen Reiter auszuweichen. An der Badeanstalt band er sein Tier fest, dann entkleidete er sich und zu Pferd ging's in die Fluten. Mit Leichtigkeit bändigte dieser Athlet das sich bäumende Tier. – Einmal kam er nach einem solchen Bad auch in unser Kaffeehaus. Er bestellte mehrere Getränke, die es hier gar nicht gab und schimpfte infolgedessen. Endlich beruhigte er sich ein wenig bei Grog. Ich konnte ihn jetzt aus nächster Nähe beobachten, sein scharfes, diabolisches Profil war gerade vor mir. «Sicher, ein ganz gefährliches Individuum», mußte ich mir sagen. Verwachsen mit ihm war eine kurze Pfeife, doch trug er noch zwei ungeheure Etuis mit dicken Zigarren bei sich – «Propaganda-Zigarren» nannte er sie selbst. – Jedem offerierte er ein Stück; nahm man an, so gehörte man schon zur Hälfte ihm. Dann kam er mit seinen Theorien und seinen Vereinen, auch im Kaffeehaus warb er Anhänger. Der von ihm gegründete sozialpolitische Verein «Luzifer» wurde in der Stimme gebührend begrüßt, das Amtsblatt schwieg sich darüber aus. Viel erzählte er uns von der Welt draußen, er sprach zu uns allen und blickte fortwährend herum, wie wenn er den Eindruck seiner Reden abschätzen wollte. Manche seiner Worte weiß ich noch. «Euch fehlt die Sonne, ihr Narren! Es geschieht euch recht, wenn ihr das ganze Leben verliert, warum wehrt ihr euch nicht? Seht mich an, ich spucke auf euern Patera!» Und hohnlachend schlug er mit der Faust auf den Tisch. Die Zuhörer duckten sich erschrocken, sie fürchteten wohl alle, daß jetzt ein Blitz niederfahren müsse zur sofortigen Bestrafung einer solchen Blasphemie. Scheu senkten sie die Augen. – Unser Wirt bekreuzigte sich mehrmals hastig, klopfte sich auf die Brust und murmelte Stoßgebete. Anton hockte sich beim Ofen nieder und flüster zweimal: «Kreuzteufel, Kreuzteufel!» – Die Schachspieler waren die einzigen Unberührten.

Der Amerikaner verfolgte den Eindruck seiner Worte, spie auf den Boden, warf ein Goldstück auf den Tisch und schritt voll Verachtung hinaus.

Brachte er auch nicht alles auf seine Seite, auf jeden Fall weckte er die Traumstädter zu einem politischen Leben; damit richtete er aber mehr Unheil an, als vielleicht in seiner Absicht gelegen hatte. Vereinigungen und Gruppen schossen wie Pilze in die Höhe. Alle wollten etwas anderes: Wahlfreiheit, Kommunismus, Einführung der Sklaverei, der freien Liebe, direkten Verkehr mit dem Ausland, noch strengere Abschließung, keine Grenzüberwachung – die entgegengesetztesten Bestrebungen traten zutage. Religiöse Klubs bildeten sich, Katholiken, Juden, Mohammedaner, Freigeister taten sich zusammen. Nach den verschiedensten

Gesichtspunkten, politischen, kommerziellen und höher geistigen, spalteten sich die Bewohner Perles in Gemeinschaften, die oft nur drei Personen zählten.

Das hatte der Amerikaner nicht erwartet, diese Geister wollte er nicht zitieren.

«Ihr vernunftlosen Schatten seid zu gar nichts mehr zu gebrauchen, euer Mark ist beim Teufel, euer bißchen Verstand dem Schwindel verfallen!» So ließ er sich allenthalben vernehmen.

Ein großer Fremdenzuzug aus dem Auslande brachte um diese Zeit sehr viel Merkwürdigkeiten und Mißverständnisse mit sich. – Die Neuen fanden nämlich hier schon ihren Doppelgänger vor; das gab zu allerhand Neckereien und Ärgerlichkeiten den Anstoß, denn nicht nur in Figur und Haltung glichen viele eben angekommene Träumer schon längst vorhandenen, sondern sogar in der Kleidung schien die Absicht eines Kopierens des Vorbildes maßgebend gewesen zu sein. Es war lächerlich, aber es liefen sozusagen zwei Alfred Blumenstiche, zwei Brendels, mehrere Lampenbogens herum. – Man stürzte ins Café, um einen guten Bekannten, den man länger nicht gesehen, zu begrüßen. Fremdes Erstaunen – es war nicht der Richtige. – Lampenbogen ging auf der Straße – ich zog den Hut, an der nächsten Ecke schon wieder Lampenbogen! Unsern Caféwirt sah ich eines Tages viermal hintereinander und dabei hätte ich geschworen, daß er in seinem Lokal auch noch war. Ich mußte übrigens auch ein anderes «Ich» haben, denn öfters erhielt ich einen scherzhaften Schlag auf die Schulter und sah einen fremden Mann, der sich mißvergnügt entschuldigte.

Eines Tages geriet ich in große Aufregung. Ich begegnete in der Krämergasse, einem dunkeln Spalt, der vom französischen Viertel zum Grünmarkt führte, einer Dame, die meiner verstorbenen Frau wie ein Auge dem andern glich. Schmerzliche Erinnerungen wurden wach, ich folgte ihr, bis sie in einem Haus mit hohem altfränkischem Giebel verschwand. An der Türschwelle sah sie sich nach ihrem Verfolger um – diese Ähnlichkeit bis in jede kleinste Bewegung war konsternierend. Ich sah sie nun öfter und gestehe, daß ich ihr auch ein bißchen aufgelauert habe. Ganz heimlich und mir selbst noch uneingestanden, überlegte ich, ob nicht vielleicht ein zweites Glück möglich wäre – bis ich sie dann eines Tages am Arm eines vierschrötigen Mannes mit langem Künstlerhaar und Schlapphut sah. Ich erkundigte mich in ihrem Hause, sie war die Gattin eines Hoforgelbauers. Ich kam mir wie genarrt vor. Man konnte jetzt bei dem leichten Herbstregen, der in seinem Schimmer alles auflöste, nicht vorsichtig genug sein, um Täuschungen vorzubeugen. Unter falschem Namen machte ein Castringius II. in allen Kneipen Schulden, bis man auch dem echten nichts mehr borgte.

«Die Liga der Freude» wurde bei einem großen Fest im ehemaligen Theater von Mitgliedern der reichen Klassen gegründet. Melitta spielte hier eine besondere Rolle und genoß ihre traurige Berühmtheit. Einmal brannte sie durch und trat eine Woche Tag für Tag im Variété in einer Entkleidungsszene, «die neue Eva» auf. Obgleich das Gesicht von einer Maske bedeckt war, erkannte sie jedermann. Dieser Skandal brachte Lampenbogen und Brendel einander näher. Beide sahen sich in ihrer Ehre gekränkt und gemeinsames Leid trägt sich leichter. Brendel war ihr gänzlich verfallen, er konnte nicht mehr «wechseln». Hohläugig und bekümmert ging er einher und wich auch mir aus – er schämte sich. Melitta dagegen, unersättlich in ihren Gelüsten, fürchtete die Schande nicht. Sie schmachtete auch nach dem Amerikaner. Seine starken Schultern, seine gesunde, im Traumreich seltene Hautfarbe lockten sie. Man hat gesehen, wie sie vor ihm herging, die Röcke bis über die Knie raffte und nacheinander Taschentuch, Lorgnon und Portemonnaie fallen ließ. Ungalant reagierte der Mann des Westens auf diese Scherze nicht, und als sich die schöne Dame selbst bückte, dem Menschenbändiger ihre Kruppe bittend zugewandt, sagte dieser kalt: «Na, Kleine, mach' Platz!» und schob sie zur Seite. Haßerfüllt hetzte sie jetzt Brendel auf den Hartnäckigen, doch ohne Erfolg. Der Amerikaner ließ antworten, er pflege sich ausschließlich mit der Hundepeitsche zu schlagen. Damit war auch dieser Skandal erledigt.

Am meisten Erfolge hatte der Verein «Luzifer» mit Werbungen bei den neuzugezogenen Träumern. Diesen war es meist zuwider, sich in die alten, komischen Kleider stecken zu lassen. Auch der sonstige unmoderne Kleinkram, das schon historische Möbelzeug usw. behagte ihnen wenig. Solche Leute schlugen sich zur Partei des Amerikaners.

Ich wunderte mich manches Mal, daß der wahre Meister so tatenlos diesem Treiben zusah, das der bisherigen Leitung des Traumstaates so offen widersprach. Unser Cafèwirt, neutral in der Gesinnung, meinte pfiffig: «Sie, der ist schlau!»

Die Grenzüberwachung funktionierte nach wie vor gut, aber innerhalb der Mauern war alles wie geladen von drohendem Unheil. Schwül und drückend, wie früher nie, war die Luft; ein fahler, heller Glanz lag über unserer Stadt, es drangen sogar einige Male schräge Sonnenstrahlen durch den sonst unbeweglichen Wolkenschleier. Dieses unangenehm blendende Licht war sehr unheimlich, wir waren keine Sonne mehr gewohnt, ein erfrischender Regen wäre uns weit lieber gewesen.

Die Zeit schien ein anderes Tempo angenommen zu haben. Überall auf den Straßen standen Gruppen angstvoll aufgeregter Menschen beisammen, was dem sonst ruhigen Perle den künstlichen Anstrich einer verkehrsreichen Stadt gab. Hastig warfen sich Parteigänger Erkennungsworte zu. Im großen und ganzen fiel alles, trotz der Uneinigkeiten im einzelnen, in zwei große Gruppen auseinander: in solche, die noch an den *Herrn* glaubten, und in die andern, die dem *Amerikaner* ihr Ohr liehen. Unbedingt verläßlich waren diese Elemente allerdings nicht, das wußte er auch. Er betrieb daher seine Propaganda weiter.

Wie meine Leser sich erinnern werden, gab es in Perle zwei Tageszeitungen und die illustrierte Wochenschrift. Das Amtsblatt war natürlich für den neuen Machthaber nicht zugänglich, es hielt sich regierungstreu bis auf die letzte Zeile. Hingegen wirkte er nach Kräften auf die Stimme ein, mit dem Erfolge, daß die Redaktion die Verantwortung für die aufrührerischen Artikel am Schlusse eines jeden unumwunden ablehnte. Diesem Doppelspiel mußte sich unser Redakteur fügen, dem es wohl auch nicht allzu schwer geworden sein mag. War er doch seit jeher der heimliche Leiter aller drei Blätter, die erschienen und drei verschiedene Tendenzen verfolgten.

Wir zwei Zeichner mußten nach wie vor unsere Arbeiten in der bisher üblichen Traumspiegelmanier weiter liefern; Castringius versuchte allerdings oft genug, versteckt dem Amerikaner zu huldigen. Er zeichnete ihn als Riesen, wie er in goldener Rüstung dastand und Staatspapiere und Obligationen in seine Pfeife stopfte; bis er eines Tages eine Karte von Herkules Bell erhielt, auf welcher nur ein Wort stand, nämlich «Esel»!

Auf einmal verbreitete sich das Gerücht, der Amerikaner wolle mit großen Summen die Stimme und den Traumspiegel kaufen und selbst herausgeben. Zuvor führte er seinen Hauptschlag aus: die Proklamation. Dazu mußte unser armer Redakteur und Druckereibesitzer erst vergewaltigt werden. «Das drucke ich nicht!» versicherte er zuerst angstvoll. Doch der Unhold lachte nur und blies dem ängstlichen Pflichtmenschen seinen Tabakrauch ins Gesicht.

«Sie werden das sofort auf knallrotes Papier drucken», brüllte er ihn an.

Der Mißhandelte warf sich auf die Knie nieder und winselte: «Gnade! Gnade! Aber das *kann* ich nicht drucken, das wäre mein Tod!»

Da zog der Unerbittliche einen Revolver aus der Tasche, hielt ihn dem Ärmsten an das Ohr und schrie: «Wenn Sie nicht sofort gehorchen, knalle ich los!» Schlotternd und kreidebIaß nahm der Redakteur das Blatt: «Ich bin Familienvater», jammerte er, wobei Tränen seine Wangen hinunterliefen.

Der Amerikaner überwachte selbst den Druck; ging's ihm zu langsam, so schoß das Scheusal in die Luft. Bis abends waren sechstausend Proklamationen fertig, für mehr hatte das rote Papier nicht gereicht.

«Nun, Sie Kindskopf, was ist denn jetzt passiert?» fragte er den noch immer tiefbekümmerten Herausgeber. Jedem Angestellten der Druckerei aber gab er hundert Gulden in Gold.

III.

Das hier abgedruckte Exemplar der Proklamation erhielt ich von einem russischen Offizier, der dabei war als das Traumreich erobert wurde. Er hat sie mir zum Abdruck liebenswürdig zur Verfügung gestellt.

PROKLAMATION!

Bürger von Perle!

Als ich hierher kam, dachte ich ein Land von feenhafter Pracht zu schauen! Euch ging es wohl allen ebenso. Sieben Jahre lang wandte ich mich mit Bitten um Aufnahme in den Traumstaat an Patera. Endlich gewährte er meinen Wunsch; doch es wäre für mich besser gewesen, wenn er auf seiner Weigerung bestanden hätte. Ich fand ein Reich, in welchem der Unsinn herrscht! Nur das große Mitleid mit euch veranlaßt mich, euch die Augen zu öffnen. Ist euer Leben schon verdammt? Nein! Und noch einmal *nein*! Aber ruhelos, unglücklich seid ihr! Das müßt ihr mir zugeben, alle, jeder! Einem Schwindler seid ihr in die Falle gegangen, einem Hochstapler, einem Magnetiseur. Er hat euch um eure Gesundheit, euer Hab und Gut und euern *Verstand* gebracht! Unglückliche! Ihr seid einer Massenhypnose verfallen! Keiner gehorcht mehr seiner eigenen Vernunft. Nein, die fremde Suggestion in seinem Schädel hät er für eigene Gedanken! So laßt ihr euch zu Tode hetzen und dieser Teufel findet daran seinen Spaß!

Aber noch ist es Zeit zur Rettung! Jeder, der noch einen Funken Kraft in sich hat, unterstütze mich in meinem Vorhaben.

Merkt nun auf, was ich euch zu sagen habe. Der Bann *ist* abzuschütteln! Ihr braucht nur ernsthaft zu *wollen* und ihr seid frei! Schart euch um mich, bildet Bataillone und stürmt den dreimal verfluchten Palast! Ich setze einen Preis von

einer Million Gulden

auf das Haupt dieses Satans. Wißt ihr denn, in was für Häusern ihr wohnen müßt. Ich kann es euch sagen: Es ist fast keines darunter, das nicht von Verbrechen, Blut und Gemeinheit besudelt worden wäre, bevor es auf seinen jetzigen Platz gebracht wurde. Der Palast ist zusammengeflickt aus Trümmern von Stätten, die der Schauplatz blutiger Verschwörungen und Revolutionen waren. Patera ging beim Sammeln bis auf die ältesten Zeiten zurück. Bruchstücke vom Escorial, von der Bastille, von altrömischen Arenen wurden zu seinem Bau verwandt, Steinblöcke vom Tower und vom Hradschin, vom Vatikan und vom Kreml sind auf sein Anstiften gestohlen, losgebrochen und hierhergeschleppt worden.

Wo es menschliches Unglück gab, dahin streckte euer Meister seine Fühler. Das Kaffeehaus in der Langen Gasse war noch vor fünfzig Jahren ein verrufenes Wiener Vorstadtcafé, die Molkerei eine oberbayerische Räuberhöhle. An der Mühle, die in Schwaben gekauft wurde, klebt seit zweihundert Jahren das Blut eines Brudermords! Dies sind nur Beispiele, ich will euch nicht die Ergebnisse aller meiner Nachforschungen mitteilen. Es mag euch die Versicherung genügen, daß Patera in den ekelhaftesten Teilen der Großstädte die meisten seiner geheimnisvollen Häuserkäufe betrieb. Paris, Stanbul etc. gaben ihr Scheußlichstes!

Bürger! Nun, da ich euch die Augen geöffnet habe, schließt sie nicht wieder! Noch einmal fordere ich euch alle auf, den Sturz dieser Bestie zu beschleunigen. Einen Rat gebe ich euch! *Hüte sich jeder vor dem Schlaf!* Das ist die Zeit, in welcher der Herr euch knechtet! In der Ohnmacht des Schlafes seid ihr ihm ausgeliefert, da bläst er euch seine tückischen Ideen ein, erneuert und verstärkt er täglich seinen infernalischen Bann und zerstört euren Willen. Ich bin überzeugt, in allen von euch noch einmal glückliche und zufriedene Menschen zu sehen!

Die große Welt da draußen hat einen Riesenschritt dem Lichte der Zukunft entgegen getan! Ihr seid zurückgefallen und hockt in einem Sumpf. Keinen Anteil habt ihr an den herrlichen Erfindungen unserer neuen Zeit, den zahllosen Erfindungen, welche Ordnung und Glück verbreiten, steht der Träumer fremd gegenüber! Bürger, ihr werdet staunen, wenn ihr hinauskommt! Das Blau des Himmels, das Grün der Wiesen wird euch wieder zulächeln, die Sonne wird wieder Rosen auf eure matten Wangen zaubern, unsägliche Freude werdet ihr wieder an euren Kleinen erleben und an den sterilen Schmutz des Traumstaates nur mit Abscheu zurückdenken. Hütet euch vor jeder List dieses verbrecherischen Schauspielers!

Nieder mit Patera! sei euer Schlachtruf!

Werdet alle Söhne Luzifers!

Dixit

Herkules Bell.

Für diese Proklamation machte Castringius eine Kopfzeichnung: Eine Freiheitsgöttin mit Diadem hält eine Tafel, auf deren Rückseite die Worte: Freiheit, Gleichheit, Brüderlichkeit, Gesellschaft, Wissenschaft, Recht zu lesen waren. In ihrem Kopfschmuck steckte die amerikanische Flagge und zog sich wimpelartig um den Rand des Aufrufes.

Zum Anschlagen und Verteilen dieser roten Blätter wurde Jaques und seine Rotte bestimmt. Jaques, ein halbwüchsiger Bursche, hatte nur eine Mama, sein Vater war unbekannt. Die Mutter, Madame Adrienne, war eine Kupplerin von Ruf und Inhaberin des bessern der beiden Etablissements im französischen Viertel, aus dem sie nie herauskam. Jaques, eine Galgenphysiognomie, konnte man überall sehen, wo es verderbt zuging; er hatte den Rang eines Apachengenerals und seine Streiche, oft von außerordentlicher Tollkühnheit, waren unter seinesgleichen berühmt. Der Amerikaner lernte dieses Subjekt in einer Garküche kennen und engagierte es sogleich mit reichlichem Handgeld. Für Jaques, der seinen Lebensunterhalt auf eine nicht wiederzugebende Art verdiente, hatte der Reichtum des Politikers etwas Bestechendes. Gleich beim ersten Zusammentreffen verschrieb er sich ihm mit Haut und Haar und erbot sich, mit einem Schwarm dunkler Existenzen aus dem französischen Viertel die Leibgarde des Krösus zu bilden.

Nicht jeder freilich war käuflich. Zum Beispiel der Neger Gotthelf Flattich, ein geborener Kameruner, ein ehemaliger Lastträger, widerstand der Versuchung. Bell kannte ihn von früher, denn der Schwarze hatte eine seiner Dienerinnen, ebenfalls eine Negerin, geheiratet. Ein reiches Geschenk erwarb Bell damals die Zuneigung des Mannes; als er ihn im Traumreiche wiederfand, freuten sich beide. Flattich war stark wie ein Ochse, dabei gutmütig. Hüten mußte man sich nur davor, ihn aus seinem Phlegma zu wecken, dann wurde er fürchterlich. Verwitwet, beschäftigte er sich mit dem Abrichten von Vögeln. Bell wollte ihn sogleich für sich werben, fand jedoch für seine Pläne ein taubes Ohr. Flattich war ein glühender Verehrer von Patera und um nichts in der Welt diesem abspenstig zu machen. Er beteiligte sich auch nicht am Aufstand, sondern blieb ruhig bei seinen Passionen. Er wohnte im französischen Viertel und war dort allgemein beliebt. In unserer Geschichte wird er noch einmal auftauchen.

Als Folge der Debauchen und Schwelgereien war die Nervenzerrüttung im Traumland eine furchtbare geworden. Die bekannten Geistes- und Nervenkrankheiten, Veitstanz, Epilepsie und Hysterie traten jetzt als *Massenerscheinungen* auf. Nahezu jeder Mensch hatte einen nervösen Tic oder litt an einer Zwangsvorstellung. Platzangst, Halluzinationen, Melancholien, Starrkrämpfe mehrten sich in besorgniserregender Weise, aber man tollte fort, und je mehr sich die grauenhaftesten Selbstmorde häuften, um so wüster trieben es die Überlebenden. In den Gastwirtschaften kam es zu den blutigsten Messerstechereien. Ich konnte keine Nacht mehr ruhig schlafen, der Lärm drang störend aus dem

Kaffeehaus bis in mein Zimmer. Die Zügellosigkeit steigerte sich, man wagte schließlich alles.

Eines Abends trat eine Chansonette im Café auf, da war's anfangs, bis auf das verstimmte Piano und den Applaus etwas ruhiger, aber um 3 Uhr hub Kreischen und Lachen an; ich stand auf und sah vom Fenster aus, wie die Soubrette, völlig entkleidet und mit einem Kranz von Champagnerflaschen garniert, auf einem Handwagen von der betrunkenen Gesellschaft durch die Stadt gezogen wurde. Herr Leutnant de Nemi führte den sonderbaren Zug mit entblößtem Degen.

Die neun Halbwaisen aus meinem alten Wohnhaus erhielten nun öfters Besuch von Alfred Blumenstich, dem bekannten Wohltäter. Wie man sagte, sollen diese Visiten hauptsächlich den beiden ältesten Töchterchen gegolten haben. Er fuhr mit großen Konfekttüten beladen vor, man sah ihn in der Tür verschwinden, die der Vater selbst bewachte, damit Herr Blumenstich nicht gestört würde.

Äther und Opium lösten bisweilen den Alkohol ab, öffentlich machte man sich Injektionen, um die erschlafften Nerven durch sie aufzupeitschen oder zu beruhigen.

Daß solche Zustände einer Katastrophe zuführen mußten, war den wenigen einsichtigen Elementen klar; mit Entsetzen mußte man die wachsende Ruhelosigkeit im Gehaben dieser Halbwahnsinnigen feststellen. Die geheimnisvollen gellenden Schreie, welche nachts aus den Häusern drangen, regten mich ganz besonders auf, das beschleunigte Geschehen verlieh dem Leben etwas Schattenhaftes, tatsächlich Traumartiges.

Denkt man sich dazu noch die drückende, heiße Luft, die gespensterhafte Gewitterbeleuchtung – dann und wann zuckte ein greller Schein über den schwefeligen Himmel – so kann man sich eine ungefähre Vorstellung von meinen bangen Gefühlen in jenen Tagen machen.

Und jetzt kam noch die Proklamation – sie wurde an allen Straßenecken angeschlagen und in jedes Haus gebracht. Die Gegensätze, welche sich zwischen der Partei des Amerikaners und den alten, zu Patera haltenden Traumstädtern zugespitzt hatten, mußten dadurch verschärft werden. – Es waren böse Zeiten.

Zweites Kapitel

Die Aussenwelt

I.

Man war in der zivilisierten Welt etwa zwölf Jahre lang in Unkenntnis von dem Bestehen des Traumlandes geblieben. Gewiß, es kamen Fälle vor, daß Personen plötzlich auf unerklärliche Weise verschwanden. Wohl wurden viele noch auf Bahnen und Schiffen gesehen, später aber blieb jedes Nachforschen ohne Ergebnis. Solange es sich um Leute handelte, die auf irgendeine Art mit dem Kulturleben zerfallen waren und Grund hatten, sich zu verbergen, machte man wenig Aufhebens. Für bankerotte Menschen hat die Welt geringes Interesse übrig.

Weit empfindlicher wurde die Gesellschaft getroffen, als anerkannte Mitglieder der Gelehrten-, Künstler- und Finanzkreise zu rätselhaften Flüchtlingen wurden. Meist erhielten die Angehörigen zwei bis drei Wochen nach Abgang des ungetreuen Familienmitgliedes noch ein Lebenszeichen – wenigstens einen Brief mit ein paar Zeilen. Aber was ließ sich daraus entnehmen, wenn es hieß: «Forschet nicht nach mir, ich bin gut aufgehoben» oder «eingetretener Umstände halber muß ich Dich bitten, auf meine Hand zu verzichten» oder «Verzeihet alle, ich kann nicht anders».

Jeder hätte ungläubig gelacht, wenn ihm einer gesagt hätte, daß diesem Verschwinden eine gemeinsame Ursache zugrunde lag. Die Polizei versagte.

Am bemerkenswertesten war das Verschwinden der

Prinzessin von X. Nun war man zwar in jenen Tagen an das Entwischen hochstehender Damen gewöhnt, aber es kamen doch zumeist die jüngeren Jahrgänge in Betracht. Dieses Mal war es eine Alte, der es auch daheim gut gegangen war. Ihre Spuren führten bis an das Schwarze Meer. Einigen türkischen Gepäckträgern war sie durch ihr ungewöhnliches Knausern mit den Trinkgeldern aufgefallen. Dadurch hatte man sie erkannt. Ernstlich getroffen wurden durch ihr Verschwinden nur einige Neffen und Nichten, die auf die Erbschaft rechneten. Leider hatte das alte Fräulein sein gesamtes Eigentum mitgenommen. – Die Prinzessin von X. blieb verschollen.

Bald folgte der Fall des amerikanischen Milliardärs Bell, welcher die Gesellschaft auf den Traumstaat aufmerksam machte und schließlich zur Aktion trieb. Dieser Pökelfleischkönig hatte auf mir unbekannte Weise von dem sonderbaren Land gehört und sich in den Kopf gesetzt, ein Bürger dieses Reiches zu werden. Der sofortigen Aussprengung, daß er geisteskrank sei, begegnete Bell dadurch, daß er sich einen namhaften Nervenarzt zur eigenen, ständigen Beobachtung hielt; diese Koryphäe konnte nur bestätigen, daß der Amerikaner vollkommen bei Verstand sei. Jahrelang trieb sich der Sonderling auf allen Meeren und in allen Gegenden der Welt herum, um das Traumreich zu suchen, er war von seinem Arzte und zwei Dienern begleitet. Bald sah man ihn in Neu-Seeland alle Inseln durchstörbern, bald tauchte er im indischen Archipel auf. In Hongkong verließ ihn sein Arzt. Er erklärte, er könne es bei Herkules Bell nicht mehr aushalten, seine anfangs günstige Meinung müsse er dahin korrigieren, daß er den Amerikaner jetzt doch für belastet halte und an fixen Ideen leidend. Der Arzt fuhr nach Hause, der reiche Mann folgte seinen Einbildungen. Und dann das Sensationelle: Der Amerikaner hatte einen Boten geschickt, der eines Tages mit einem dicken

Brief und einer Proklamation in das Kabinett des englischen Premierministers trat.

Se. Lordschaft mußte sich überzeugen von dem Vorhandensein einer allen Gesetzen Hohn sprechenden Vereinigung, in welcher ein ebenso spitzbübischer wie unermeßlich reicher Machthaber sein Unwesen trieb. Viele Tausende braver Europäer wurden hier in widerrechtlicher Gefangenschaft gehalten. Der Amerikaner schrieb, daß er sich an die Engländer wende, als den erklärten Feinden jeder entwürdigenden Sklaverei, und von ihnen die schnellste und durchgreifendste Hilfe erwarte.

Wenngleich Brief und Proklamation in einem derben und marktschreierischen Ton gehalten waren, man konnte sich den Bitten um schleunige Hilfe nicht gänzlich verschließen, wenn man das geheimnisvolle Verschwinden so vieler Personen bedachte. Sollte doch auch die Prinzessin X. dort in Gefangenschaft schmachten. Auch die sonderbaren Häuserkäufe, die seinerzeit in der europäischen Presse so viel Befremden erregt hatten und für die Marotte eines asiatischen Kleinfürsten galten, erklärten sich nun. Die Folge war ein eifriger Depeschenwechsel zwischen den Regierungen der europäischen Großmächte; es schien geboten, ohne viel Lärm rasch zu handeln. Rußland erhielt als Grenzreich das Mandat zum Eingreifen; die gewöhnlichen Eifersüchteleien schwiegen, die Parlamente wurden vorläufig nicht verständigt.

In einem Monat war eine russische Division mobilisiert und dem Befehl des fähigen Generals Rudinoff unterstellt. Man schrieb: «Für christliche Moral und Nächstenliebe!» auf die Fahnen und dachte an die zu erobernden Goldbarren. Der Zar erhoffte nebenbei, daß ihm eine steuerkräftige Provinz zufallen würde; lag doch das sagenhafte Land ganz nahe der russischen Grenze.

Eine Reihe von Zeitungsberichterstattern, Photographen, Spekulanten und sachverständigen Kaufleuten wurden in aller Stille eingeladen und mitgenommen.

Zwar protestierten die chinesischen Gesandten bei allen Mächten gegen diese offenkundige Verletzung der Grenze des himmlischen Reiches, doch da war es bereits zu spät und die bezopften Herren mußten sich zurückziehen.

Man kannte zwar die Lage des Traumreiches ziemlich genau nach der Karte, zur Vorsorge sollte der Bote des Amerikaners die Truppen führen. Aber man fand diesen Mann eines Tages in seinem Hotelzimmer tot vor. Ein Dolch steckte ihm im Bauch und mit Befremden las man die drei Worte, die in die Klinge geätzt waren:

«Schweigen ist Gold!»

Rudinoff mußte allein suchen.

Dritte Kapitel

Die Hölle

I.

Es ist ein trüber Vormittag. Der Amerikaner Herkules Bell liegt noch zu Bett, die Arme verschränkt, halbsitzend, mit der Miene des tiefsten Nachdenkens. «Ich werde siegen!» murmelt er, und ein stolzer Schein verklärt sein wenig schönes, allzu energisches Gesicht. *«Ich werde siegen»*, wiederholt er laut und erhebt sich.

«Ich bin gesund!» denkt er triumphierend und tritt nackt vor den großen Stehspiegel. Mit herausforderndem Blick mustert er seinen Körper und läßt durch ein paar gymnastische Übungen die Muskeln spielen: «Das ist alles unbeugsam!» – er klatscht sich auf die behaarte Brust. Wie ein Ringkämpfer kommt er sich vor und ruft in einer frohen Aufwallung: «Erster Preis für Herkules Bell!»

Er denkt an die Traummenschen und speit unwillkürlich in die Ecke. Rasch genug wird er mit dieser kraftlosen Herde fertig werden!

Da runzelt er plötzlich die Stirn. Die Vorstadt kommt ihm in den Sinn. Nur ein einziges Mal ist er drüben gewesen und hat sich ihre Bewohner angesehen. «Humbug», darin faßte er sein Urteil über den alten Stamm zusammen und ging nie mehr in das Dorf, das ihm «unsympathisch» war.

Nachdem er sich von der abweisenden Kälte der blauäugigen Asiaten überzeugt hatte, kam er zu dem Schluß, daß die Vorstadt ein unfruchtbarer Boden für den Parteikampf sei. Trotzdem fürchtete er aus einem dunklen Gefühl heraus immer noch einen Streich dieser seltsamen Greise. Sie wurden von der beginnenden Umwälzung gar nicht berührt und lebten tatenlos in den Tag hinein. Zum Teufel noch einmal, da waren ihm die verkommensten Traumstädter noch lieber! – –

Er kleidet sich an und rasiert sich sorgfältig, hernach massiert er kunstgerecht sein Gesicht, wobei die gesunkene Stimmung wieder besser wird. Sein Hauptschlag soll erst noch kommen, diesen Triumph ahnt noch niemand. Er denkt an die Nacht, in der er sich von seinem ergebenen Lieblingsdiener trennte. Unter Lebensgefahr hat sich dieser Mann, welcher schon seit zwanzig Jahren die Stellung eines Leibjägers bei Herkules Bell bekleidete, aus dem Traumreich entfernt, um dem Auslande Nachricht über den neuen Staat zu bringen. Connor befand sich also außerhalb der Grenzmauern. Dieses praktisch-technische Genie hatte mit raschem Blick erkannt, daß der Fluß die einzige Möglichkeit zur Flucht bot. Da, wo er unter dem Bollwerk der Mauer verschwand, tauchte Connor unter und stieß auf ein Eisengitter. Unter dem Schutze der nächtlichen Dunkelheit gelang es ihm, einen Stab zu durchfeilen, wodurch eine Öffnung entstand, durch die er seinen schmalen und gewandten Körper zwängen konnte. Das tat er eines Nachts – und eine von draußen weit über die Mauer emporsteigende Rakete zeigte dem Amerikaner an, daß dem kühnen Mann das Wagestück gelungen war. In einem Gummibeutel trug er den wichtigen Brief auf der Brust; für seinen gestählten Organismus war von dem nächtlichen Bad nicht viel zu fürchten. – Jetzt konnte es an nichts mehr fehlen! – In Abenteuern aller Art hatte Connor seine Klugheit und Ausdauer bewiesen.

Nach längstens vier bis sechs Wochen mußte Hilfe eintreffen.

«In zwei Monaten bin *ich* Herrscher des Traumreichs!» sagt Bell und füllt seine Etuis mit Zigarren. «Bald wird mir Patera zu Füßen liegen!» Ein böses Leuchten tritt in seine Augen. Warum muß er dem Meister, den er so haßt, im geheimen doch glühende Bewunderung zollen? In dieser Frage liegt die ganze Tragik dieses Mannes.

Als er nach langem Bitten hier einziehen durfte und die Wirkung der unermeßlichen Kräfte Pateras mit eigenen Augen gesehen hatte, hielt er in seinem praktischen Sinn die Art ihrer Verwendung für lächerliche Spielerei. Mit seinem unternehmenden Geist hätte er ganz andere Dinge verwirklicht. An eine Art Kompagniegeschäft mit dem «Herrn» hatte er zuerst gedacht, und hätte rückhaltlos seine Millionen in diese Idee gesteckt. Die *Welt* könnte man erobern! – wahrhaftig etwas mehr als diese Tollhausniederlassung.

Diesem machtvollen Mann, dem sie in Amerika und Europa um seines Goldes willen die Fußsohlen leckten, mußte es hier passieren, daß er vom Herrn wie ein lästiger Bittsteller behandelt wurde. Seine Besuche waren mit Spott abgewiesen worden. Nicht ein einziges Mal hatte er bis zur höchsten Person vordringen können, um seine wertvollen Vorschläge zu unterbreiten. Die unerwartetsten Zufälle hatten sich immer dazwischen geschoben. Da entwickelte sich im Herzen dieses Menschen ein furchtbarer Haß gegen Patera. Jetzt wollte er seine Macht fühlen lassen, er brauchte keine Almosen! Anerkennung wollte er sich erzwingen! Und er warf sich auf die Politik – mit welch günstigen Erfolgen, weiß man. Ganze Nächte wälzte er sich im Bett und zergrübelte sein Hirn nach einer Rache an dem Unsichtbaren. Seinem Gelde, seiner unausgesetzten Tätigkeit war es zuzuschreiben, daß er heute im Traumstaate einen so gefürchteten Namen hatte. Das Ziel, die Demütigung Pateras, schien nun nahe. «Aber nun gilt's handeln, nicht denken.» – Er nimmt seine Uhr – – – sieh steht! – – – «Sonderbar, wie lange habe ich denn geschlafen?» – – – Er klingelt dem Diener. – Es kommt niemand. – Jetzt öffnet er die Tür zum Vorzimmer. Da liegt der Diener John und schläft mit offenem Munde. Bell tritt an ihn heran und rüttelt den Schlafenden – umsonst. – – Endlich macht John langsam die Augen auf und blickt seinen Herrn blöde an. Gleich darauf schläft er wieder ein und ist nicht mehr zu erwecken.

Wütend, doch erfolglos, drückt der Amerikaner auf alle Schellenknöpfe und begibt sich ins Restaurant hinunter. Das erste, was er hier bemerkt, ist der schnarchende Hotelier hinter dem Schanktisch. Einige Gäste sitzen, ihr Haupt auf dem Tisch, die Serviette als Unterlage benutzend und schlafen. Vor ihnen stehen halbgefüllte Gläser und Teller mit Speiseresten. An den Kleiderständer gelehnt, steht der Piccolo und hält schlafend den Traumspiegel zwischen die Beine geklemmt. Bell gibt ihm einen Stoß – der Kleine sinkt zusammen ohne den friedvollen Ausdruck seines Gesichtes zu verändern.

Der Amerikaner jagt wieder hinauf und wäre dabei fast über die vermummte Waschfrau gestolpert. Ein furchtbarer Gedanke steigt in ihm auf. Weit beugt er sich aus dem Fenster. An der gegenüberliegenden Straßenecke flattert etwas Rotes – Papierfetzen – eine schlecht angeklebte Proklamation. In einem schmutzigen Straßenwinkel sieht er zwei Männer auf dem Boden liegen, aus der Tiefe eines Hausflurs ragen Rock und Beine einer Frauensperson. Sonst ist es öde und menschenleer, nur in der Ferne schleichen zwei Tiere mit spitzen Schnauzen. Es sind Füchse. Bell tritt vom Fenster zurück, er erbleicht, und ein Ausdruck unsäglicher Verachtung kommt in sein Gesicht. Er läßt das Haupt sinken, drei senkrechte, scharfe Falten werden auf seiner Stirne sichtbar, seine Nasenflügel beben und in schlaffer Haltung sagt er mit leidender Stimme: «Ich bin ein Pfuscher! – – Verspielt!» – Seine Augen sind im Begriff, sich zu schließen –

Es kommt doch nicht so weit – – – zitternd kämpft sein Körper gegen die Müdigkeit an. – – – Er schleppt sich zur Badewanne und steckt den Kopf in das kalte Wasser – das erfrischt! – nimmt einen Schluck Branntwein – – mit dem Rest in der Flasche reibt er sich den Schädel ein – – – die Schwäche ist überwunden. Dann stopft er seine Pfeife, setzt den Hut auf und geht fort.

Herkules Bell ergibt sich nicht.

II.

Eine unwiderstehliche Schlafsucht senkt sich auf Perle. Im Archiv brach sie aus und verbreitete sich von da über Stadt und Land. Kein Mensch konnte der Epidemie widerstehen. Wer sich eben noch seiner Frische rühmte, hatte, ehe er sich's versah, den Keim der Krankheit schon irgendwo aufgefaßt.

Sehr bald wurde ihr ansteckender Charakter erkannt, doch fand kein Arzt ein Heilmittel. Die Proklamationen verfehlten ihren Zweck, denn noch während des Lesens gähnten die Leute. Jeder, der konnte, blieb zu Hause, um nicht auf der Straße von dem Übel befallen zu werden. Hatte man sein geschütztes Plätzchen, dann ergab man sich getrost in das neue Geschick. Weh tat es ja nicht. Ein starkes Mattigkeitsgefühl war meist das erste Anzeichen, dann überfiel den Patienten ein Gähnkrampf, er glaubte Sand in den Augen zu haben, die Augendeckel wurden schwer, alles Denken verschwamm, und müde ließ er sich nieder, wo er gerade stand. Der Kranke konnte wohl mittels scharfer Dünste, Salmiak etc. dann und wann aus dem Schlaf gerissen werden, lallte aber nur ein paar unverständliche Worte und war wieder weg. Bei starken Personen ließ sich der Zustand durch Frottagen um einige Stunden hinausschieben, dann war es aber das gleiche. Viele Fälle verliefen rapid. Da ereiferte sich ein Redner eben noch über die politischen Ereignisse, als er sich plötzlich über den Tisch beugte, den Kopf sinken ließ, und regelmäßig zu schnarchen anhub.

Anton im Kaffeehaus dagegen konnte kaum mehr die Augen aufhalten und bediente noch immer. Aber wie mußte man ihn aufmuntern! Du lieber Gott! Mit Zuckerstückchen und Kaffeelöffeln wurde er bombardiert – er war von einer beispiellosen Vergeßlichkeit, und wenn er endlich träge das Verlangte brachte, war der ungeduldige Gast oft selbst eingeschlafen. Man mußte scharf achthaben, daß die brennenden Zigarren der Schlafsüchtigen ausgelöscht wurden.

Auf dem Exerzierplatz übte die Soldateska fleißig, um bei einem drohenden Aufstande ihren Mann stellen zu können. Aber die Unteroffiziere konnten brüllen, soviel sie wollten, ein Mann nach dem andern legte sich auf den Boden. – Merkwürdige und komische Zwischenfälle ereigneten sich. – Die Hände noch in der fremden Kasse schliefen die Diebe selig ein. – Melitta lag vier Tage lang in Brendels Wohnung; ihr Gemahl träumte über den Tisch gebeugt, die Nase in einer Mayonnaise.

Castringius hatte es beim Kartenspiel gepackt. In einer üblen Kneipe lehnte er behaglich in seinem Stuhl und hielt den Schellunter im Pfötchen. Mich selbst erwischte es zu Hause, wohin ich mich sehr bald zurückzog. Gerade hatte ich das Bett gerichtet und wollte die Vorhänge zuziehen. Ich sah noch, wie aus dem Fenster der Prinzessin gegenüber eine Banknote nach der andern auf die Straße flatterte; ein leichter Herbstwind trieb sie wie welke Blätter die Gasse zum Flusse hinunter. Da war's die höchste Zeit für mich, mein Lager aufzusuchen.

An den ersten beiden Tagen nach Ausbruch der Seuche liefen die Züge mit enormen Verspätungen ein, da bei jeder

Station neues Personal eingestellt werden mußte. Später blieben sie ganz aus.

Die letzte Nummer der Stimme war nur einseitig bedruckt, und selbst da wimmelte es von unvollständigen Sätzen und Legionen von Druckfehlern. Die letzte Seite, wo sonst die lächerlichen Miszellen gestanden hatten, fehlte ganz. Es half kein Sträuben; Perle schlief. Dieser Zustand vollständiger Bewußtlosigkeit mag sechs Tage gedauert haben, der Friseur brachte wenigstens diese Zeit heraus; er hatte sie nach der Länge der Bartstoppeln seiner Kunden berechnet.

In dieser Zeit soll in der ganzen Stadt ein einziger Mensch nicht oder doch nur ganz kurz geschlafen haben: der Amerikaner! Wenigstens behauptete er das selbst. Eine Tages, als er wie ein neuer Dornröschenprinz durch die Lange Gasse wanderte, wollte er durch ein Fenster des Kaffeehauses bemerkt haben, wie der eine von den beiden Schachspielern gerade einen Zug machte. Er schloß daraus, daß diese beiden gleich ihm von der Krankheit verschont geblieben waren. Aber sonst fiel man über die Schlafenden. Nicht nur auf allen Bänken der öffentlichen Anlagen, auch in Treppenhäusern und Torwegen lagen bunt durcheinander gut gekleidete Herren und Damen und schliefen wie die Obdachlosen trotz ihrer eigentümlichen Lage mit zufriedenen Mienen.

Als man wieder nach und nach zu sich kam, konnten viele in ihrer Tätigkeit fortfahren. Das war sehr gut, nicht nur für Brendel, sondern auch für den armen Gaul beim Wasenmeister, welcher tagelang hochgewunden auf den erlösenden Hieb warten mußte. Nun erhielt er ihn. Denn das Merkwürdigste war, daß Tiere gegen die Schlafsucht unempfindlich blieben.

Für die meisten Leute hatte sich wenigstens für den ersten Augenblick nichts verändert. Als ich munter wurde und nahrungsbedürftig das Café betrat, war schon der Friseur da mit einem Riesenhunger, aber sehr übellaunig. Er vermißte nämlich ein Vierkreuzerstück, welche Entdeckung zu einer dauernden Verstimmung zwischen Herrn und Gehilfen wurde, der natürlich wie alle Tiere wach geblieben war.

Die Traumstadt wachte auf und fand sich – – in einer Art Tierparadies. Während unseres langen Schlummers hatte sich eine andere Welt derartig ausgebreitet, daß wir in ernstester Gefahr schwebten, verdrängt zu werden, die Tierwelt. Allerdings war es schon in der letzten Zeit aufgefallen, daß Ratten und Mäuse in diesem Jahre besonders gediehen. Aber auch über einfallende Raubvögel und vierbeinige Hühnerdiebe wurde Klage geführt. In Alfred Blumenstichs Park hatte der Gärtner sogar Wolfsspuren gesehen. Er wurde zwar ausgelacht; als aber am andern Tage von einer schneeweißen Angoraziege – dem Lieblingstier der Frau Kommerzienrat – nur noch das Hörnerpaar vorhanden war, da lachte niemand mehr.

Wer vermöchte das Staunen der vielen zu beschreiben, die allein und ungestört eingeschlafen waren, sich nun aber in unerwünschter Gesellschaft befanden? Da saß ein großer grüner Papagei am Fenster, oder Wiesel und Eichhörnchen guckten neugierig unter den Betten hervor. Erst nach und nach kam man hinter dieses Treiben. Aus dem Schlachthause wurde von den aufwachenden Metzgern ein großes Rudel Schakale vertrieben. – Die Überfälle von Wölfen, Wildkatzen, Luchsen nahmen in erschreckender Weise zu. Schlimm war es, daß selbst unsere Haustiere auf einmal störrisch und bösartig wurden, fast alle Hunde und Katzen verließen ihren Herrn und wilderten auf eigene Faust. – Die wieder erscheinenden Zeitungen berichteten von einem aufregenden Fall: in die Parterre-Wohnung der Selchermeisterswitwe Apollonia Six war ein Bär eingestiegen und hatte die bemitleidenswerte, tiefschlafende Frau vollständig aufgefressen. Durch ein paar Schüsse wurde die Bestie getötet.

– In die Stadt kommende Jäger und Fischer erzählten märchenhaft anmutende Geschichten von ungeheuern schwerfälligen Tieren, die sie beobachtet haben wollten. Aber kein Mensch glaubte diesen Berufsaufschneidern. Da kamen auf einmal die Bauern und andere im freien Lande wohnende Traummenschen auf ihren plumpen Pferden in hellen Haufen dahergesprengt. In vollgepackten Wagen brachten sie Frauen und Kinder sowie den wertvolleren Hausrat mit. Sie waren äußerst unzufrieden und demonstrierten vor dem Palast und dem Archiv. Sie beklagten sich, daß man ihnen keinen militärischen Schutz geschickt hatte. Büffelherden hatten ihre Ländereien verwüstet, auch konnten sie sich nur mit knapper Not vor den Überfällen scharenweise auftretender großer Affen retten; diese Teufel schonten weder Frauen noch Kinder. Bald darauf wurden die Fährten von kolossalen Zweihufern im Lehmboden der Tomassevicfelder festgestellt, die am Rande der Stadt lagen; das war bedenklich.

Die Insektenplage war gräßlich. In Schwärmen ließen sich gefräßige Heuschrecken von den Bergen nieder und wo sie hinkamen, blieb kein Halm stehen. Durch eine solche Wolke wurde in einer einzigen Nacht der Schloßgarten vernichtet. Wanzen, Ohrwürmer, Läuse machten das Leben schwer. Alle diese Tiergeschlechter, von den größten bis zu den geringsten, beherrschte ein geradezu elementarer Paarungstrieb. Trotzdem sich alles gegenseitig auffraß, vermehrten sich die Vier- und Sechsfüßler in unheimlichster Weise. Was half es dagegen, wenn auch Waffen und Gift von den Behörden ausgegeben und die strengsten Befehle zum Schließen der Fenster und Türen erteilt wurden; der Segen war zu groß. Freiwillige Jagdtruppen organisierten sich und unterstützten Militär und Polizei. In vielen Häusern waren Schießscharten gebrochen.

Die Frau des Cafewirts erwachte eines Morgens mit vierzehn Kaninchen im Bett. Da ihr Schlafkabinett nur durch eine dünne Wand von meinem Zimmer getrennt war, hörte ich die Jungen quieken.

Das Schrecklichste aber waren die Schlangen. Kein Haus war sicher vor ihren Besuchen, in Schubladen, Kleiderschränken, Rocktaschen, Wasserkrügen, überall hielt sich das Gezücht auf. Dabei waren diese heimtückischen Kreaturen von einer entsetzlichen Fruchtbarkeit. Suchte man in der Dunkelheit sein Zimmer auf, so zertrat man die herumliegenden Eier, die klatschend barsten. Castringius exzelierte in seinem neu erfundenen «Eiertanz».

Im französischen Viertel konnten es die Menschen vor Ungeziefer bald nicht mehr aushalten. Doch selbst während dieser Tierinvasion behielten die meisten den Kopf oben. Man schoß seinen Hirsch vom Fenster aus und lud gleich die Freunde zum Jägermahl. Von der Dachluke meines früheren Wohnhauses hatte man einen weiten Blick über die Äcker und Felder. Jetzt war dieses Terrain in einen zoologischen Monstregarten verwandelt. Auch der Fluß hatte seinen Anteil bekommen: Krokodile, durch jahrelange Bemühungen endgültig stromabwärts gescheucht, erschienen wieder. Die Badeanstalt mußte geschlossen werden, weil sich Zitteraale in den Kabinen aufhielten, deren Schlag tödlich ist.

Einer der wenigen Lichtblicke in diesen peinlichen Tagen bestand darin, daß man leicht zu wohlschmeckenden Braten und seltenen Leckerbissen gelangen konnte.

In diesen Zeiten erfreute sich mein alter Professor eines großen Ansehens. Er hielt öffentliche Vorträge und lehrte die Traumstädter, die gefährlichen Bestien von den harmlosen zu unterscheiden. Mit einem alten Drilling ausgerüstet wandelte er schon am frühen Morgen mitten unter den Gazellenrudeln, Wildschweinen, Murmeltieren und oblag fleißig der Jagd. Aber die Tiere gewöhnten sich bald an den eigentümlichen bebrillten Schützen und liebten den alten

Herrn. Dafür stiftete sein Gewehr an den Fenstern so viel Schaden, daß es ihm wieder abgenommen werden mußte.

Abends konnte man nur noch unter größter Vorsicht, bewaffnet und mit einer Laterne ausgehen. Fallen, Wolfsgruben, Schlageisen, Selbstschüsse machten unsre Stadt noch unsicherer. Sich aber in seinem Vergnügen stören zu lassen, das fiel keinem Traummenschen ein.

III.

Die tief unter ihr Normalniveau gesunkene Sittlichkeit kam meinem Kollegen Castringius noch besonders zustatten. Seine Pornographica waren sehr gesucht – er war jetzt der Modekünstler. Blätter wie: «Die wollüstige Orchidee schwängert den Embryo», hatten viele Bewunderer. Hektor von Brendel kaufte ihm einmal eine ganze Serie Arbeiten ab, weil seine Melitta diese Sachen «ulkig» fand. Tatsächlich hatte sie auch anfangs Freude an den Zeichnungen und hing sie sauber gerahmt in ihrem Boudoir auf. Aber es war nur eine Augenblickslaune gewesen, und nach einigen Tagen schon mußten die Sachen wieder verschwinden. Ein Seitenseladon, Offizier bei den Dragonern, durfte sie mitnehmen. Dieser entschloß sich als Gegenleistung zu ein paar alten Ohrringen mit Smaragden. Er trug die Bilder noch in derselben Nacht ins Café, wo gerade eine Tombola veranstaltet wurde. Der Erlös war für die bestimmt, die ihr zügelloses Leben aufs Siechenbett geworfen hatte. Eine Abteilung für solche hatte unserem Krankenhaus bisher gefehlt. – Es ging ziemlich viel Geld ein. Blumenstich – nicht der Trödler – gab den Rest und die Abteilung konnte bald darauf im Kloster neben dem Kinderspital belegt werden.

Die Komik wollte es, daß gerade ich die Zeichnungen gewann, und nun hingen sie bei mir. Eines Tages sah ich Castringius auf der Straße. Er suche eine neue Wohnung, sein Atelierfenster sei zerbrochen und im Dach eine Luke. Zahlreiche Fledermäuse hingen wie Rauchfleisch an den Vorhangstangen. Während er mir das erzählte, mußte er sich fortwährend mit dem Stock gegen einen zudringlichen Steinbock wehren. Ich bat ihn zu mir hinauf – – da hingen die Bilder. – – Trockenes Staunen! «Wie kommst *du* zu diesen Sachen?» Ich erklärte. – «Es sind sehr gute Arbeiten, die weißgestreifte Peitsche ist mein reifstes Werk. Es ist die Synthese einer Moral der Zukunft. Heute lebt kein Weib, welches seine Konsequenzen daraus zu ziehen vermöchte. Es ist Bouquet in ihm.»

Ich gab ihm vollkommen recht, war ich doch im Traumstaat der einzige Mensch, der seine Sachen künstlerisch würdigte. Ich hatte den originellen Kauz überhaupt ganz gern, warum nicht? Wer sich rein fühlt, der werfe den ersten Stein auf ihn. –

Auf einmal gab's auf der Straße Lärm; wir traten ans Fenster. Viele Leute standen da und lachten; es war aber auch komisch. Man denke: der Affe streikte. Giovanni hatte schon tags vorher einen Herrn halbrasiert sitzen lassen, als er eine eilig vorüberhastende Schar Makaken bemerkte. Eine schöne Meerkätzin hatte ihm zugewinkt und einer solchen Versuchung konnte unser Friseurgehilfe nicht widerstehen. Doch hatte ihn der Philosoph noch mit dem spanischen Rohr und der Erwägung, daß die Zeit in kleine Ewigkeiten teilbar sei, zurückzuhalten vermocht. Jetzt half aber keine Zusprache mehr. Er kletterte graziös an der Dachrinne in die Höhe, erwischte mit dem Greifschwanz eine Flasche, worin sich der Kaffeevorrat der Prinzessin befand, setzte sich behaglich an das Fenster meiner ehemaligen, nun wegen Baufälligkeit leerstehenden Wohnung und spielte auf einer Maultrommel, die er in seiner Backentasche verborgen hatte. – Die Alte kreischte entsetzt auf, mit einem

Besen wollte sie dem Räuber eins versetzen. Dieser warf sogleich die Flasche von sich und packte den Besen. Da hätte man die Dame sehen sollen! Sie raste und verschwand, um im zweiten Stockwerk wieder sichtbar zu werden. Für Giovanni Battista gab es hierbei wilde Freuden. Von meinem Fenster aus konnten wir den Kampf aufs deutlichste beobachten. Zuerst entwand er der Alten ihre Hauptwaffe, eine alte Feuerzange und überließ ihr willig den Besen. Fast war er zu einem fliegenden Tier geworden. Von mir zurückgelassene Tuschflaschen benutzte er zielsicher als Wurfgeschosse. Unten schrie das Publikum hurra, – die Prinzessin fluchte wie ein Fuhrmann.

Da tauchte er auf einmal wieder ganz vorne auf, bedeckt mit der schmutzstarrenden Haube der Alten und schwang sich aus dem Fenster. Mit possenhaften Grimassen rutschte er die Rinne wieder hinab. Oben schrie die Prinzessin nach der Polizei – unten wartete bereits der Friseur mit dem Stocke: «Schämen Sie sich!» rief er dem Affen zu.

Kommerzienrat Blumenstich trat gerade mit sattem Lächeln aus der Wohnung seiner neun Lieblinge. Er hatte auf seine Weise wieder einmal den Wohltäter gespielt; der Wagen war schon vorgefahren. Mit einem gewaltigen Saltomortale sprang der Affe auf das Haupt des Schimmels, und dahin ging's! Die Leute waren begeistert und riefen Bravo! bis das Fuhrwerk mit seinem grotesken Reiter verschwunden war.

Das ist nur eine Szene, aber ähnliche Schauspiele waren damals an der Tagesordnung.

Es war rätselhaft, woher dieser überschwengliche Reichtum an Tieren kam. Sie waren die eigentlichen Herren der Stadt und hielten sich augenscheinlich auch dafür. Wenn ich im Bette lag, hörte ich ein Laufen und Hufeklappern, als wäre ich in einer großen Stadt. Kamele, wilde Esel durchwanderten die Straßen; es war gefährlich, sie zu necken.

Im Gegensatz zu diesem animalischen Reichtum schwand das Pflanzenleben immer mehr, alles war abgenagt, zerstampft, ohne Vegetation. Die Lindenalleen an der Landstraße und in der Richtung des Friedhofes bestanden nur noch aus kahlen Baumstümpfen. Die Erde dampfte, als wollte sie noch mehr Kreaturen ausspeien. Aus kleinen Löchern strömte ein warmer sauerriechender Dunst. In eine eigentümliche, alles verwischende Dämmerung waren die Nächte gehüllt.

IV.

Das Unheimlichste war ein rätselhafter Prozeß, der mit dem Überhandnehmen der Tiere begann; unaufhaltsam und immer rascher zunahm und die Ursache zum völligen Untergang des Traumreichs wurde. – *Die Zerbröckelung.* – Sie ergriff alles. Die Bauten aus so verschiedenem Material, die in Jahren zusammengebrachten Gegenstände, all das, wofür der Herr sein Gold hingegeben hatte, war der Vernichtung geweiht. Gleichzeitig traten in allen Mauern Sprünge auf, wurde das Holz morsch, rostete alles Eisen, trübte sich das Glas, zerfielen die Stoffe. Kostbare Kunstschätze verfielen unwiderstehlich der *innern* Zerstörung, ohne daß sich ein zureichender Grund dafür angeben ließ.

Eine Krankheit der leblosen Materie. – Moder und Schimmel gab es in den bestgehaltenen Häusern; es mußte ein zersetzender, unbekannter Stoff in der Luft liegen, denn frische Speisen, Milch, Fleisch, später auch Eier wurden in einigen Stunden sauer und faul. Viele Häuser barsten und mußten schleunigst von den Inwohnern verlassen werden.

Dazu kamen die Ameisen! In jeder Ritze und Falte, in den Kleidern, im Portemonnaie und im Bette fand man sie. Man unterschied schwarze, weiße und blutrote. Die schwarze, größte Art, fand sich in allen Mauersprüngen und im Freien, wohin immer man seinen Fuß setzte. Die weißen, weit gefährlicheren, verwandelten das Gebälk in Mehl. Die ärgsten waren ohne Frage die roten, denn sie erkoren sich den menschlichen Körper zum Aufenthalt. Anfangs galt das Kratzen noch für unanständig, man machte das privat mit sich allein ab. Doch was will einer tun, wenn es ihn juckt? Im französischen Viertel kratzte schon längst jedermann. Wir lachten und taten bald dasselbe. Die Gattin Sr. Exzellenz des Regierungspräsidenten ging gelegentlich einer Soiree mit kühnem Beispiel voran.

Der Unrat der Tiere auf der Gasse und der Staub in den Wohnungen war nicht mehr zu entfernen. Es wurde immer mehr, so verzweifelt man auch dagegen ankämpfte. Während des Bürstens und Klopfens zerfielen die Kleider. Mich wunderte nur, woher die Traummenschen noch immer ihre gute Laune schöpften.

Die Lampenbogen zum Beispiel war unverwüstlich. Das ganze Offizierskorps verkehrte in ihrem Hause, bis zum jüngsten Leutnant. Vielleicht stammelte er noch: «Verehrte Gnädige»; aber die verlangte nicht mehr viel Umstände. Schließlich wendete sie sich den niederen Volksschichten zu. Auf der Straße beobachtete ich oft ihr gewöhnliches Manöver, den Rock zu heben. Neugierige blieben stehen. Hunde liefen ihr nach. Mit denen war jetzt nicht zu spaßen. Einmal sah ich, wie ein Köter ihr das Kleid zerriß; sie lief erschrocken davon und verlor einen zerknitterten Brief. – Ich hob ihn auf und habe ihn später gelesen.

Meine Ameisenkönigin!
Noch immer bin ich ganz berauscht von meinem Glück und küsse im Geist alle Deine Herrlichkeiten. In meinem Traum bist Du nach wie vor die Herrin. Wie hast Du geschlafen? Wie immer, wohl wenig? Doch denk Dir, ich

habe jetzt ein Mittel, um wenigstens ruhig liegen zu können. In den umgelegten Kleiderschrank wird zollhoch Insektenpulver gestreut. ... Decke, ... nochmals Pulver ... dann noch eine Decke. (Die in Mode gekommenen, auch unten zuknöpfbaren Nachthemden taugen gar nichts.) Der Schrank wird geschlossen, sobald man darin liegt, ein kleines (herzförmiges?!) Loch mit einem Fliegengitter bespannt, garantiert den Luftzutritt.

Bitte, sende mir die Briefe nicht mehr ins Hotel, ich hasse die Bande des Amerikaners, besonders der Jaques ist ein ausgemachter Spitzbube. Außerdem ist die Küche dort in letzter Zeit miserabel geworden; von jetzt an werde ich das Café in der Langen Gasse zur Mittagsstation machen. Briefe H. v. B. dorthin, aber nicht mehr dem N. C. übergeben, unzuverlässig, ûnd seit er bei dem verwünschten Amerikaner ist, auch noch frech.

Grunzt Dein Dicker, daß ihm sein letzter Mieter ausgezogen? Der Friseur will ja auch sperren, und die Prinzessin zahlt doch nicht viel. Ich sah heute Deinen Gemahl im Wagen, war aber gerade mit den lästigen Parasiten beschäftigt und hat mich daher gar nicht bemerkt.

Also heute um neun Uhr erwarte ich Dich hinter dem Rosenbusch, wie kahl ist er doch jetzt!

Dein, Dein
Hektor.

N. B. Ich erhalte immer noch anonyme Briefe, die sich mit Dir beschäftigen – – wie schlecht kennt die Welt doch meine Melitta!

Bald hatte jedermann seinen Ballon mit Insektenpulver bei sich. Waren die Traumleute vorher der Schlafsucht unterlegen, so schliefen sie jetzt fast gar nicht. Aufgeregt, eine hektische Röte auf den Wangen, zog man bis tief nach Mitternacht in der ganzen Stadt herum. Auf den Straßen war es sicherer als in den baufälligen Häusern. In den letzten Tagen hatte die Paarungslust der Tiere ihren höchsten Grad erreicht. In allen dunkeln Ecken, im Wasser und in der Luft gatteten sich die verschiedensten Geschöpfe. Aus den Ställen drang Wiehern, Meckern und Grunzen. Ein Stier, durch den Anblick der Schlachtkühe wütend gemacht, hatte einen Metzger an die Wand zu Brei gequetscht.

Der Amerikaner schürte Haß und Zwietracht und verspottete alles. An den Herrn glaubten nur noch einige wenige. Der Uhrbann war vergessen, nur noch gelegentlich ging einer in die Zelle und blieb auch da nicht die vorgeschriebene halbe Minute; gleich kam er wieder heraus. *Ich wußte nun, daß das Ende des Traumreiches unwiderruflich näher kam.*

Eines Nachts hörte ich auf dem Dache ein Fauchen und dumpfes Knurren. Mit Entsetzen sah ich einen riesigen Leoparden einen Hasen zermalmen; ich hörte das Knirschen der Knochen und mich überlief es eisig. Mein Zimmerchen war nicht mehr gemütlich, es hatte zwei klaffende Sprünge in der Wand, aus welchen abends in regelmäßigen Abständen die Hinterteile von Küchenschaben hervorlugten, wie ein Fries anzusehen! Tagelang nistete ein Rotkehlchenpaar in meiner Aschenschale. Die Geschöpfchen waren harmlos und belohnten mich für die Duldung durch ihren Gesang. Leider dauerte die Freude nicht lange, denn ein blitzschnell und frech eindringender Falke tötete eines Tages das Männchen.

An einem der letzten Abende, als ich vor dem Zubettegehen unter der Decke zwei Skorpione fand, und eben Jagd nach sonstigem Ungeziefer machte, geschah es, daß mir meine Waffe, der Stiefelknecht, aus dem Leim ging. Ich nahm die Schere – sie war vom Rost zerfressen; da erst bemerkte ich, daß mein Papier moderig, die Lineale, das Wrack eines Zeichentisches, die dreibeinige Kommode, mit einem Wort alle hölzernen Möbel wurmstichig und morsch waren.

Wie sah ich selber aus? Sonderbar genug! Na, wenigstens liefen auch andere, sonst adrett und sauber gekleidete Leute nun recht verlottert herum. Schimmel an Kleidern und Schuhen hatten wir alle. Da half kein Waschen und Schaben, es kam schnell wieder nach. Die Kleiderstoffe wurden mürbe, faserten und fielen stückweise von uns. Wir Männer ertrugen das mit Würde, doch die armen Damen! … … schweigen wir!

V.

Eine größere Veränderung trat ein, als die Häuser nicht mehr recht bewohnbar waren. Zu ebener Erde ging's noch, Stiegensteigen aber erforderte wilden Mut.

Als mir eines Tages der Kellner ein faules Ei, eine trübe Flüssigkeit in einer zerbrochenen Bierflasche und einen fetten, schmierigen Lappen – wohl als Serviette gedacht – vorsetzte, da riß mir die Geduld und ich rief nach dem Wirt. Dieser war gerade damit beschäftigt, im Hintergrunde mit den Teilen des Billards die Decke zu stützen.

«Was soll das?» herrschte ich ihn an. «An diesem Bestecke sitzt ein Pfund Grünspan. Dieses ekelhafte Zeug und den Schmierlappen nehmen Sie gefälligst fort!» Er verbeugte sich und wimmerte: «Ach, das Personal, werter Herr!»

«Schon gut», winkte ich erbost ab, stand auf, nahm meinen verschabten Zylinder und verließ das Café. Auf der Stelle, wo ich gesessen, hatte sich eine kleine Ameisenkolonie gebildet.

In das Kaffeehaus ging ich nur noch aus Gewohnheitsdrang. Es war zu unappetitlich, als daß man mehr als einen schwarzen Kaffee hätte genießen können. Anton war sehr zu seinem Nachteil verändert, er hatte ungewaschene Hände und roch auf große Distanzen. So wie Anton brauchte man doch nicht herumzulaufen. Die an ihm haftende Schmutzkruste nannte der Friseur «Materie». Es war einfach ekelhaft! Um so mehr erstaunte ich, als ich einmal abends beim Heimkommen ein leises Kichern im Hausflur hörte, und beim Ableuchten der Winkel, da ich irgendwelche Tiere vermutete, hinter der Speichertüre Herrn Anton in liebender Umarmung mit Melitta antraf. Sie fand bald danach ihren Tod. In ihrem Schlafzimmer wurde sie mit zerrissenem Leib aufgefunden. Die verriegelte Tür mußte erbrochen werden. Eine kolossale Dogge war mit eingesperrt. Das tolle Tier stürzte sich mit gesträubtem Haar auf die Eindringlinge und verletzte zwei Polizeimänner durch Bisse, bevor sie erschossen werden konnte. Die beiden starben bald nachher an Hundswut. In ihren letzten Lebenstagen waren von der einstigen Schönheit Melittas nur noch karge Reste zu sehen gewesen. Vergeblich hatte sie durch übertriebenes Schminken und Pudern die Zeichen ihres Wandels zu maskieren gesucht.

Sehr schwer litten auch die beiden Schachspieler. Den alten Herren, welche gänzlich von ihrer Leidenschaft unterjocht waren, erschien schließlich jede Körperbewegung dermaßen kompliziert, daß sie stundenlang Berechnungen anstellen mußten, um ein Glied rühren zu können. Daß eine derartige Schwerfälligkeit bei dem vielen Ungeziefer bedenklich war, liegt auf der Hand. Viel Lob verdient daher eine junge Dame, welche einmal hier ihren Tee zu sich nahm, und die Qualen der beiden bemerkte. Sie ging einfach hin und las Ameisen und Wanzen couragiert von ihren Röcken ab. Keiner von uns wollte zurückstehen. Bisher hatten wir über das Schauspiel der grotesk verzogenen Gesichter gelacht, aber von jetzt ab bürgerte es sich bei den Stammgästen ein, daß man beim Kommen und Gehen rasch die beiden Herren ein wenig kratzte. – Wie man sieht, war selbst in diesen bösen Zeiten nicht alles Mitgefühl mit den Leidenden erstorben.

Der Amerikaner machte wieder viel von sich reden. Er prophezeite das baldige Nachlassen der Tierflut und behielt insoweit recht, als die großen Arten sich nach und nach verzogen. Sämtliche kleine Säuger und Reptilien aber blieben vorläufig, während die Vögel bis auf eine Unmasse von Raben und weißhalsigen Geiern ganz verschwunden waren. Die Geier, schwere, massige Vögel, hockten wie aus Bronze gegossen auf den Baumstümpfen der Alleen und sahen unbeirrbar auf die Stadt, als erwarteten sie noch etwas. Aber obgleich seine Vorhersagen nur teilweise eintrafen, sie verschafften dem Amerikaner starken neuen Anhang. Von nun an hetzte er womöglich noch ärger gegen seinen Todfeind Patera.

Ich nahm wieder meine abendlichen Spaziergänge am Flußufer auf. Da hatten die Wellen unzählige Muscheln, Korallen, Schnecken, Fischgräten und -schuppen ans Ufer geschwemmt. Überrascht war ich, häufig Überreste zu finden, welche der Meeresfauna angehören. Wie von mystischen Zeichen übersät schien das Ufer. Ich war überzeugt, daß die Blauäugigen diese symbolische Sprache verstehen würde. Sicher waren hier Geheimnisse; auch die Flügel der oft prächtigen Insekten, Nachtfalter, Käfer, zeigten Flecken, die vergessene Buchstaben sein mußten. Mir fehlte der Schlüssel dazu.

Wie groß mußt du doch sein, Patera! dachte ich. Warum verbirgt sich der Herr so tief, selbst vor denen, die ihn lieben! In schwermütiger Versunkenheit schritt ich dahin; am jenseitigen Ufer beugten sich die entlaubten Bäume weit über den Fluß und streiften mit ihren Zweigen das schwarze Wasser. Zwischen ihnen bewegten sich gigantische Schatten. Das Krachen zerbrechender Äste kam deutlich herüber, manchmal sah ich lange Hälse oder Rüssel und konnte den

Gedanken an vorweltliche, monströse Geschöpfe nicht los werden. Je dunkler es wurde, desto gefährlicher war es für einsame Spaziergänger; an einem Abend, welcher für mich noch von großer Bedeutung werden sollte, kehrte ich furchterfüllt um, als ein Brett, das aus dem Wasser herausragte, zu blasen anfing. Ein Alligator wies mir die Zähne. Beim Heimgehen überdachte ich einen noch gut abgelaufenen Unfall, welcher sich tags vorher ereignet hatte. Schon lange Zeit hatten Gerüchte über einen riesigen Tiger zirkuliert, ein trächtiges Weibchen, das sich im Palaste aufhalten sollte; verschiedene Menschen behaupteten, seine stumpfe Schnauze und den gestreckten Rücken an der Fenstergalerie gesehen zu haben. Tatsächlich war tags vorher eine solche Bestie in den Terrassensalon Alfred Blumenstichs gesprungen. Die Dame des Hauses, rundlich und fett, fiel beim Anblick des wilden Tieres lautlos in Ohnmacht – man saß gerade bei Tisch und Professor Korntheur war zu Gast. Dieser würdige Herr zeigte in dem furchtbaren Augenblick bemerkenswerten Heroismus. «Bleiben Sie ruhig», sprach er aufstehend zu dem entsetzten Gatten, «auch die schlimmsten Raubtiere unterordnen sich dem um soviel höherstehenden Menschen, sie fühlen Ehrfurcht vor seiner aufrechten Haltung und fürchten seinen edlen Herrenblick.» Damit trat er auf das Tier zu und nahm seine Brille ab. War es nun die Seltsamkeit der steifbeinigen Gelehrtenerscheinung oder sonst etwas, kurz, abermals klirrten und zersplitterten die Glasscheiben und der Tiger sprang hinaus, – – leider mit der Frau Kommerzienrat im Rachen. Blumenstich rang die Hände: «Großer Gott, verschone meine Julie!» wimmerte er. Von der Dienerschaft mit Flinten verfolgt, schleppte der Tiger die Ohnmächtige zum Palast. Auf der Straße trat alles höflich zur Seite. Die schleunigst requirierte Feuerwehr versuchte der gestreiften Bestie die Beute abzujagen. In einem großen Saale des ersten Stockwerkes hörte man den Räuber.

Wütend fauchte er die ihm nachkommenden Retter an; Schießen war unmöglich, wie leicht hätte man Frau Blumenstich treffen können. So war es eine gute Idee, das Tier mit der Feuerspritze zu verscheuchen; das half. Der geduschte Tiger ließ sich bewegen, aus seiner Saalecke zu kommen, doch dabei vergaß er nicht sein Opfer. Mit einem enormen Satz flog er zum hohen Bogenfenster hinaus. Entsetzt schrien die Leute, doch Gott hatte Erbarmen mit dem Gatten. Frau Blumenstich blieb an einem Fensterhaken, dem ganzen Platze sichtbar, hängen, die Röcke über dem Kopf, aber gerettet. Der Tiger entschlüpfte in der allgemeinen Freude.

Da man des gefährlichen Tieres nicht habhaft geworden war, herrschte große Bestürzung. Den Palast zu durchsuchen, wie der Amerikaner vorschlug, wagte trotz der allgemeinen Emanzipation vom Meister kein Mensch. Militär und Polizei versagten kurzerhand ihre Unterstützung.

Der Herr benahm sich wirklich sonderbar! Wenn er schon Perle in keiner Weise mehr seinen Schutz angedeihen lassen wollte, so hätte er doch wenigstens seine Getreuen davon ausnehmen können. So schien es aber, als ob er sich um diesen Unterschied nicht kümmere. Die Stadt hatte jetzt wieder stillere Stunden, obgleich sich fast die ganze traumländische Bevölkerung hier versammelt hatte.

«Gebt uns die Villen frei!» heulte und brüllte der Pöbel. Die Reichen übergaben sie um so lieber, als man sie den darin eingenisteten Tieren geradezu abringen mußte. Bei Lampenbogen war aus dem Landhaus ein Stachelschweinbau geworden; im Boudoir der Verklärten schlief auf dem Divan eine dickgemästete Riesenschlange. Dieses Getier mußte vertilgt werden, bevor das Volk einziehen konnte. Auch sonst war es durchaus nicht so schön, wie es der arme Mann sich vorstellte; die kostbarsten Sachen wollten augenscheinlich nicht mehr leben. Die wertvollen Vasen, das Porzellangeschirr war durchsetzt von einem feinverzweigten Netz kleinster Sprünge. Prächtige Gemälde bekamen schwarze Flecke, welche sich über das ganze Bild verbreiteten. Stiche wurden porös und zerfielen; man glaubt gar nicht, wie schnell aus den so gut gehaltenen und reparierten Einrichtungsgegenständen ein Schmutzhaufen wurde.

Der größere Teil der zugereisten Bauern lagerte sich deshalb lieber auf den freien Plätzen und Feldern in der nächsten Umgebung der Stadt.

«Herr, du zeigst deine Macht nur noch im Schrecken», dachte ich und betrat die Lange Gasse. Es war dunkel geworden und allenthalben knisterte und knackte es. Hier sauste ein Ziegelstein vom Dache, dort bröckelte Mörtel von einer Wand, ununterbrochen rieselte feiner Sand aus Mauerlöchern, die zusehends größer wurden, man mußte über Schutthaufen klettern und über emporragende Pfähle und Pfosten steigen. – Das unfaßbare Weben des Todes.

Auf dem Dache des Kaffeehauses ganz nahe meiner Mansarde unterschied ich deutlich eine sich bewegende schwarze Silhoutte: den Leopard. Er hatte sicher in einem Nachbarspeicher seinen Schlupfwinkel... durch eine Büchsenkugel wäre er vielleicht zu töten gewesen, doch dazu waren wir alle zu feig. In meinem engen Zimmer überfiel mich eine tiefe Mutlosigkeit, lange wanderte ich auf und nieder, ich empfand Schmerzen im Kreuzbein und in den Gelenken.

«Warum leben wir denn alle noch? wir sind ja doch verdammt! Wenn ich jetzt krank würde, kein Teufel kümmerte sich um mich.» Eine schleichende Angst überfiel mich. Ich will nicht sterben, *nicht sterben*! und fassungslos stützte ich mein Haupt in beide Hände. «Es gibt nichts Höheres» – sagte das Verzagen in mir. «Zwei Beine – Knochenröhren – tragen meine ganze Welt, eine Welt des Schmerzes und Irrtums! Das Entsetzlichste ist der Leib.» Mich durchschüttelte die Todesfurcht. «Was wird meinem Körper noch alles zustoßen, die tausend Organe, zu wie raffinierten Folterwerkzeugen werden sie sich fügen? Ach, könnte ich doch lieber *nicht denken*, aber das arbeitet von selbst! Es gibt keine Gewißheiten, denen nicht Ungewißheiten gegenüberständen! Das Gewirr ist endlos – – ich bin verdammt! Ekel und Kot schleppe ich in meinem Bauche, und wenn ich es je zu großer Leidenschaft bringe, gleich kommt die Feigheit hinterher. Ich weiß nur eines: ich muß es geschehen lassen, so sehr ich mich auch winde, dem Unvermeidlichen – dem Sterben – von Minute zu Minute näher zu kommen. Nicht einmal zum Selbstmord habe ich die Kraft, zum dauernden Unglück bin ich bestimmt.» – Ich seufzte.

An Patera verzweifelte ich! Ich verstehe ihn nicht, er spielt mit Rätseln! Wahrscheinlich ist er machtloser als irgend einer, sonst hätte er den Amerikaner schon längst zerschmettert. Aber er vermag es nicht! *Der Amerikaner*, der hat das *wahre Leben*! O wäre ich nur nicht so zaghaft! Ich träte vor ihn, stürzte auf die Knie und er brächte Hilfe!

Wie aufgelöst in Todesangst, wußte ich nicht aus noch ein. – Unten gab's ein Gepolter – Randalierende wurden aus dem Kaffeehaus geworfen, ein alltäglicher Vorfall. Gegenüber in der erleuchteten Stube sah ich den Friseur tief über seine Bücher gebeugt.

VI.

Da zupfte es mich innerlich einige Male rasch hintereinander. Ich mußte aufstehen – da – schon wieder – was war das?... Allmählich erfüllte mich ein dumpfer Drang. Jetzt zupfte und pochte es nochmals, eindringlicher. – «Jawohl, was ist?» – Ich strengte mich an und gab mich ganz der unklaren Empfindung hin. «Patera!» hörte ich von innen heraus. «Patera! – Palast – komm!» – es wurde immer beredter, drängender, furchtbar deutlich und klar. – Im Dunkeln ging ich hinunter, völlig sicher, ohne etwas zu denken. Es zog und es schob, ich überließ mich gänzlich einer führenden Kraft. Niemand beachtete mich, – als ich zum Überlegen kam, war ich auf halbem Weg zum Palast. «Um Gottes willen», dachte ich, «was tue ich, was *muß ich tun* –?» Ich wollte umkehren: «ganz gewiß, bei der nächsten Ecke kehre ich um!»... Nichts half! ich *mußte* weiter; ich wollte den Leuten zurufen: «Helft doch, helft! haltet mich!»... Meine Kiefer waren wie aneinandergeschraubt.... Und ich sah den imposanten Palast mit seinem Riesentor, den leeren Fensterhöhlen, wie einen Totenschädel – ich trat in seine Dunkelheit. Nach allen Seiten dehnte sich ein Labyrinth von Kolonnaden. Ich marschierte gleich einer Holzpuppe, mechanisch eins – zwei – eins – zwei. Die langen Galerien wurden spärlich von herabhängenden Laternen beleuchtet; ich betrat die Säle. Alle Türen waren nur angelehnt – ich hörte einen Knall – das melodische Schlagwerk einer Uhr – im Zugwind öffneten sich die Türen von selbst – ein Krachen –! Um Christi Barmherzigkeit! der Tiger! Von nun an quälte mich diese Vorstellung und unter stärkstem Druck lief ich beinahe, mich bemühend, möglichst wenig Lärm zu machen. Öfters glaubte ich, meinen Namen zu hören, ganz laut, dann wieder leise und nahe neben mir; aber um keinen Preis hätte ich mich umschauen können. – In den verödeten, unbewohnten Räumen lagen zerbrochene Möbel und eine dumpfe, ausgesprochen modrige Luft hemmte mir den Atem. Ich kam durch weitläufige Gemächer, von einer einsamen Kerze matt erhellt. Zerwühlte Betten, herabgerissene Draperien, zugemauerte Fenster, verglühende prunkvolle Öfen, verhängte Gobelins. – Über kleine, staubige Treppen und durch stille lange Korridore eilte ich wie ein Nachtwandler, da sah ich die bekannte niedrige Eichentüre. «Patera», dachte ich ununterbrochen. «Patera, Patera.»... Auch diese Türe war nur angelehnt. Von der Decke des Gemaches hing eine silberne Ampel mit einem flackernden Lichtchen und beleuchtete die herabhängenden Fetzen eines Thronhimmels – außer dem matt sich abzeichnenden Mosaikboden sah man fast nichts. – Ich blieb stehen – *jetzt konnte ich stehen bleiben!* Da, da! – das Gesicht! – und schon bedeckten sich meine Schläfen mit kaltem Schweiß.

In ein schleierhaftes silbergraues Gewand gehüllt, stand Patera aufrecht da – stand schlafend da. Ein unbezähmbares Grauen empfand ich vor ihm. In den tiefen grünlichen Schatten seiner Augen lag übermenschliches Leiden, und dann fiel mir auf, daß an einer seiner großen, wohlgeformten Hände das Nagelglied des Daumens fehlte. Ich erinnerte mich blitzartig der im Traumreich geborenen Kinder. Wieder hörte ich das Flüstern wie beim ersten Besuch.

«Ich habe dich gerufen», – klang es wie aus der Ferne. Es kam dieses Mal zu keinem klaren Mienenspiel. Die Muskeln schwollen, rollten und zogen sich zusammen. Aber alles blieb gestaltlos, die Züge wurden schlaff, nur die Lippen zuckten und spielten gräßlich in dem sonst starren Antlitz. Und dann hub es wieder an, ganz leise, wie durch einen Schleier gedämpft. Zuerst hörte ich nur ein Wispern, sinnlos, unzusammenhängend. Dann erst begriff und verstand ich:

«Hörst du die Toten singen, die lichtgrünen Toten? Sie zerfallen in ihren Gräbern schmerzlos und leicht; greifst du durch ihre Leiber, so berührst du nur Brocken, und die Zähne, sie lösen sich leicht. Wo ist das Leben, das sie bewegte, wo ist die Kraft? Hörst du die Toten singen, die lichtgrünen Toten?» Der scharfe Hauch Pateras drang mir in die Nase – – ich fühlte mich schwach werden. Da setzte sich der Herr auf sein erhöhtes Ruhebett und warf seinen Mantel ab – nun saß er aufgerichtet mit entblößtem Oberkörper, die langen Locken fielen ihm auf die Schultern, ich mußte seine breiten, edeln Formen bewundern. Dieser schimmernde weiße Leib glich einer Statue – und ich faßte meine letzte Kraft zusammen in die Frage: «Patera, warum läßt du das alles geschehen?» – Es kam lange keine Antwort.

Auf einmal rief er mit metallisch tönender Baßstimme: *«Ich bin müde!»*

Ich fuhr erschrocken zusammen, im nächsten Moment starrte ich in die glanzlosen Augen – *ich war im Bann*. Seine Augen glichen zwei leeren Spiegeln, welche die Unendlichkeit auffingen. Mir kam der Gedanke, daß Patera gar nicht lebe, – wenn Tote schauen könnten, das wären ihre Blicke. Es war ein *Befehl zum Sprechen* in mir. Aber ich vermochte nur zu stammeln, ich lallte und war selbst erstaunt, wie es klang. Wie aus Urzeiten kam diese Frage her, vor Billionen von Jahren mußten diese Worte gesprochen worden sein, und jetzt erst brachte ich sie hervor, heute hörte man sie *hier*:

«Patera, *warum hast du nicht geholfen?*»

Und langsam, leblos senkten sich seine Lider, wobei mir wieder leichter wurde.

In sein Antlitz trat nun unsägliche Milde, ein über die Maßen weicher, trauriger Zug bezauberte mich. Und wieder flüsterte es klar:

«Ich *habe* geholfen, ich werde auch *dir* helfen?» Es klang wie Musik, eine überaus süße Müdigkeit überkam mich – ich beugte mein Haupt – die Augen fielen mir zu. – –

Ein markerschütterndes Lachen, ein Lachen der Hölle riß mich in die Höhe. ... Im grell strahlenden Raum stand an der Stelle Pateras der *Amerikaner vor mir*. ....

Wie es mir gelang, aus dem Palaste zu kommen, weiß ich nicht mehr. Ich lief und schrie. Männer wollten mich in meinem Lauf aufhalten, aber ich muß mich ihnen wohl entwunden haben, denn als ich wieder zur Herrschaft über meinen Körper gelangte, kauerte ich in einer Wagenremise. Im Innern eines umstürzten Fuhrwerks bemerkte ich einen Wurf toter Schuppentiere.

Noch gellte ruckweise das Hohngelächter in meinen Ohren, aber es erregte mich nicht mehr. Die Spannkraft meiner Nerven war gebrochen. Das Geschick, *in welcher Gestalt es auch erschien*, konnte mich nicht mehr aus meiner stetigen Ruhe reißen. Zu längeren Gedankengängen unfähig, fühlte ich mich doch stark in dem Bewußtsein meiner Ohnmacht. Wenn ich diese Widersprüche auch nicht verstehen oder auflösen konnte – was kümmerten sie mich schließlich? Jegliche Furcht war verschwunden; die entsetzliche Vision, die mich Pateras Doppelwesen erfassen ließ, schloß die Abgründe meiner Zweifel und Ängste.

VII.

Nur durch diese Begegnung war es erklärlich, daß ich die letzten Schrecken, die über das Traumreich heraufstiegen, schauen und doch überleben konnte. Meine Gefühllosigkeit war der Schutz meiner Natur. Als eine Reihe von Schemen zog die Agonie des Traumstaates an meinem Auge vorüber.

In meine Wohnung ging ich nicht mehr, auch das Kaffeehaus mied ich. Außer dem Schmutz war mir jetzt Anton zuwider, kordial klopte er den Gästen auf die Schultern; er pflegte zum Beispiel zu sagen: «Sie, Ihna Freund, dös is a Luada!»

«Wer?»

«Na, der Herr woaß eh, den Castringius moan i.»

Die Traumstädter siedelten nach und nach auf die freien Grundstücke über. Auf den Tomassevicfeldern, den großen Bauplätzen beim Friedhof, kampierten die besseren Leute.

Hier war ein Zeltlager errichtet, welches sich bis gegen das Flußufer erstreckte. Gewiß, in den stickigen Nebeln und auf dem feuchten Lehmboden war es schlecht zu nächtigen, aber man verlor nicht gleich seine Laune deshalb, und abends bei den Feuern ging es oft recht vergnügt zu. Es wurde getanzt, geplaudert, manche fingen Fische. Diese mußten meist halb roh verschlungen werden, weil sie gleich nach dem Töten einen Fäulnisgeschmack bekamen. In der Stadt blieb des Nachts nur Gesindel, das seine Beute suchte. Der Verkehr am Tage in den Straßen war mit größter Vorsicht noch möglich, es wurden aber viele Menschen von zusammenbrechenden Mauern verletzt.

In einem verlassenen Park hatte Dr. Lampenbogen eine Ambulanz errichtet, hier traf ich ihn, als er im grauen Kittel «arbeitete». Er erzählte mir von dem Einsturz zweier Etagen in der blauen Gans, 86 Tote, 17 Verwundete. Es hatte gerade eine Versammlung stattgefunden. Der Amerikaner war wunderbarerweise unverletzt geblieben, aber sein Diener – er deutete auf einen in blutigen Verbänden daliegenden Menschen – würde wohl schwerlich davonkommen. – Er habe kein Glück mehr, klagte er, die meisten gingen ihm drauf.

In der Baracke sah es schlimm aus: Unsauberkeit – Mangel an Leinwand –, verrostete Instrumente. In einem alten Eisschrank, den er jedesmal sorgfältig abschloß, bewahrte sich der Arzt kalte Speisen und die gläsernen Schröpfköpfe auf. – Ich hielt es für angezeigt, ihm mit ein paar Worten zu kondolieren. Er lächelte abwesend und sagte: «Ja, sehen Sie, ich bin ein Mann, anders als Sie!» – Er schien seiner Melitta nicht besonders nachzutrauern.

Das Amtsblatt und der Traumspiegel waren eingegangen, die Stimme gehörte jetzt dem Amerikaner. Sie erschien ausschließlich in Extranummern und brachte die Tagesereignisse im Telegrammstil. Die Blätter wurden abends von Jaques und seiner Bande ausgebrüllt. Sie fanden viel Absatz, da sie immer aufregendere Neuigkeiten brachten. Pathologische Phänomene machten jetzt am meisten von sich reden. Sich begegnende Traummenschen wurden oft plötzlich von einem überraschenden Zwang ergriffen; sie verfielen alle in die gleichen unwillkürlichen Bewegungen, steif und sinnlos reckten sie die Hände. Nach ein paar Minuten ließ das plötzlich wieder nach und es war wie vorher.

Bei einer auf freiem Feld gehaltenen langen Rede wiederholte irgendein zufälliger Hörer dieselbe ganz rasch mehrere Male bald beim Anfang, bald beim Ende beginnend, wie ein rasselndes Grammophon. Sprachstörungen grassierten allgemein. Einzelnen fehlten Worte, Begriffe, Buchstaben, manche verstummten zeitweise.

Viele Leute wurden menschenscheu und zogen sich in die Wildnis zurück.

Mit den Getränken mußte man sehr vorsichtig sein, Alkohol wirkte wie Gift, wenngleich es auch Ausnahmen gab und schwächliche Personen, Frauen und Kinder ihn bisweilen literweise vertragen konnten.

In der Langen Gasse sah ich noch einmal den kleinen Giovanni. Er war bei einer schnatternden Affenbande, die sich im Magazin des Tändlers Blumenstich festgesetzt hatte. Ein mottenzerfressenes Reich von Polstermöbeln lag hier offen zutage, da der Dachstuhl nach und nach aller Schindeln entbehrte. Mitten unter Meerkatzen erkannte ich ihn an seinem roten Gürtelchen. Ich rief hinauf, aber er ließ sich nicht stören; er pflegte galantes Spiel, er war wieder ganz urwüchsig geworden.

Die Spannungen waren unerträglich, nächtlicherweile zuckten bleichsilbrige Erscheinungen in Serpentinen über den Himmel, lange, zarte Spitzenbänder wie Nordlichter. Eremiten, Derwische, Fakire kamen aus den Sandwüsten und von den Bergen und verkündeten auf offenem Markte, daß der letzte Tag herannahe. Sie forderten zur Buße auf, aber ihre Ahnungen wurden ausgepfiffen.

Vor dem Ende ereignete sich noch eine Farce: der «schwarze Fisch!» – – So nannten die Extrablätter eine große Gestalt, welche eine gute Stunde stromabwärts im Bett des Negro sichtbar ward. – Wie ein riesenhaftes, fest verankertes Kriegsschiff, lag hier ein ungeheurer, bewegungsloser Körper. Man machte sich auf den Überfall eines neues, unbekannten Tieres gefaßt. Der zunächst gefährdete Teil des Lagers auf der Tomassevicwiese wurde abgebrochen. Furcht verbreitete sich und man richtete die Ziegelei als Beobachtungsposten ein. Alles lief zusammen und schaute nach der Richtung, in der der Koloß lag. Oh, man wollte sein Leben teuer verkaufen! – Auch ich befand mich unter der erregten Menge und blickte durch ein altes Pappdeckelfernrohr; leider zeigten die blinden Linsen in der dämmerigen Luft nicht allzuviel.

«Es ist ein gronländischer Wal», belehrte mich der neben mir stehende alte Professor, «bisher nur in der arktischen Welt zu beobachten.»

Das merkwürdige Tier rührte sich nicht, die Stadt war ratlos der drohenden Gefahr preisgegeben. Einige schlugen vor, es aus der Ferne zu bombardieren, aber konnte man wissen, wie es diesen Angriff aufnehmen würde? Gereizt, spie es vielleicht Gift, und zertrümmerte das Wenige, was uns noch geblieben war. Lieber abwarten – möglicherweise zog es sich wieder zurück!

In der allgemeinen Verwirrung entwickelten da auf einmal einige Wagehälse einen schönen, anerkennenswerten Mut. Es war dies die letzte Aufwallung des gesunden Mscheninstinktes, die ich konstatieren konnte, später ging alles drunter und drüber. Zwei Bauernburschen, ein Soldat und ein Jäger, lauter junge Leute, wollten sich für das

Wohl der Allgemeinheit opfern. Ihr Plan ging dahin, sich in einem Boote flußabwärts treiben zu lassen, das Tier zu beschleichen und es mit Handgranaten aus der Nähe zu vertreiben. Vielleicht konnte man es sogar töten. Das war ein Wagnis, tollkühn und brav.

Das edle Opfer wurde angenommen, alles lief und wollte die jugendlichen Retter sehen. Ein Geistlicher im Ornat sprach über die vier seinen Segen, jeder empfing das letzte Sakrament. Voll Rührung und Begeisterung staute sich das Volk von der Mühle bis zum Friedhof.

Die Vier begaben sich zur Schleuse. Nachdem man den letzten halbverfaulten Kahn flott gemacht, schwamm man mit der Strömung langsam hinunter. – Zwei Mann mußten fortwährend das eindringende Wasser ausschöpfen. Für die Zurückbleibenden wurde das Schiffchen immer kleiner – nun sah man es schon an der Flußbiegung. Jetzt mußten sie das Ungeheuer bald erreichen. Aller Hälse reckten sich, alle hielten den Atem an. Die Masse verhielt sich, bis auf ein leises Kratzen, lautlos. Die kleine Expedition schien unversehrt in unmittelbarer Nähe der Gefahr zu halten. Es passierte zu aller Verwunderung eine Zeitlang gar nichts – da plötzlich sah man in der Ferne etwas blitzen – und langsam ging das Riesentier unter.

Ein tausendfacher Jubelschrei belohnte die Helden!

Die Überraschung war groß, als es sich herausstellte, daß es ein verunglückter, von den Weiden am Flußufer festgehaltener Luftballon war, der sich über dem Traumreich gesenkt hatte.

VIII.

Nirgends spiegelte sich der unerhörte Zerfall des Traumreiches deutlicher als in den Sitten, deren Schauplatz Mme Adriennes beliebtes Institut im französischen Viertel war; bisher hatte es in diskreter Stille geblüht, unterstützt durch gelegentliche Ratschläge erfahrener Greise. Jetzt erschien zu dem interessanten, sehr strengen Aufnahmeexamen die obere Gesellschaftsschicht in großer Toilette. Castringius' Einfall, gezeichnete Doktordiplome zu verteilen, wurde indessen zurückgewiesen. Es handle sich um keine wissenschaftliche Fakultät, sondern um einen Kult – wurde ihm bedeutet.

Das Zerfallen der Gewebe bot den ersten Anlaß zum Erfinden der berühmten geschlitzten Kleider. Selbst anständige Frauen, ja sie besonders, gingen darin bis zum Äußersten; von ihnen soll die Idee der sogenannten «Menüs» stammen; was das heißen sollte, will ich nur andeuten und hoffe dabei auf eine bescheidene Phantasie meiner Leser.

Wenn ich kurz sagen würde: sie scherzten und hatten sich sehr lieb! so würde das das Bild nicht genau genug wiedergeben. Die Menüs waren gedruckte Einladungskarten zu intimen Festlichkeiten. Die scheinbar unverfängliche Speisenfolge wie: Sandwiches, Rehbraten, Charlotte-russe bezeichnete technische Details in der Liebe, welche näher zu kennen keinen Leser gelüsten wird.

Auch mein altes Café sah geheimnisvolle Orgien: wenigstens bemerkte ich einmal, daß Stöße obszöner Bilder, Spiegel, Badewannen, Matratzen hineingeschafft wurden. Ich frug den Wirt, was das zu bedeuten habe.

«Ach nichts! ein kleine Arrangement!» erwiderte er mit süßlichem Lächeln. Als ich abends nochmals vorüber ging, waren die Läden geschlossen. Das war sonst nie der Fall gewesen. Ein Zettel, quer über die Türe geklebt, trug die

Aufschrift: «Heute privat!» Tumult, einzelne Worte und ein fürchterliches Lachen drangen heraus. Ein paar in die Stadt geflohene Pfaffen plauderten Mysterien vom Tempel aus. Wie der Pöbel sie auffaßte, läßt sich denken. Die Organe der Fruchtbarkeit galten ihm nicht als Symbole geheimnisvoller Wonnen und Kräfte, sondern wurden plump als die Götter verehrt, von denen man jetzt alle Hilfe erwartete. Auch das größte aller Mysterien, das Geheimnis des Blutes, war verraten worden, und *darauf* steht der Wahnsinn. Es mag die Ursache mancher zerstörerischer Entfesselung der Triebe gewesen sein. Den vielen gefährlichen Tieren gegenüber war es selbstverständlich, daß man sich zum gegenseitigen Schutze zusammentat. Unter diesem Vorwande schlief man in den Zelten gruppenweise unter einer Decke. Der schöne Name für diesen Schutzbrauch war «Gesellschaftsschlaf».

Die Luft war wie in einem Backofen, in den Tümpeln und Buchten am Flußufer zeigten sich schwache blaue Flämmchen. Im Traumreich herrschte ewige Dämmerung.

Ich schritt durch das Lager; es war auffallend, wie still es heute war. Die Traummenschen lagen da und sahen sich gegenseitig unter gesenkten Lidern hervor an. Alles schien gedrückt und beklommen, diese Leute erwarteten etwas. Plötzlich vernahm man ein anschwellendes Summen und verhaltenes Lachen über die ganze Ebene hin. Ein Schrecken ergriff mich! Das war wie der jähe Ausbruch einer geistigen Krankheit. – Und wie wenn mit einem Male ein Sturm heranbraust, fielen die Geschlechter über einander her.

Nichts wurde verschont, weder Familienbande noch Krankheit und Jugend. Kein menschliches Wesen konnte sich dem elementaren Trieb entziehen, man suchte gierig vorgequollenen Auges einen Körper, um sich an ihn anzuklammern.

Ich stürzte zur Ziegelei und versteckte mich. Durch ein kleines Loch in der Mauer sah ich etwas Schreckliches.

Stöhnen und Ächzen war rings umher, dazwischen schnitten schrille Schreie und vereinzelte tiefe Seufzer; ein Meer von nacktem Fleisch wallte und zitterte. Kühl und unbeteiligt empfand ich das sinnlos Mechanische des krassen Vorgangs. Ich konnte nicht umhin, etwas insektenhaft Groteskes in dem konvulsivischen Schauspiel zu finden. Ein Blutdunst durchdrang die ganze Gegend; der Schein der Lagerfeuer zuckte über den Fleischtaumel hin, einzelne Gruppen besonders hervorhebend. Ich erinnere mich lebhaft eines bärigen älteren Mannes, der auf der Erde kauerte und in den Schoß einer Schwangeren starrte. Langsam, blöde murmelte er vor sich hin – es war wie ein irres Gebet.

Plötzlich vernahm ich in der Nähe lautes Kreischen, wie Frohlocken und Schmerz. – Zu meinen Entsetzen gewahrte ich, daß eine gelbhaarige Dirne einen Betrunkenen mit den Zähnen entmannt hatte. Ich sah seine glasigen Augen, er wälzte sich in seinem Blute; beinahe gleichzeitig sauste ein Beil herab, der Verstümmelte hatte einen Rächer gefunden. Selbstbeflecker zogen sich in die Schatten der Zelte zurück, weiter droben schallte ein Bravorufen, dort paarten sich unsre Haustiere, vom Taumel ergriffen.

Aber den stärksten Eindruck machte mir der halbwache, etwas blöde Ausdruck dieser erhitzten oder blassen Gesichter, der ahnen ließ, daß diese Armen nicht in freier Willensbestimmung handelten. Es waren Automaten, Maschinen, die, in Gang gesetzt, sich selbst überlassen worden waren, – der Geist mußte wo anders hausen!...

De Nemi erschien in Uniform mit einigen Mitgliedern von Jaques' Bande, das wirkte wie Öl auf die Flamme. Ein Klavier wurde herangeschleppt, de Nemi hämmerte, unausgesetzt von vorne anfangend, den gleichen Gassenhauer herunter. Unter tierisch klingenden Kommandorufen versuchten die Trunkenen, sich kolonnenweise zu paaren. Kinder wurden aufeinandergehetzt. Bis in die vom Fluße aufsteigenden rötlichen Nebel konnte ich das geisterhafte Inferno verfolgen. Der Blutdurst erwachte! Ein riesenhafter, unflätiger Bursche sprang auf, brüllte wie ein Stier und fuhr mit einem langen Messer auf einen andern los. Ein Mord! dann ein zweiter! Der Mann war tobsüchtig geworden; alles Spiel verstummte. Mehrere Weiber wälzten sich kreidebleich in hysterischen Krämpfen auf dem Boden.

Von überall ertönte nun das Heulen der in Mordlust Verfallenen. *So können Tiere nicht brüllen!* Man erschlug die Wutschäumenden. Es kam zu erbitterten Kämpfen. Die Tore zu den nahegelegenen Kellereien wurden eingeschlagen und große Fässer ins Lager gerollt. Alle betranken sich! Eine lärmende Gesellschaft zog sich in die Badeanstalt zurück, hinter ihnen sperrte ein Spaßvogel ab. Stundenlang ertönte ein schauriges Hilferufen, aber das berauschte Lager kümmerte sich nicht darum; dann wurde es stiller. – – Vollgefressen glitt ein Rudel Krokodile ins Wasser. – –

Einige schändeten frische Gräber in dem nahe Kirchhofe, ein räudiger Hund warf sich, angelockt von dem Blutdunste, auf eine überfahrene Katze.

Da gewahrte ich neben mir ein zusammengekrümmtes Wesen: – Brendel, der mich verständnislos anlachte. «Brendel, was gibt's?» versuchte ich ihn leise aufzurütteln.

«Melitta», sagte er langsam und lachte wieder still vor sich hin. – Ich wußte genug. Der Arme hatte über das Ende seiner Geliebten den Verstand verloren.

Die meisten Feuer erloschen, es wurde stiller. Ich vergewisserte mich, ob ich mich aus meinem Versteck wagen könne. Man hörte nur das Schnarchen der Betrunkenen. Ein großes Feuer leuchtete noch, es wurde durch das Klavier genährt. In seinem Scheine sah ich jetzt eine breite Gestalt: den Amerikaner.

Er war im Frack, wie bei einem Fest, und rauchte seine unvermeidliche kurze Pfeife. Durch die schlafenden Gestalten bahnte er sich seinen Weg, halbaufgerichtet wollte ihn ein nacktes Weib daran hindern. Aber ratsch! erhielt sie einen Peitschenhieb, worauf auf dem weißen Rücken ein brennend roter Striemen erschien. Dann tauchte er wieder in die Dunkelheit und entfernte sich in der Richtung auf die Stadt zu, von welcher jetzt ein Gedröhne erscholl.

– Die Stunde des Amerikaners war gekommen!

IX.

In der Stadt wurden Extrablätter verteilt, die von einem neuen Unglück berichteten: der große Tempel war in dem See verschwunden, Mönche hatten die Botschaft gebracht. Man vermutete, daß die Grundfesten längst unterwaschen waren und der weiche Sandboden nun nachgegeben hatte. Einige Priester waren beim Singen ihrer Hymnen ertrunken. Sie müssen vom Tode völlig überrascht worden sein, denn ihre Posaunen ertönten noch, als der Bau schon zur Hälfte im Wasser lag. Es war alles sehr schnell vor sich gegangen, die schweren Marmorwände versanken, ohne einzustürzen. Die mit dem Leben davongekommenen heiligen Brüder waren erst durch das Gurgeln des die bunten Scheiben eindrückenden Wassers auf die Gefahr aufmerksam geworden. Infolge ihres Fettes leicht, konnte sie sich durch Schwimmen retten. Das noch immer brennende Licht erleuchtete tief unter Wasser die Tempelfenster, so daß sie glühten, wie Augen von sagenhaften Seeungeheuern. Langsam erlosch dann eines nach dem andern; nur noch die silbernen und goldenen Kuppeln schimmerten und strahlten, bis endlich auch sie von den eindringenden Wogen verschlungen wurden. Die Leiche des ehrwürdigen Oberpriesters spülten die Wellen ans Land, alles übrige fand im Traumsee sein Grab.

Allgemein betrauerte man die märchenhaften Schätze, die hier untergegangen waren, – und ich besonders, da ich nie Gelegenheit gehabt hatte, diese Pracht mit eigenen Augen zu sehen.

Die großen Tiere waren nun alle verschwunden. Das brachte einen Nachteil mit sich, den man nicht berechnet hatte. Womit sollte man jetzt seinen Hunger stillen?! Die Herden und Insektenschwärme hatten Felder und Gärten verwüstet. Alle Vorräte wurden schlecht, Eier, gesalzenes und geräuchertes Fleisch verdarben; es stand eine Hungersnot bevor.

Da rückten zwei norddeutsche Schwestern mit einem praktischen Vorschlag heraus. Eine von ihnen hatte Chemie studiert und scharfsinnige Versuche angestellt, die ihrer Ansicht nach gelungen waren. Das Paar wollte die vom Negro in Haufen an das Ufer geworfenen Fischleichen durch eine geheime Prozedur entgiften und in eßbare Speisen verwandeln. Trotz ihres guten Willens ernteten die zwei Fräuleins schwarzen Undank: sie wurden vom empörten Pöbel gelyncht. –

X.

Es war nicht mehr möglich, die Nacht vom Tage zu unterscheiden, in dem gleichmäßigen grauen Zwielicht konnte man sich nur notdürftig zurechtfinden. Da alle Uhren eingerostet und stehen geblieben waren, fehlte uns jede Zeitberechnung; daher ist es mir auch unmöglich anzugeben, wie lange sich der Zustand der Auflösung hinauszog. Ab und zu sah man noch ausgemergelte Raubtiere, doch mit eingeklemmtem Schweif und dürren Flanken ergriffen sie bei der

Annäherung des Menschen die Flucht. Aus staubigen Winkeln wurden vertrocknete Schlangen gezogen.

Um den Ausbruch einer Seuche zu verhindern erhielten die Traumstädter den Befehl, alle Kadaver in den Fluß zu werfen. Diese Anordnungen war nur zum geringsten Teil ausführbar, denn in die baufälligen Häuser wagte sich niemand mehr. Es verpestete Kaninchen- und Schlangenbrut in ihren versteckten Gräbern die Stadt. Aus den Torwegen schlug einem Leichengeruch entgegen. – Von dem Lampenbogenschen Miethause war die obere Hälfte zerfallen, ein langer Steinkamin und eine Rückwand ragten in die Luft. Man sah den Querschnitt der Wohnungen; ein paar Bilder hingen noch auf der geblümten Tapete unseres ehemaligen Schlafzimmers. Durch ein großes, dreieckiges Loch konnte man den schmutzigen Plafond des Staatsgemaches der Prinzessin erblicken.

Die Molkerei war eine Beute des Mauerschwamms geworden; aus Fenstern und Türen wucherte er und deformierte den ganzen Bau, aus den Dachluken hing er in großen weißlichen Lappen.

Das Holzhäuschen des Flußaufsehers brach unter der Last seines zu Moos gewordenen Daches.

Das Kaffeehaus starb wie eine Kokette, die sich bemüht, den äußeren Schein bis über das Ende hinaus zu wahren. Außen war es scheinbar gut erhalten; aber innen wurde es von den Trümmern des oberen Stockwerkes und des Dachbodens angefüllt. Sonderbarerweise war eine Fensterscheibe unversehrt geblieben, durch die man zwei hohe Ameisenhaufen gewahren konnte. Man sah darin ein paar weiße Knöchelchen und zwischen beiden stand ein Schachtisch, worauf ein schönes Matt gestellt war.

Ich ging durch die verödeten Straßen meinen Lieblingsweg dem Flußufer zu: auch hier derselbe trostlose Anblick. Beim Wasenmeister ein unerhörter Gestank, so daß ich den

Fetzen, der mir als Taschentuch diente, vor Mund und Nase halten mußte. Die Umfassungsmauer des Hofes war nach dem Negro zu eingestürzt; hinter dem Geröll lagen, zu Hügeln getürmt, Tierleichen; im weiten Umkreise war ein Summen hörbar und auf Schritt und Tritt rührten sich Millionen von Schmeißfliegen. Ich ging zum Strom hinunter, um Luft zu schöpfen, denn da war es immer noch am erträglichsten. Von der Badeanstalt sah man fast nichts mehr. Ein paar Planken und Pfähle, dick mit grünem Schlamm und Schnecken bedeckt, standen noch im Wasser. Auf einmal wurde es hell, und als ich mich heftig erschrocken umwandte, sah ich, daß die Mühle brannte. Die Fenster waren erfüllt von blendendem Feuerschein. Das morsche Gebälk knisterte und knackte. Aus dem spitzen Schindeldach drang Rauch, eine große Stichflamme schlug gegen den Himmel, und mit einem Krach stürzte die vordere Wand ein. – Das von innen erleuchtete Mühlwerk war in Bewegung, man sah wie in den geöffneten Leib eines Menschen. Noch schnurrten die Räder, es drehten sich die Mahlsteine, es erzitterten die Trichter, der Mehlstaub verbreitete einen leichten Nebel durch die Glut. Die Flammen ergriffen gierig die morschen Stiegen und Leitern, und langsam, gleichsam widerstrebend, wurde ein Teil nach dem andern bewegungslos – wie die Organe eines Sterbenden.

Der große Mehlkasten stürzte zuletzt in die Flammen. Wo er gestanden, sah ich ein Paar altmodische Stulpstiefel, in denen halbvermoderte Beine steckten – brennende Balken verbargen den Rest. Hinter mir hörte ich eine hohle Stimme:

«Ich hab es getan! Schon zum vierten Male hab ich es getan und ich werde es immer wieder tun!»

Es war der Müller. – Er nahm eine Prise, zog ein Rasiermesser heraus, probierte die Klinge und schnitt sich die Gurgel durch. Er stürzte nieder, wie aus einem Quell rieselte das Blut über seine Brust. Sein Gesicht war zu einer satanischen Grimasse verzerrt. – – –

Diebe schlichen in die Klosterkirche, erbrachen das Tabernakel und stahlen mit frechem Finger die edelsteingeschmückten Reliquien. Die Nonnen konnten den Einbruch nicht verhindern, denn sie befanden sich selbst in übler Lage. Ein Haufen Krüppel und Bresthafter, von seinen Suppengängen her mit allen Winkeln des Klosters vertraut, stürmte das Hospital. Ihre drohenden Forderungen nach Lebensmitteln wurden von den Klosterschwestern, die selbst nichts besaßen, abschlägig beschieden. Unter rohem Gelächter verlangten sie andersartige Entschädigungen. Wie bei einem Hexensabbat humpelte und kroch die widerliche Brut immer näher an die Bedrängten. Ein noch ganz junges, schönes Mädchen setzte sich zur Wehr und schlug einem Kerl mit einem Doppelkropf ein Auge aus. Zur Strafe wurde sie auf eine eiserne Bettstelle gebunden. Kreaturen, strotzend vor Ungeziefer, mit abgefressenen Nasen, eiterigen Augen, faustgroßen Geschwüren, Krätzeschorf, beugten sich über die Gefesselte, die während dieser Schändung erst wahnsinnig wurde und dann starb. Die übrigen Nonnen unterwarfen sich gehorsam dem unerforschlichen Schicksale; nur der achtzigjährigen Oberin blieb diese Prüfung erspart, wohl infolge ihrer heißen Gebete.

XI.

Der Amerikaner trat überall als Herr der Stadt auf – und doch wäre es auch ihm fast übel gegangen. Er erschien mit seinen Trabanten vor der Bank; jetzt sollten sie entlohnt werden, die Getreuen, so hatte er es versprochen. Alles wunderte sich, daß das massive Tor des großen, jetzt allerdings etwas ruinenhaften Gebäudes weit offen stand. Bei näherer Untersuchung fanden sich im Haupttresor 83 Kreuzer, Depots waren überhaupt nicht vorhanden. Jaques, de Nemi und die anderen Rottenführer schauten zweifelnd auf den Amerikaner. «Hab ich mir's doch gedacht!» rief dieser erbost. «Vorwärts zu Blumenstich!» Den Bankier Blumenstich traf man in seinem Gartensalon mitten unter verfaulten Blumen. Er empfing die Herren ruhig mit einem zwetschenblauen Gesicht – er war tot. – Er hatte sich vor einem ihn verfolgenden Hornissenschwarm hierher geflüchtet; während er aus Leibeskräften schrie, wurde er von einem der Insekten in die Zunge gestochen, woran er erstickt war. – Wieder schaute alles auf den Amerikaner, der sagte dieses Mal nur: «Verdammt!» – «Du hast uns Geld versprochen, gib uns von deinem Golde!» schrien ihn die Erbitterten an. «Sucht es euch selber unter den Trümmern des Hotels!» rief der Amerikaner grollend und enttäuscht.

Jaques wechselte mit den andern tückische Blicke, dann trat er, ein Messer verbergend, auf Bell zu, der jede Bewegung scharf beobachtete und mit einem Hieb seines Totschlägers den Meuchler niederstreckte. Kaltblütig stellte sich Herkules Bell gegen die Wand des Gartengebäudes. In jeder Hand hielt er eine Browningpistole und frug mit schallender Stimme: «Welche von euch wollen die ersten sechzehn sein?»

Die Bande hatte es sich leichter gedacht, sie duckte sich und drängte zurück, wurde aber von den rückwärts Brüllenden wieder nach vorne geschoben. Scharf, hell und rasch hintereinander knallten die Schüsse; um den Amerikaner war ein Wall von Leichen, weit mehr als sechzehn, denn die Projektile drangen durch mehrere Körper zugleich. Barhäuptig stand er im Frack, breit und aufrecht, die kurze Pfeife zwischen den Zähnen. Seine wuchtig in zwei Hökkern sich wölbende Stirn gab dem Gesicht etwas Teuflisches, sein starrer Blick wirkte herrisch bändigend auf die

Entfesselten. Aber immer noch wurde von hinten geschoben. Dem Drucke nachgebend, stürzten die vorderen Reihen über die Erschossenen. Der Menschenknäuel raubte Bell die Freiheit seiner Bewegung. In Brusthöhe, zwei Spannen von seinem Gesicht sah er diese blassen Larven, Parodien auf das Menschenantlitz. Seine Lungen arbeiteten gewaltig, sein Atem keuchte wie eine Dampfmaschine. «Nieder, nieder mit ihm!» – drangen unheilverkündende Rufe an seine Ohren, – da war ihm ein unvorgesehener Zufall günstig. Derbe Flüche näherten sich und wurden immer lauter.

«Wer ist es?» wurde gerufen. «Wer?»

«Gotthelf Flattich, der starke Gotthelf! – Achtung! Obacht!»

Eine kolossale, halbnackte Gestalt bahnte sich einen Weg durch das Gedränge. Die Leute machten murrend Platz für den sich durchdrückenden Neger, der sie um gut anderthalb Kopf überragte. Er war durch das Geschrei angelockt worden und hatte mit einem Blick die Gefahr erfaßt, in welcher der Amerikaner schwebte.

«Rührt ihn nicht an!» brüllte er weithin schallend und schwang drohend mit seinen Riesenarmen eine eiserne Brechstange. Zornig rollten die Augäpfel in seinem schwarzen Gesicht. Die Zunächststehenden riß er zu Boden und rettete so seinem ehemaligen Wohltäter das Leben.

XII.

Man war vor dem Archiv versammelt. Da öffneten sich beide Flügel des Haupttores und heraus trat Seine Exzellenz, gefolgt von einer kleinen Suite. Der hohe Herr war in goldstrotzender Gala mit allen Orden und trug einen federbesetzten Sturmhut. Von weitem bot er den Anblick eines Paradiesvogels. Diese prachtvolle Uniform sah man eine kleine, rasch errichtete Kanzel besteigen. Ringsum verstummte das Traumvolk.

«Meine Herren, es wird Ihnen vielleicht aufgefallen sein, daß wir in ungewöhnlichen Zeiten leben. Das muß ein Ende haben und Ordnung wird wieder einkehren. An höchster Stelle wünscht man, die Untertanen glücklich zu sehen. Unser allerhöchster Herr hat sich entschlossen, eine Amnestie auf alle Verbrechen und Vergehen zu erlassen. Ich habe den Befehl erteilt, unser Staatsgefängnis, die Wasserburg, heute noch öffnen zu lassen!» –

«Schon längst geschehen», wurde jetzt höhnisch gerufen, «wir haben sie selber befreit!» brüllte der Pöbel lachend.

Das Gefängnis befand sich etwa eine kleine Tagereise stromabwärts auf einem Felsenriffe mitten im Negro, unweit des Städtchens Bellamonte.

Nicht ein Wort von der Rede wurde in dem Lärm mehr verstanden – der hohe Redner machte in einem fort den Mund auf und zu. Endlich überzeugte er sich von der Fruchtlosigkeit seiner Beruhigungsversuche, machte eine kleine Verbeugung und wollte die Kanzel wieder verlassen; als er sich umwandte, vernahm er ein schallendes Spottgelächter; Seiner Exzellenz Hose mit den goldenen Streifen hatte den Boden verloren. «Seltsam, – wie das Volk sich freut», dachte er.

Eine plötzliche Detonation erscholl – Staub – Dampf. – Viele Leute wurden ohnmächtig oder zerquetscht. – Eine Bombe war geschleudert worden – woher, wußte niemand.

Tote und Schwerverletzte mußten auf Bahren fortgeschafft werden; schaudernd sahen die Träumer auf die blutigen Lasten, die in langen Reihen an ihnen vorbeigetragen wurden.

Seiner Exzellenz waren beide Füße abgerissen worden, ein Stahlsplitter im Leib hatte ihren Tod verursacht.

XIII.

Ich hatte von alldem nichts erfahren, denn meine Schritte richteten sich gegen den Friedhof. Beunruhigt durch die Grabschändungen, wollte ich nach der Ruhestätte meiner Frau sehen. Der Hügel war unverletzt, das kleine eiserne Kreuz hatte der Rost gänzlich zerfressen.

Von ferne sah ich die frischen Massengräber – hastig wurden jetzt die Toten verscharrt, vier Schuh Erde mußten genügen. Natürlich zogen die ausströmenden Miasmen Wölfe, Hunde und Schakale an, die in der frisch aufgeworfenen Erde wühlten, und während ihrer Mahlzeiten öfters erlegt werden konnten. Ich müßte mich sehr getäuscht haben, wenn ein dunkles, hochrückiges Geschöpf, das ich hinter den Marmorblöcken der erbrochenen Blumenstichschen Familiengruft sah und das ein wieherndes Lachen ausstieß, keine Hyäne war. Ein bleierner Himmel zog sich über den Gottesacker. Zertretene Immortellen, Zweige und vermoderte Kränze steigerten die gewaltige Melancholie dieses Ortes.

Mich fröstelte, da ich schon lange in keinem Bett mehr gelegen war.

Da fiel mir ein, daß ich vor einiger Zeit eine Ankündigung gelesen hatte, wonach auf den Polizeistationen für Unterkunftslose Decken verteilt wurden. Eine solche Station war an die Leichenhalle angebaut und stand mit dieser in Verbindung. Traurig und mit hängendem Kopf suchte ich sie. Eine weiche Anwandlung durchzog mich, ich hatte das Empfinden, auf nachgiebige Massen, Moos – Heu – Werg – zu treten. Die Zypressen schienen mir auszuweichen; zwischen den hellschimmernden Grabsteinen hindurch sah ich ein niedriges Gebäude aus rohen Ziegelmauern. Ohne viel hinzusehen, las ich das Wort: «Polizeistation» über der geöffneten Glastüre.

Der Raum, den ich betrat, war sehr notdürftig eingerichtet. Große, quadratische Fenster waren in Kopfhöhe angebracht; durch ihre Milchglasscheiben drang spärliches Licht.

An den schadhaften Mauern hingen in schmalen schwarzen Rahmen einzelne Verordnungen, an der Hinterwand über einer geschlossenen Tür sah ich das Bildnis König Ludwigs des Zweiten von Bayern. An der hohen, weißgetünchten Decke waren primitive, rechtwinkelige Gasarme befestigt. Außerdem befand sich ein langer, schmutziger Tisch in dem Gemach, und darauf lag etwas Grauenerregendes: ein aufgeblähter, kurzer Körper in einer goldüberladenen, blutbesudelten Uniform. Er war ganz steif und nur die Beine leicht gekrümmt. Die Füße fehlten, die Hosen waren unter den Knien zugebunden.

«Das ist der König von Bayern», schoß es mir durch den Kopf, und da war ich auch schon fest überzeugt davon. Sein schwärzliches, durchsichtiges Kinnbärtchen stand in die Höhe, ich wagte aber das fette Gesicht nicht näher anzusehen, denn ich wußte, daß seine tückischen Augen lebten und mich verfolgten – und von derartigen Blicken hatte ich für immer genug.

Durch eine Glastüre zu meiner Rechten fiel ein schräger Lichtstreif.

«Vielleicht sind hier die Beamten?» dachte ich und sah durch das Türfenster. Entsetzt fuhr ich zurück; ich hatte in ein langes, schmales Gemach geblickt, in welchem *Hunderte* von Leichnamen aufgestapelt waren. Sie steckten in grauen Getreidesäcken, die man am Hals zugebunden hatte, so daß nur die Köpfe herausschauten, meistens grünliche Gesichter, die lachten und die Zähne bleckten; – viele wie getrocknet mit staubigen, zerdrückten Augäpfeln – andere waren ganz eingepackt und mit aufgeklebten Adressen versehen. Die vorstehenden Knie und Ellbogen, sowie die

Schädelrundungen, ließen die verrenkten Stellungen ahnen. An der Rückwand dieses Leichenmagazins hing eine Tafel, auf der mit großen Lettern geschrieben stand:

«Halle für plötzlich Verstorbene.»

In weitem Bogen um Ludwig den Zweiten herumgehend, wollte ich das Freie gewinnen; da wurde es mir plötzlich klar, daß der Kurze, Goldstrotzende auf dem Tische gar nicht der König von Bayern, sondern unser Regierungspräsident war. –

«Ich weiß ein Geheimnis», sprach ich zu mir, «das will ich für mich behalten. Vielleicht ist es doch der König von Bayern.» – –

XIV.

Melancholisches Rabengekrächze fesselte meine Aufmerksamkeit; die schwarzen Vögel saßen in langen Reihen dichtgedrängt auf der Ziegelei. Manchmal erhoben sich ganze Züge und führten in der Luft die exaktesten Schwenkungen aus. Gegen den Fluß zu war der Himmel noch immer von der brennenden Mühle gerötet.

Da wurde ich beinahe überrant von einem nackten Kerl, der über die Ebene dahinschoß. Hinter ihm eine Hundemeute! Pfeilgerade stürzte er auf mich zu, machte aber im letzten Moment eine scharfe Wendung und kletterte auf einen Baum, der wie ein kahler Besen dastand. Die Gestalt war nur mit Lackschuhen bekleidet und trug einen Turban aus Zeitungspapier. Mit wunderbarer Kraft und Gewandtheit, die man in dem entfleischten Körper nicht vermutet hätte, schwang er sich in die Äste der Linde und klomm trotz eines Gegenstandes, den er beharrlich hinter sich herzerrte, wie ein geschickter Affe immer höher. Das Ding, das er mit sich trug, verwickelte sich beständig in den kleinen Zweigen, und mit komisch wichtiger Gebärde versuchte er, es immer wieder zu lösen. Die Hunde, welche ihn gejagt hatten, standen aufgeregt herum und kläfften zu dem Manne hinauf, als wäre er eine Katze.

Da näherte sich vom Friedhofe her eine Abteilung behelmter Schutzleute.

Dem Mann auf dem Baume entfiel sein Schatz; mit einem Aufschrei sprang das seltsame Individuum herab, haschte nach seinem Eigentum und stürzte davon, – hinterdrein die Hunde; – ein großer schwarzer Neufundländer war ihm scharf auf den Fersen.

Einer der Schutzleute zielte auf den ersten Verfolger. – Der Hund wurde niedergemacht, aber auch der Gehetzte wurde getroffen und stürzte. Jetzt sah ich, daß es Brendel war. Wir standen bei ihm, er versuchte immer wieder, auf die Beine zu kommen. Der Geifer floß dem Irrsinnigen aus dem Munde, er wimmerte. Die kleine Wunde unter dem rechten Schulterblatt gab fast kein Blut von sich. – Nach und nach wurde er still und kalt – dann durchfuhr ihn noch einmal ein Zittern und er war tot. – – –

Neugierig hoben die Polizisten den Erschossenen auf, um zu sehen, was er denn mit seinem Körper so sorgsam verdeckte: einen verwesten Kopf, an dem dickes, langes, kastanienbraunes Haar hing. Er schien zu leben. Es regte sich in den Augenhöhlen und um die wie angeklebten Lippen – – ein Gewimmel von Maden.

XV.

In der Stadt tobte der Aufruhr. Vom Schloßgarten her nahte Militär, mehrere Eskadronen Kürassiere nahmen vor dem Palast Aufstellung, lauter ausgesucht schöne Leute, denen man das Elend der letzten Wochen nicht allzusehr anmerken konnte. Die Brustpanzer und die Helme zeigten wohl Rostspuren, waren sonst aber gut im Stand.

Hinter eilig aufgeworfenen Barrikaden lagen die Empörer in geschützter Stellung; unter der Führung de Nemis, des einzigen fahnenflüchtigen Offiziers Pateras, hatten sie vor einigen Stunden ein Arsenal erbrochen und besaßen nun Waffen, so viel sie brauchten.

Die Revolutionäre waren in zehnfacher Überzahl und darauf gründete sich ihr Mut. Gegenüber stampften die Rosse ungeduldig den Boden. Daß die Kanaille Flinten hatte, erfüllte den alten Oberst, den wackern Duschnitzky, mit schwerer Sorge. Übrigens gefielen ihm auch seine Pferde nicht mehr, sie waren nervös, schlecht gefüttert, verwahrlost. Er hatte vorgehabt, mit dem Angriff auf die angesagten Verstärkungen zu warten, aber es war nicht zu säumen; bis die kamen, konnten die Aufrührer schon das Archiv eingenommen haben, und dann hätte sich mit Kavallerie nichts mehr ausrichten lassen. Außerdem vergrößerten sich die Pflasterwälle von Minute zu Minute.

Einige Leutnants lachten und steckten sich Zigaretten an. Sie wollten die Kerle tüchtig zusammenfegen, sie freuten sich auf die Straßenreinigung, für junge Offiziere ist so etwas immer ein Spaß. Gerade aufgerichtet, mit ein wenig stupiden Mienen, harrte die Mannschaft.

Da fiel ein Schuß, ein Reiter stürzte vom Pferde. – Der Oberst winkte und ritt vor die Front. Sein echtes, verbissenes Soldatengesicht mit der bronzefarbenen gegerbten Haut schien in diesem Augenblick wahrhaft schön. Er salutierte zum schweigenden Palast hinauf – wie ein «Ave Caesar» war es – dann klangen ein paar Hornsignale, und mit einem lauten Hurra warf sich die geschlossene Reitermasse gegen die Barrikaden. Die Pallasche weit vorgestreckt, den gespenstischen Roßhaarbusch nachwehen lassend, hingen die

Reiter über den Hälsen ihrer dahinjagenden Pferde. Das scharfe Geknatter einer Salve empfing sie. Vielleicht fünf Kürassiere glitten aus dem Sattel. Aber – die Pferde versagten – das war weit schlimmer. Sie stiegen auf, bäumten sich kerzengerade und warfen ihre Herren ab. Unter durchdringendem Wiehern rasten sie in weitem Bogen um den großen Platz, stürzten sich, die Barrikaden überspringend, mit entsetzlicher Wucht auf Aufrührer und Soldaten, dabei alles niederschlagend, was sich ihnen in den Weg stellte; eine Pferdepanik war ausgebrochen! Die Tiere, welche übernatürliche Kräfte zu haben schienen, waren wie Besessene.

In diesem Moment traf die erwartete Verstärkung ein, die das Unglück noch vergrößerte. Die angekommenen Gäule witterten die gewaltige Bewegung, und wurden sofort mit hineingerissen. Morsche Geschirre und Sattelgurte platzten, und die Reiter, die keinen Halt mehr fühlten, überkollerten sich und wälzten sich am Boden, bevor sie noch recht wußten, wo der Feind war. Aller Lasten ledig, stob die wilde Herde gegen die Kaserne, daß die Funken sprühten.

Ich stand in der Langen Gasse, als ich ein herannahendes Donnern vernahm – instinktiv stieg ich auf eine kleine Mauer an der Seitenwand des Kaffeehauses – da prasselten schon die Hufe auf dem Pflaster – ich blickte in verstörte, gequollene Augen, – sah aufgetriebene Nüstern und verzerrte Mäuler – roch ein paar Augenblicke den scharfen Schweiß – dann war alles im aufgewirbelten Staub verschwunden, in der Richtung gegen die Felder.

Fett und träge saßen die großen Geier auf ihren Piedestalen, den Stümpfen der Alleebäume, und sahen gleichgültig auf die Vorbeiziehenden. Nur einem nachhinkenden braunen Gaul, der sich beständig im Kreise drehte, schenkten sie etwas mehr Aufmerksamkeit.

Die aufgeregte Jagd umkreiste die ganze Stadt. Einzelne Versprengte fegten wie blind durch die krummen Gassen, bis sie sich an einer Mauerecke die Schädel einrannten. Die Hauptmasse verkeilte und staute sich mehrmals in engen Passagen und Sackgassen, bis sie auf der Schutthalde anlangte. Da gab's keinen Ausweg mehr! – Die Schwachen wurden von den Stärkeren niedergetrampelt, es fielen Hufschläge, daß die Gedärme spritzten und übler Dampf sich verbreitete. Der alte Oberst wäre wohl erfreut gewesen, wenn er den schönen Erfolg seiner Attacke hätte ansehen können; denn unzählige Aufrührer fanden dabei durch Zertrampeln ihren Tod. Doch eine Faust in weißem Stulphandschuh war alles, was von ihm erkenntlich blieb – der Rest war in dem Wust von Gliedern, Kürassen, Knochensplittern, Helmen, Sätteln und Zaumzeug vollständig aufgegangen.

XVI.

Das Kaffeehaus war, ehe es gänzlich in sich zusammenfiel, schon derart in seinem Innern baufällig gewesen, daß keine Gäste mehr kommen wollten. Das machte der Wirt seinem Oberkellner zum Vorwurf:

«Sie sehen aus wie ein Schwein!» sprach er ruhig und begütigend zu ihm. Bei dieser milden Form konnte es also nur der Inhalt des Satzes sein, der in dem falschen Kellner einen gemeinen Wunsch wachrief. Eines Nachts stieß er hinterlistig seinen arglosen Chef in die Kelleröffnung und warf die Falltüre zu. Der Wirt brach sich zwar einen Arm, fiel aber sonst weich wie ein Gummiball infolge des Wirtsspeckes. Obwohl über Anton entrüstet, ahnte er doch nicht die Größe der Gefahr, in der er schwebte. Der Kellner hatte für sein Verbrechen auf Verbündete gezählt und sich als geübter Zahlkellner nicht verrechnet. Diese furchtbaren Verbündeten waren die Millionen von Ratten, welche die unterirdischen Gewölbe und Katakomben von Perle bevölkerten. Der Wirt, vorläufig im Dunkel nach der falschen Richtung tappend, geriet in den Gang, in dem auch ich seinerzeit so viel ausgestanden hatte.

Vergeblich sucht er einen Ausgang, der gebrochene Arm schwillt an und beginnt heftig zu schmerzen. Er ermattet, ein leises Quietschen wird vernehmlich – ein Huschen und Hüpfen; erst vereinzelt, – dann immer stärker, – hundert-, – tausendfach. – – – Nun merkt er, in was für eine Falle man ihn gestoßen hat, er versucht zu laufen, um sich zu schlagen, immer wieder spürt er die tastenden Händchen – schwere Klumpen hängen sich an ihn. Der Arm, der sie abstreift, erhält kleine, scharfe Bisse. Er versucht, die Feinde herunterzuschütteln. Vier- – fünf- – sechsmal gelingt es, dann wirft er sich auf den Boden, um die hungrigen Quäler los zu werden! Es werden vielleicht hundert Ratten zerquetscht und zertreten – Tausende erstehen dafür und preisen das Glück, das der Schöpfer über das Rattenvolk hat kommen lassen! – – –

– – Von verschiedenen Leuten wurde mir über merkwürdige Rufe berichtet, über schauerliche Flüche, jammervolle Gebete, dumpfes Gebrüll, das sie aus den verschiedenen Gossen und Kanälen gehört haben wollten. Die angegebenen Orte lagen allerdings ziemlich weit auseinander, aber die Akustik im Traumreich war eine ungewöhnliche.

Der Herr Anton führte nach dem spurlosen Verschwinden seines Brotgebers das Café noch ein paar Stunden fort, sperrte dann und verließ das Lokal. Einnahmen hatte er doch nicht mehr zu erwarten. – Die Schachspieler blieben. – Durch ein Spiel des Zufalls kam er mit Castringius zusammen und verbündete sich mit dem ehemaligen Zeichner. Nik hatte seinen Beruf gewechselt. Er bestritt seinen Lebensunterhalt jetzt aus den Ersparnissen anderer Leute – mit anderen Worten: er stahl, was ihm unter die Finger kam.

Seine letzte Arbeit: «Der aussätzige Albino tötet das Urhirn», hatte er dem Amerikaner gewidmet, dem er zu verstehen gab, daß das Blatt ein «allegorisches Symbol» sei und einen Wert von hunderttausend Mark repräsentiere. Er könne es für die Lumperei von fünftausend haben. Bell lachte und ließ den Künstler zur Tür hinauswerfen. In neuester Zeit konnte einem das leicht bei ihm passieren. Castringius ging rachebrütend zu Patera und schädigte seitdem die Anhänger «dieses verdammten Yankee» nach seiner Weise. Als er wiederum einmal eine gute Beute getan und sich gerade aus dem Staube machen wollte, spürte er eine fremde Hand in seiner hintern Rocktasche. Zupackend gewahrte er, daß an dieser Hand der Kellner Anton hing! Entschuldigungen, – Aufklärungen. – Das Ende war, daß die zwei schönen Seelen von nun an gemeinsame Sache machten. Ihre Spezialität war: Einbruch in verlassene Landhäuser. Im Schloßgarten besaßen sie ein Versteck, wo sie die zusammengerafften Reichtümer aufstapelten und vergruben. Eines Tages hatten sie einen besonders vielversprechenden Fischzug vor. Die Villa des früheren Traumspiegelredakteurs, der dem Biß einer Giftschlange erlegen war, stand leer. Die beiden schlichen vorsichtig und möglichst im Dunkeln bleibend ins Gartenviertel. Schweigend gingen sie nebeneinander her, jeder hing eigenen Gedanken nach. Anton hoffte immer auf eine Gelegenheit, sich seines Freundes entledigen zu können. – Er, nur er allein wäre dann der Erbe gewesen. Castringius hingegen überzählte im Geiste den schon gewonnenen Besitz. Er war befriedigt. – Noch ein paar glückliche Griffe und er hatte genug, um irgendwo in Europa ein ehrliches, sorgenfreies Künstlerleben zu beginnen.

– Man sah sehr schlecht. «Dauert es noch lange?» frug mürrisch der Kellner.

«Du bist doch sonst dein ganzes Leben gerannt! Dort, das letzte Haus, da sind wir daheim.» –

Von Bäumen halb verdeckt, unterschied man jetzt einen First. An dem Gartenzaun sicherte Castringius nach allen Seiten.

«Alles soweit in Ordnung, also steige hinüber!» forderte er seinen Genossen auf.

Jetzt war diesem das Drängen nicht recht, er fürchtete immer eine List des Zeichners. Nach langem Hin und Her stieg Castringius ein – der andere folgte. Am Stacheldraht blieben die Frackschöße des Kellners hängen. «Ein Opfer des Berufes!» konstatierte sarkastisch der Genosse. Sie durchstöberten kundig die Wohnung. Weder im Arbeitszimmer des Zeitungsmannes noch sonstwo fand sich etwas Mitnehmenswertes. Enttäuscht äußerte sich Castringius über den Redakteur.

«Ich begreife mich selbst gar nicht! Wie konnte ich nur einmal vor diesem Menschen Respekt haben? Hier dediziere ich dir dreizehn Jahrgänge des Traumspiegels», sagte er schadenfroh zu Anton, der mißvergnügt die verfallene Möbelpracht ansah, und wies auf eine Bücherreihe.

«Hör mir auf mit deinen blöden Witzen, diesen Mist kannst du dir selbst behalten.»

«Schweig! Lakai! Was verstehst du von Höherem? Diese Bände enthalten fast die ganze Produktion eines Künstlers, der dir ewig fremd bleiben wird. Dein Horizont reicht kaum für die Arbeiten meines geschätzten Kollegen!» Mit einem Blick voll verächtlichen Mitleids strafte er Anton.

Im Schlafzimmer fahndeten sie nach brauchbarer Garderobe. – Ein unterdrückter Seufzer! – «Hast du gehört?» frug zitternd der abergläubische Kellner und ließ vor Angst beinahe das Licht fallen. Auf dem Bette hockte, in eine Decke gewickelt, die zusammengekauerte Gestalt eines kaum entwickelten Mädchens, das die Eindringlinge zu Tod erschrocken mit großen Augen anstarrte: «Luischen, das Töchterchen meines Redakteurs?! – Gehört selbstverständlich mir!» rief fröhlich Castringius und näherte sich unter Verbeugungen dem eingeschüchterten Kinde.

«Bitte, wir teilen! Wie ausgemacht!» Sofort regte sich bei dem wieder mutig gewordenen die Eifersucht. Castringius wandte sich um, die Stirne vorgebeugt, wie ein Bulle – nein, einem betrunkenen Ochsenfrosch glich er; er glotzte den dünnen, durch schlechte Nahrung heruntergekommenen Kellner an. Seine kurzen, stämmigen Beine standen unverrückbar, die langen Arme mit den fürchterlichen Tatzen einige Male schlenkernd, knurrte er dumpf:

«Mein Herr, hier habe ich wohl ältere Rechte. Mit einem Flegel wie du teile ich nicht; wenn du willst, so probiere es.»

Er fletschte die Zähne. – Er kannte seine Kraft, konnte ihr vertrauen.

Anton, der Geriebenere, war seit dem Bestehen des Kompaniegeschäftes auf eine solche Szene vorbereitet und trug vorsichtshalber ein Gegenmittel im Sack. Unvermutet flog der ersten Kraft des Traumspiegels eine Handvoll gemahlenen Pfeffers ins Gesicht. –

Der so Geblendete griff aufs Geratewohl zu, packte seinen Gegner an der Brust und riß ihn zu sich heran. Die Schiffsschrauben schlossen sich hinter seinem Rücken, Anton knickte ein. Beide, der Lange und der Kurze, wälzten sich auf dem Boden, zuerst rollten sie durchs ganze Gemach, dann durch die offene Tür auf die Altane hinaus. Daß das Geländer zerbrochen war, merkten die sich wütend umschlungen haltenden nicht. Sie flogen vom Balkon auf das Dach der angebauten Waschküche, glitten weiter abwärts und stürzten in die geöffnete Senkgrube.

Es gab einen dumpfen Plumps..... dann stiegen einige Blasen auf.....

XVII.

«Die Liebe des Fleisches ist nichts als der Wille des Dings an sich, in die Zeitlichkeit einzudringen. Wie könnt ihr so vermessen sein, das Ding an sich zu zwingen? Ihr unterscheidet nicht das Ding an sich von den anderen Dingen. Vom philosophischen Standpunkt aus muß ich eure Handlungen verdammen.» So sprach der Friseur angesichts der Saturnalien auf den Tomassevicfeldern.

Da er mit seinen zur Feier des Tags durchaus nicht passenden Tiraden nicht aufhören wollte, warf man ihm eine Schlinge um den Hals und hing ihn an das Schild seines Barbierladens. Hier baumelte er unter einem Messingbecken. Ein Spaßvogel, der ihn so sah, nahm eine Pappdeckeltafel des Zeit- und Raumforschers, wo nun zu lesen stand: «Zu vermieten!»

Lampenbogen lebte gut bis zum letzten Tage, während seine Patienten auf halbe oder gar viertel Diät gesetzt waren. Traummenschen nehmen das übel, und es entstand eine kleine Barackenrevolution, wacker von dem Wärter unterstützt, der lieber frei und bei den großen Ereignissen draußen gewesen wäre, als daß er hier seinen unangenehmen Dienst versorgte. Der Eisschrank barg noch drei gebratene Hühner, ein Paket Schokolade und einen Laib Käse. Von diesen Privatvorräten verlangten die Kranken einen Anteil, obwohl der Zustand dieser Speisen keineswegs verlockend war. Lampenbogen wollte nichts herausgeben. Dann müsse er sterben – hieß es. – Das wollte er auch nicht. – Die wütenden Patienten verständigten sich rasch untereinander und fielen eines Tages über ihren Arzt her. Die Schwerkranken sahen vom Bett aus zu, wie der Wärter ihn mit den andern überwältigte. Eine arme Frau mit zerschmettertem Kiefer träufelte sorgfältig Chloroform auf den in seinem Fett Stöhnenden. Kranke sind selten mitleidig, dazu haben sie selbst zu viel gelitten. Als der Dicke betäubt war, stärkte man sich an den Köstlichkeiten im erbrochenen Eisschrank. Lampenbogen wurde mit Hilfe eines Gasrohres gepfählt. Den Geschwächten verursachte dieses Werk langwierige Arbeit. Der Wärter legte Feuer an, um die Spuren der Untat zu verwischen. So endete Lampenbogen seine Existenz als Spießbraten, und zwar als ein schlechter; der obere Teil war größtenteils roh, kaum gebräunt, die Bauchteile dagegen gänzlich verkohlt. Nur an den Seiten war er richtig knusperig.

XVIII.

Mit ängstlichen, schnellen Schrittchen läuft ein alter Mann ohne Hut durch die Lange Gasse zum Fluß. Die Schöße seines Hausrockes flattern ihm wie Flügel nach, seine Weste ist nur halb zugeknöpft. Lebhaft nickt der Alte mit dem Kopfe und ist vollständig in Selbstgesprächen verloren. Am Wasser angelangt, bleibt er ein paar Augenblicke unschlüssig stehen. Gravitätisch, einem Reiher ähnlich, steigt er im Sande auf und nieder, sich selbst einen Vortrag haltend. Der Negro raunt – bald ist es, als wäre er hungrig, und seine Wellen lecken löffelweise den Sand vom Ufer, bald klagt er in vielstimmigem, mystischem Gesang. Am Brückenpfeiler leuchtet eine trübe Laterne, bewegte glänzende Flecke tanzen auf dem Wasserspiegel. Der alte Mann watet kurz entschlossen in die Flut. Zunächst reichen ihm die Wellen nur bis zu den Knien, umständlich zieht er ein Futteral heraus und setzt sich eine Brille auf die Nase. Das Futteral schiebt er wieder in die Tasche. Noch ein paar Schritte weiter – das Wasser reicht ihm jetzt schon bis zu den mageren Hüften. Der Alte hat zu kämpfen, sonst reißt ihn die Strömung mit sich fort. Während er aufs heftigste seltsame Liebesschwüre spricht, preßt er die Hände auf das Herz. – Jetzt zieht er einen unerkennbaren kleinen Gegenstand heraus, kurzsichtig hält er ihn knapp vor die Augen – dann beugt er sich zum Wasser hinab, das er zu untersuchen scheint – es reicht ihm bereits bis an den Hals, jetzt bis an die Nase – – – gleich darauf ist nur noch ein kleines Inselchen weißer Haare sichtbar – – Wie ein winziges Schiffchen führt der Strom ein glänzendes Dingelchen mit sich, er dreht es im Kreise und läßt es auf seinen Wellen schaukeln... es ist eine kleine Schachtel mit Silberpapier beklebt... Acarina Felicitas!...

XIX.

Am Bahnhofe fraß der Sumpf. Das Gebäude hatte sich geneigt, der Perron war mit Schlamm und Schilf überdeckt, durch die verfaulten Türen kroch der Morast in die Wartesäle, von den Bänken und Polstern ertönten die Wehmutslieder der Unken. Über die Büfetts krabbelten Molche und kleine Käferlarven. Die unzähligen Geschöpfe, welche Perle durchwandert, die Gärten verwüstet und die Menschen geängstigt hatten, alle stammten sie aus dem Sumpfe, der sich viele Meilen ins graue Dunkel erstreckte.

Aber er *gab* nicht nur, er *nahm* auch Leben. Unzählige Träumer, Bauern, Fischer, schlummerten in seiner nassen Erde. – Der Trügerische! Wie harmlos vermochte er auszusehen, während unter der Moosdecke sich die Schlangen knäulten. Er konnte auch geräuschlos gespenstische haushohe Flammen aufsteigen lassen und die nistenden Wasservögel erschrecken. Am eigenen Leibe vermochte er sich reichlich zu nähren – seine Tiger fraßen seine Schweine – seine Füchse jagten seine Rehe.

Diese Wildnis galt im Traumlande für heilig. An gewissen Plätzen befanden sich uralte, bemooste Steine, in denen unverständliche, verwitterte Zeichen eingegraben waren.

Hierher pflegten die Jäger die Eingeweide des erlegten Wildbrets zu tragen, die Fischer opferten da die Lebern der Hechte und Welse, Landleute brachten einen Bund Getreide dar oder schichteten Äpfel und Weintrauben zu kleinen Pyramiden. Der Sumpf nahm allezeit diese Gaben gnädig an und verzehrte sie. Patera kam in früheren Jahren oft hierher und wagte sich allein bei Nacht diesen heiligen Orten zu nähern. Wie ich erfahren habe, opferte er im Namen des Traumvolkes «der Sumpfmutter» – und verband sich aufs neue mit ihr – in Mysterien, in denen Blut und Geschlecht besonders bedeutsam waren. – Nun war er lange nicht mehr dagewesen, und heute wußte jedermann von diesen Geheimnissen und fluchte, und schwur «beim Blut Pateras» – – – Die Folgen davon wurden überall deutlich. Ein alter Tempelspruch «Auf Blut steht Wahnsinn!» – war in Erfüllung gegangen. Erwähnen will ich noch, daß der blauäugige Stamm jenseits des Flusses all diesen Bräuchen fern blieb. Weitab von diesen Stätten zwischen den verkümmerten Gebüschen und den niederen Nadelholzbäumen waren buntbemalte Holzsäulen in den weichen Boden gerammt. Das waren auch geweihte Orte, doch anderer Art. Hier wurden die «fröhlichen Nächte» gefeiert. Die Traumbauern führten zur Erntezeit an bestimmten Abenden Leiterwagen voll Heu und Blumen dahin. Meterhoch wurde der Boden mit der frischen duftenden Ladung bedeckt. Man entfachte ein Feuer – schäumend floß der Most aus dem Spundloch, die Freude der festlich geschmückten Teilnehmer tobte.

Nach lustiger Erzählung, Spiel, Tanz und reichlicher Mahlzeit blies meist ein warmer und nach Frucht duftender Wind die Feuer aus. Die Paare blieben, jedes in seinem Nest, bis zum Morgen.

In dem großen, wackligen Maschinenhaus beim Bahnhof roch es noch immer wie in einer Menagerie. Der scharfe Unflat der Tiere, welche hier ihren Unterschlupf gehabt hatten, war gemischt mit dem schwärzlichen Schlammwasser, das in großen Lachen stand. Heute bewegte sich in der feuchten, versandeten Halle eine Gestalt, in einen Kapuzenmantel gehüllt; emsig klopfte und arbeitete der einsame Heizer an einer rostigen alten Lokomotive herum. Er untersuchte alle Teile genau und ölte verschwenderisch. Dann schürte er wieder und beim Aufreißen der Feuerungstüre wurde sein schwitzendes, tatkräftiges Gesicht vom Glanze der roten Glut erleuchtet: Herkules Bell.

Schon Wochen vorher hatte er die Bahnstrecke untersucht und alle Weichen richtig gestellt. Die Maschine, anfangs träge und knirschend, fing nun an zu schnauben, Bell fuhr mit ihr aus dem wackeligen Bau. Ein paar aufgescheuchte Eulen begleiteten ihn. Mit Hilfe einer vorher ausprobierten Drehscheibe gelang es ihm nach und nach, das Hauptgeleise zu erreichen. Sein Kohlenvorrat genügte – schlimmstenfalls konnte er ihn auf einer Zwischenstation ergänzen.

Die Anstrengung hatte ihm heiß gemacht, er legte seinen Mantel ab. Nochmals das Feuer speisend, warf er einen Blick auf das Manometer und riß am Hebel. Das alte Vehikel setzte sich in Bewegung. – Es war eine gefährliche Fahrt, denn der niedere Bahndamm war halb zerstört. Zeitweise überschwemmte das Sumpfwasser auf lange Strecken die Geleise, vorne spritzte es hoch auf, die Räder mähten wuchernde Binsen; hinter sich ließen sie eine lange Kielwelle.

Der Fahrende atmete die schwefeligen Dünste des aufgewühlten, stagnierenden Morastes. In der Ferne unterschied er die undeutlichen, weißlichen Trümmer einer längst zu Grunde gegangenen altpersischen Niederlassung.

Er heizte, daß der Kessel zu springen drohte, die Feuerstelle und die angrenzenden Stahlteile röteten sich, die Lokomotive hüpfte auf den verbogenen und zerfressenen

Schienen. Er dampfte an den verlassenen Bauernhöfen vorbei, den ausgestorbenen Landgütern, den dürren Wäldern. – Einmal mußte er anhalten, um den Kadaver eines halbausgefressenen Gauls von den Geleisen zu zerren. Dann keuchte und rasselte es wieder und nach zwei Stunden hielt er auf freiem Felde. Er versorgte sein Feuer, spuckte auf den Kessel, daß es zischte und sprang ab. Eine Zeitlang folgte er dem Schienenstrang und verschwand dann in einem kleinen, von Baumriesen bestandenen Tale. Die vertrockneten Ranken und die niederhängenden Baumbärte versuchten den Eilenden zu hindern. Nach einer halbstündigen Wanderung bemerkte er ein matt erleuchtetes Fenster, dahinter stieg eine schwarze Wand scheinbar bis in die Unendlichkeit des Himmels. Der Amerikaner öffnete mit sicherer Hand ein Gartenpförtchen, schlich sich an das Fenster und schaute hinein.

Auf einem tintenbekleckster Tisch brannte eine Petroleumlampe mit grünem Schirm. Beschriebenes Papier, Formulare, Siegelwachs, Bleiplomben lagen verstreut umher; auf einer niederen Balustrade erblickte man Werkzeuge, Nägel, Bindfaden. Das Prunkstück des engen Raumes stellte das sehr schlechte, von einer Anstalt in Perle verbreitete, lebensgroße Brustbild Pateras dar. – Das war die Kanzlei des Grenzwächters des Traumreiches. Der alte Mann selbst schlief in einem mit Wachstuch überzogenen Lehnstuhl. Sein bärtiges Haupt war lässig in die eine Hand gestützt, er machte den Eindruck der Schwächlichkeit. Vorschriftsmäßig hatte er den Schlüssel zur sogenannten «kleinen Tür», einem nur für einzelne Personen bestimmten Torausschnitt der großen Mauer, am Gürtel in einem Karabiner hängen; der meterlange Hauptschlüssel war in einem eisernen Kassenschrank verwahrt. Mit seinen beiden Söhnen versorgte der Bejahrte den schwierigen Dienst; nebenan war die Privatwohnung. Daran schloß sich die Kaserne der Grenzaufseher und Zollbeamten. Beide Gebäude lehnten sich mit ihrer Rückwand gegen die kolossale Umfassungsmauer.

Alle Details waren dem Späher genau bekannt. Überraschend schnell verfinsterte es sich jetzt, so daß Bell, an die gleichmäßige Dämmerung gewöhnt, sich verwundert umschaute, und hinter den fast bis an den Boden niederhängenden Wolken kaum mehr die Blechdächer der bei der Anfangsstation gelegenen Speicher erkennen konnte. – Katzenhaft geräuschlos trat er in den überhitzten Raum und schob die Kapuze zurück. In der Rechten hielt er den schweren, eisernen Hebel der Lokomotive. «Auf einen mehr oder weniger kommt es jetzt nicht mehr an», reflektierte er, dabei unverwandt den Schläfer beobachtend. Dieser machte eine unwillkürliche Bewegung mit dem Kopfe und ließ ihn hinüber auf die Lehne fallen. – Da, ein wohlgezielter Hieb mit der Eisenstange! – es klang, wie wenn man mit der flachen Hand auf das Wasser klatscht. Der kraftvolle Schlag hatte das Stirnbein genau in der Mitte getroffen und zerschmettert, und beide Augäpfel aus ihren Höhlen getrieben, wodurch der Ermorderte mit seinem Barte eine schauerlich groteske Fratze schnitt. Ein tiefes, leises Beben durchfuhr den im Stuhle ruhig Sitzenbleibenden.

Komisch geziert verbeugte sich der Amerikaner vor dem Bildnis Pateras. «Doch einmal überlistet!» Dann nahm er den Schlüssel vom Gürtel des Getöteten, seine Bewegungen waren rasch und sicher. Neben dem Lehnstuhl stand am Boden eine Blendlaterne. Während er sich danach bückte, fühlte er, wie sich etwas fest um sein Handgelenk schloß. *Es war der Tote*, oder vielmehr nur seine gelben Finger, die er gestreift haben mußte. – Die Leiche lag hilflos und still da. Aber in ihren schrecklichen Fingern lebte eine so unermeßliche Kraft, daß sie auch ein Stück Stahl wie Teig zerdrückt hätten. Bell schrie: «Das ist Patera!» Es war ihm deutlich, daß bei diesem mechanischen Anwachsen des Druckes in etlichen Minuten sein Gelenk durchquetscht sein mußte. Schon verlor er das Empfinden in dem langsam immer mehr gepreßten Glied. – – Er schälte mit den Zähnen das Fleisch von der Handwurzel des grausigen Gegners – aber das ging alles noch viel zu langsam, die Hand war verloren. – In diesem gräßlichen Augenblick sah er auf der Balustrade ein geöffnetes Gartenmesser. Ein Sprung – und er war dort; die Leiche flog als lästiges Anhängsel mit. Mit kunstgerechten Schnitten trennte er die Hand des Toten vom Körper ab, – sie fiel sofort schlaff herunter. Bell stieß einen mystisch klingenden Seufzer der Erleichterung aus. Gleichmäßig freundlich lächelnd blickte Pateras Bild mit den geölten und gescheitelten Locken auf ihn herab. Mit der Blendlaterne lief er davon.

An der Mauer nahm ihn der gewaltige Tunnel auf. Der Amerikaner war in großer Erregung; jetzt sollte es sich zeigen, ob sein Plan gelungen war, seinen Berechnungen nach mußte europäische Hilfe in nächster Nähe sein. *Er brauchte sie, mußte sie haben; allein* konnte selbst er mit dem von Stunde zu Stunde gefährlicher werdenden Traumpöbel nicht fertig werden.

Er schloß die «kleine Tür» auf und trat in die frische, kalte Nachtluft hinaus. Dann ließ er eine mitgebrachte Rakete steigen – eine Fontäne geschmolzenen Goldes schoß gegen den Nachthimmel; ganz oben beschrieb sie einige wunderliche Kurven und zersprühte in einem Büschel Sterne. Fieberhaft wartete der Amerikaner, ob dieses Signal irgendeine Wirkung haben würde .... Nichts! .... schwarz und still blieb alles rings umher. – Falsch gerechnet! – – Mit enttäuschter Wut betrachtete er beim Schein seiner Laterne das monumentale eherne Tor mit den schweren Eisenbändern. Sollte er wieder zurück? – Noch einen Blick warf er in die Weite. Da huschte mit einem Male eine gespenstische Lichterscheinung über das Firmament, – nur sekundenlang, dann verschwand sie ebenso schnell. Aber nochmals erstrahlte sie in bläulichem Glanze wie ein Komet. – *Das waren die Scheinwerfer der Russen.* – Wildeste Freude und stolze Genugtuung erfüllte den willensstarken Mann. Gewonnen!! – und Bell lief was er konnte zurück, das Tor für die Truppen offen lassend. Das Lichtpünktchen der Laterne verschwand hinter den Hügeln, atemlos gelangte er zu seiner Lokomotive. – Die Grenzaufseher, echte Söhne des Archivs, hatten von diesen Vorgängen nichts gemerkt.

Der Amerikaner ließ seine alte Maschine rückwärts fahren, unausgesetzt schürte er nach, ein langer Feuerstreifen, aus dem Rauchfang kommend, bewegte sich rasch durch die vollständig dunkle Wüstenei. Die unternehmende Kühnheit Amerikas hatte triumphiert. Bell setzte in überschäumender Lust die Dampfpfeife in Tätigkeit, schrill, schmerzlich klagend, ertönte ihr Ruf durch die Finsternis. «Und jetzt wollen wir Ordnung in dieses Land bringen!» gelobte er sich. Der Schmerz in seiner hochgeschwollenen Hand war mittlerweile aufdringlich geworden. Vergeblich trachtete er, ihn durch einreiben mit Maschinenöl zu lindern. Aber seine sieghafte Freude wurde kaum gestört.

In der Richtung auf Perle fing der Himmel sich zu röten an – – ein greller Schein, der rasch stärker wurde, sich an der Wolkenbank brach und bald den ganzen Horizont einnahm. Besorgt schaute der Amerikaner auf diese neue Glut. Das rostige Ungetüm schob sich jetzt, ohne seine Geschwindigkeit zu vermindern, durch das Schlammeer. Die schwarze, hohe Bugwelle, die es vor sich hertrieb, überschüttete den Führer mit schleimigem Wasser. Die Stücke einer mitten entzwei gerissenen Natter wurden hereingeschleudert und ringelten sich zu seinen Füßen. Der heiße Aschenkasten, fast zur Hälfte im Wasser, zischte in der fettigen Nässe, das Manometer stand auf 99, jeden Moment konnte der Kessel explodieren. Mit einer schweren Zange drückte der Amerikaner das Ventil nieder, um den überschüssigen Dampf zurückzuhalten.

Als die Bahnstation in Sicht kam, hielt er an und sprang ungeduldig ab. Die Lokomotive überließ er ihrem Schicksal und jagte in die Stadt.

Da war alles in brennende Röte getaucht, das Archiv stand in Flammen. Fortwährend fanden kleine Staubexplosionen statt, – hoch in die Luft schleuderte die Lohe die brennenden Papierfetzen, die feurigen Vögeln gleich über die Stadt hinflogen. Eine laut heulende und lachende Menge wogte in den heißen Straßen.

Den Amerikaner erfaßte ein Schauder, er mußte sich auf einen Steinhaufen setzen. Matt und kraftlos preßte er die Worte heraus:

«Patera überläßt seinem Nachfolger nur die Exkremente.»

XX.

Als das Archiv mit seinen Schätzen in Flammen aufging, saß ich auf meinem alten Lieblingsplatze am Strom, dessen Gewässer die Himmelsglut spiegelte. Die noch nie dagewesenen Dinge, welche ich in der letzten Zeit mit angesehen, hatten mich aus meiner Apathie aufgerüttelt. Ich fühlte mein erstarrtes Herz tauen – das übermenschliche Unglück der Traumstädter drohte mich zu erdrücken. Ich hoffte auf den Tod, gleichviel in welcher Gestalt er mich überfallen würde. Daß mit dieser Schreckensnacht alles aus sein müsse, schien nur zu klar. Aber warum wartet das Schicksal so lange und übertrifft sich selbst im Anhäufen qualvollster Martern?

Störungen des Sehvermögens überfielen nun die Traumleute. Zuerst war es ein Regenbogenschein, der die Gegenstände umgab. Später verschoben sich für ihre Augen alle natürlichen Proportionen, kleine Häuschen hielten sie für vielstöckige Türme, die falschen Perspektiven täuschten sie und verursachten ihnen Bangigkeit, sie glaubten sich eingeschlossen, wo sie es nicht waren. Es kam ihnen vor, als hingen die Gebäude gegen die Straßen hinüber, oder balancierten auf zu schmalen Fundamenten. Ihnen entgegenkommende Menschen verdoppelten oder vervielfachten sich, wurden zu Ansammlungen! Sie hoben die Beine, um über eingebildete Hindernisse hinweg zu schreiten, tasteten sich auf allen vieren den Boden entlang, stets vor sich einen Abgrund wähnend.

Viele Menschen verfielen dem Massenselbstmord. Verfolgt und abgehetzt bis zum äußersten, waren sie die widerstandslose Beute von Träumen geworden, in welchen ihnen der Befehl zur eigenen Vernichtung erteilt wurde. Was noch übrig blieb, war dermaßen verwirrt im Kopf, daß sie wahrscheinlich die Bitterkeit ihrer letzten Stunden nicht gespürt haben.

Plötzlich hieß es, Patera sei selbst erschienen. Von vier Dienern habe er sich in einer Sänfte auf den Markt tragen lassen, eine spitze Tiara auf dem Haupte, angetan mit einem grünsamtenen Mantel, der reich mit Perlenstickerei verziert war, wie ein Kardinal die Leute segnend. Der Amerikaner, seiner ansichtig werdend, habe einen Pflasterstein ergriffen und sich wie ein Rasender auf den Herrn gestürzt. Zertrümmert flog die Krone in den Staub. Der Kopf – ein Wachspuppenkopf – zerschellte wie eine Eierschale; die Augen waren mit Quecksilber gefüllt Glaskugeln, die Prunkkleider waren mit Stroh ausgestopft gewesen, – der Meister eine Mystifikation, nichts weiter!

Das Militär hatte längst seine Patronen verschossen. Es rannte in schmierigen roten Hosen im Sturmschritt mit gefälltem Bajonett auf die zerlumpten Tollwütigen. Durch

Schnaps angefeuert, kannten sie kein Pardon. Der Amerikaner stellte sich auf die Seite der Soldaten, welche dem herrisch auftretenden Mann, seitdem sie von der Wachspuppe gehört hatten, zujubelten. Archiv, Post, Bank brannten und erleuchteten die Straßen taghell.

Von dem hochgelegenen französischen Viertel schob sich langsam wie ein Lavastrom eine Masse von Schmutz, Abfall, geronnenem Blut, Gedärmen, Tier- und Menschenkadavern. In diesem, in allen Farben der Verwesung schillernden Gemenge stapften die letzten Träumer herum. Sie lallten nur noch, konnten sich nicht mehr verständigen, sie hatten das Vermögen der Sprache verloren. Fast alle waren nackt, die robusteren Männer stießen die schwächeren Weiber in die Aasflut, wo sie von den Ausdünstungen betäubt, untergingen. Der große Platz glich einer gigantischen Kloake, in welcher man mit letzter Kraft einander würgte und biß und schließlich verendete.

Aus Fensterlöchern hingen die starren Leiber entseelter Zuschauer, deren gebrochene Blicke dieses Königreich des Todes spiegelten.

Verrenkte Arme und Beine, gespreizte Finger und geballte Fäuste, geblähte Tierbäuche, Pferdeschädel, zwischen den langen gelben Zähnen die wulstige blaue Zunge weit vorgestreckt, so schob sich die Phalanx des Untergangs unaufhaltsam vorwärts. Greller Lichtschein flackerte und belegte diese Apotheose Pateras.

XXI.

Unberührt von allem, was sich begab, blieben die Blauäugigen. Sie blickten ruhig über den Fluß. Allerdings mußte auch bei ihnen etwas vorgehen, denn vor ihren sonderbaren Wohnstätten hatten sie große Kessel aufgestellt. Tag und

Nacht sah man sie daran herumhantieren. Augenscheinlich wurde etwas gekocht. Der Wind trug einen beißenden, übelriechenden Qualm herüber, der zum Husten reizte. Der Gestank verwandelte sich bald in Wohlgeruch. Die Blauäugigen, die sonst so ernst und bedächtig waren, tanzten jetzt um die Kessel und sangen monotone, schleppende Chöre. Unsere Banden wollten hinüber. – Längst hatte man herausbekommen, daß man in der Vorstadt lange nicht so unter dem Ungeziefer und dem Schmutz litt. Die Brücke war jedoch eingestürzt und fortgeschwemmt worden. Boote gab es nicht mehr, ein Schwimmversuch zwischen den Reptilien des Stromes wäre Selbstmord gewesen.

Ich weilte am Ufer, wo ich auf einem Brückenpfeiler saß. Nicht mehr fähig, diese Szenen, die meine Fassungskraft übertrafen, zu ertragen, wollte ich meinem Leben ein gewaltsames Ende bereiten. Fasziniert starrte ich in die trüben Fluten, die ich mir zum Grabe erkoren hatte. – Im nächsten Augenblick sollten sie mich aufnehmen. Ich hatte das deutliche Gefühl, daß mir etwas ungeheuer Großes jetzt bevorstehen müsse.

Langsam, ganz allmählich ließ ich mich hinuntergleiten, – *es war wie im Traum!*

Unter gurgelndem Sausen bildete sich mitten im Wasser ein gähnender Trichter und ein schwarzes Loch saugte den Strom in sich. Die noch immer glimmenden Überreste der Mühle versanken zischend in weißen Dämpfen.

Die Lange Gasse stürzte in sich zusammen, ich erblickte infolgedessen den Palast, der von hier aus sonst nicht sichtbar gewesen war. Hellrot beschienen und erhaben ragte seine geschlossene Masse über die Trümmer. Ich dachte, jetzt müßten Posaunen ertönen, das jüngste Gericht sei angebrochen. In tobenden Katerakten stürzte sich der Negro in das gierig geöffnete Maul des schwarzen Strudels, das sich auf seinem Grunde aufgetan hatte. Fische und Krebse zappelten im Schlamm und blieben an den Wasserpflanzen hängen.

Da gewahrte ich eine kleine Schar Männer am jenseitigen Ufer, die durch das sandige Flußbett herüberkamen: die Blauäugigen. Gesenkten Hauptes schritten sie an mir vorbei. Zuerst ein gebücktes Wesen mit einem vielfach gefurchten, wie zersprungenen Gesicht, als wäre es tausend Jahre alt. Von dem ungewöhnlich hohen Schädel fielen lange schlichte Silbersträhnen. Es kam mir einen Augenblick in den Sinn, es könne eine Frau sein. Dann die andern! Lauter hohe, abgezehrte Gestalten. Der letzte, ein wenig größer und aufrechter schreitend, blickte sich nach mir um. Ich schaute in das schönste Gesicht, das ich je gesehen habe, das Antlitz Pateras ausgenommen. Wie aus Porzellan geformt, war das reine Eirund des Kopfes. Mit den durchsichtig dünnen Nasenflügeln, dem schmalen, etwas eingedrückten Kinn, kam mir der Mann wie ein überfeinerter Mandschuprinz oder wie ein Engel aus einer buddhistischen Legende vor. Seine schlanken, langen Gelenke sprachen von äußerster Entwicklung der Rasse. Alles Haar war abgeschabt und vollkommen glatt spannte sich seine Haut. Mit einem unvergleichlichen Blick aus seinen blauen Augen sah er mich an. Das konnte keine Zurückweisung sein – ich folgte ihm nach.

Da dehnte und streckte sich der Boden wie Kautschuk, ein betäubender Knall wie von vielen hundert Kanonen erschütterte die Luft. Langsam neigte sich die Fassade des Palastes, bog sich wie ein Fahnentuch im Wind und begrub den großen Platz unter ihrem Angesicht. –

Von allen Türmen Perles ertönten die Glocken, melodisch, imposant läuteten sie den Schwanengesang der sterbenden Stadt. Ich war zu Tränen gerührt, mir war als schritte ich im Leichenzug beim Begräbnis des Traumreiches.

Ich folgte den blauäugigen Männern durch ein schmales Tor, das in die Felswand eingelassen war. Im trüben Licht einzelner Fackeln führte eine lange Stiege mit ungleichmäßigen Stufen empor. Meine Führer verschwanden in einem Felsgeschoß, das seitlich in die Wand gegraben war. Ich aber stieg immer höher, um mich nach einem geschützten Platz umzusehen und gelangte wieder ins Freie und sah den geröteten Himmel über mir. Ich befand mich in der alten Bergfestung. Einzelne Geschütze standen noch auf die Stadt gerichtet, sonst waren die Lafetten zerbrochen und die bronzenen Rohre lagen verstreut auf den Wällen. Schroff fiel hier die Bergwand einige hundert Meter ab. Ich setzte mich. Unter mir sah ich ein Labyrinth von Gängen, ich traute meinen Augen kaum! Die Stadt war vollständig unterminiert gewesen wie ein Maulwurfsbau. Ein breiter Tunnel verband den Palast mit der Vorstadt, andere reichten bis weit in das Land hinein. Diese nun offen daliegenden Gänge füllte jetzt das dunkle Wasser des Negro, alles was noch stand, versank allmählich in ihnen. – Von der anderen Seite flutete der Sumpf immer näher heran.

Das Geläute war verstummt, die Türme eingestürzt, nur der große Uhrturm stand noch, seine mächtige Glocke summte in tiefen Baßtönen. Leben sah ich kaum mehr. Ein kleiner Trupp Menschen schien nur entronnen zu sein. Sie schossen nach allen Richtungen auseinander und fuhren dann wieder auf einen Punkt zusammen, wie Marionetten, von einer einzigen Schnur regiert; so sahen sie von hier oben aus. –

Zwecklos schienen die Leute da unten herumgehetzt zu werden. Endlich rasten alle, einem unsichtbaren Kommando folgend, über die Trümmer in erstaunlichen, letzten Sprüngen gegen den Strom, setzten durch sein leeres Bett und warfen sich gegen die Vorstadt.

Aus einem großen Loch in der Erde blies ein eiskalter

Wind bis zu mir herauf, so daß die Flüchtlinge über den Haufen purzelten. Das unheimliche Loch atmete die ausgestoßene Luft wieder ein, Bretter, Balken und Menschen verschwanden in ihm; wie eine Windhose war es anzusehen. – Nur einige wenige entkamen und wollten sich in den Häuschen der Vorstadt verstecken. Dann hörten die Windstöße auf, und vorsichtig streckte sich ein Kamelskopf aus dem dunklen Loche. Er saß an einem endlosen Halse, blickte sich klug um und hob sich bis zur Höhe meines Standortes. Da lachte er lautlos und zog sich wieder zurück.

Die Hütten fingen an, sich zu bewegen, die Windmühlen schlugen mit ihren Armen nach den Eindringlingen, die Strohdächer sträubten ihr struppiges Haar, die Zelte blähten sich, als beherbergten sie Winde, die Bäume griffen mit ihren Ästen nach den Menschen, die Stangen bogen sich wie Rohre, schließlich kletterten die Tempelchen und Häuser aufeinander und *sprachen* mit entsetzlich lauter, vernehmlicher Stimme in schnarrendem Ton seltsame Worte – – eine unverständliche, dunkle Häusersprache! – – –

In den Kanälen schwammen noch immer Leichen, die jetzt langsam in den Schoß der Erde eingesogen wurden. Dann verwischte sich alles vor mir, ich glaube noch bemerkt zu haben, daß die Häuserpyramide in der Vorstadt krachend zusammenstürzte.

Es war, wie wenn sich eine Wasserschicht zwischen mich und die Dinge da in der Tiefe schieben wollte. Von oben senkten sich Nebel, undeutlich verschwimmend glänzte der Feuerherd, einige Male noch hörte ich ein Massengeschrei, ein langgedehntes; ohooo – ohoooo – – – – dann sah ich nichts mehr, alles war in dichten Nebel gehüllt, kaum die Hand vor den Augen konnte ich erblicken. – – – Bald wurde es heller, eine große, glänzende Scheibe war am Himmel, unzählige glimmernde Pünktchen überdeckten das dunkelblaue Firmament. ... Es waren der Mond und die Sterne....

Seit drei Jahren hatte ich diesen Anblick entbehrt, fast vergessen hatte ich diese große Welt über uns und ich mußte mich dem Eindruck dieses unendlich hohen Himmels eine Weile willenlos hingeben. Eine scharfe Kälte drang mir in die Knochen und ich blickte fröstelnd hinab. Die weite Wolkenbank, der Himmel des Traumreichs, hatte sich gesenkt.

Da begann ein dumpfes Rollen in der krausen Wolkenmasse unter mir, ein Donnern, als stürmten unsichtbar die apokalyptischen Reiter daher, endlos schwoll es an, brandete an den steilen Bergen, kam doppelt und dreifach zurück, nahm ab und stieg ins Ungeheure, verteilte sich, grollte aus allen Hochtälern und über alle Pässe, wollte kein Ende nehmen, dauerte lange, lange und verebbte langsam. – –

Das war der *Untergang des Traumreichs*.

Eine graue Decke war über das Land gebreitet, am Horizont ragten klar im Mondlicht die Gletscher des Tienschangebirges.

Viertes Kapitel

Visionen – Der Tod Pateras

I.

Eine nie empfundene Leichtigkeit war in mir, ein süßlicher, matter Duft drang aus meinem Innern herauf, meine Gefühle waren von Grund aus verwandelt, mein Leben war nichts als ein waches Flämmchen. Schlief ich vielleicht? – Wachte ich? – War ich tot? Von ferne hörte ich ein paar leerklingende Rufe, wie helle gebrochene Akkorde. Es krähte ein Hahn und ich vernahm leises Orgelspiel, einen einfachen Choral. – Ich blickte auf und sah tief unter mir eine anheimelnde deutsche Winterlandschaft, ein Gebirgsdörfchen; es schien gegen Abend zu gehen, die Orgelklänge drangen aus dem geöffneten Portal einer kleinen Kirche. Dorfjungen zogen ihre Handschlitten durch den aufgeweichten Schnee der Straße, Frauen in große bunte Tücher gehüllt, kamen aus dem Gotteshaus; unter den weit vorspringenden, mit Steinen belegten Holzdächern der Bauernhäuser standen gebückte Gestalten. – Auf einmal erkannte ich alles; – es war der Flecken, in dem ich meine Kindheit verlebt habe. Jeder dieser Menschen war mir gut bekannt, in einem Paar entdeckte ich mit freudigem Schreck meine Eltern – mein Vater trug seine gewöhnliche braune Pelzmütze. – Ich wunderte mich nicht, daß die meisten Menschen da unten längst gestorben waren, sondern wollte mich gerade in diese wirklich gewordene Vergangenheit begeben, aber ich konnte kein Glied rühren. Ich sah ein paar Raben gegen den zugefrorenen See fliegen, über den vermummte Wesen gingen, – da wurde alles blaß und blasser – und verschwand –

Ich sah nichts mehr in der Finsternis. Die Orgelmusik erfüllte mich so wunderbar, daß ich glaubte, selbst in ihren Klängen zu leben; immer neue, noch vollere Akkorde gesellten sich hinzu, – doch unvermittelt brach die Harmonie ab. –

Die Stadt Perle stand am alten Fleck. – Aus dem Palaste trat Patera, atmete tief und so geräuschvoll, daß ich es bis herauf hörte, streckte sich, und wurde dabei immer größer. Schon war sein Kopf bis in meine Höhe gewachsen, er hätte den ganzen Palast als Schemel benutzen können. Seine Kleider waren geplatzt und von ihm abgefallen. Sein Gesicht bedeckten die lang herabfallenden Locken. – Mit den ungeheuren Füßen schob er die Straßen auseinander, und beugte sich über den Bahnhof, wo er nach einer Lokomotive griff. Darauf blies er wie auf einer Mundharmonika, wuchs aber zusehends immer nach allen Seiten, so daß ihm sein Spielzeug bald zu klein wurde. Da brach er den großen Turm ab und schmetterte damit entsetzliche Drommetenstöße gegen den Himmel, schrecklich war sein nackter Leib anzusehen. Jetzt entwickelte er sich ins Grenzenlose, grub einen Vulkan aus, an welchem noch ein schneckenförmig gewundener Granitdarm der Erde hing. Dieses gigantische Instrument setzte er an seine Lippen – es dröhnte, daß das Weltall erzitterte. Aufgerichtet stand er da, seine oberen Körperteile reichten in die Wolken, sein Fleisch war wie aus Hügeln zusammengesetzt. – Er schien von Wut erfüllt! In der Ferne sah ich ihn niederknien, Vogelscharen fingen sich in seinem langen Haar. Er watete in ein Meer, das ihm kaum bis zu den Hüften reichte, aber austrat und die ganze Erde überschwemmte. Mit seinen ungeheuren Armen ruderte er in den Gewässern und fing Schiffe und zappelnde Meerungeheuer. Zerquetscht warf er alles wieder von sich. Er zertrat die Gebirge, die wie Lehm aufspritzten, große Ströme ergossen sich in seine Fußstapfen. Er wollte alles vernichten. Bis in die entferntesten Berghütten spritzte er seinen siedenden Harn, daß die nichtsahnenden Bewohner, von dem Dampfe verbrüht, umkamen. Er stampfte in der graugelben Sintflut herum, sein erregter Leib war von Rauchwolken eingehüllt. Aus meilenweiter Entfernung warf er Fäuste voll Menschen herüber, die als ein Leichenregen niedersausten. Jetzt kam in einen gewaltigen Gebirgszug, der sich von West nach Ost erstreckte, Bewegung. Ich sah, daß es der schlafende Amerikaner war. Patera warf sich der Länge nach auf diesen Feind; während sie rangen, kochte das Meer in haushohen Wellen auf. Ich aber wußte mich in der Hand meines Schicksals und blieb ruhig.

Es war ein Blutozean, der sich, so weit meine Blicke schweiften, da unten dehnte. Die purpurnen heißen Fluten stiegen immer höher, meine Füße wurden von dem rosenfarbenen Schaum der Brandung bespült. Ein ekelhafter Dunst stieg mir in die Nase. – Das rote Meer trat zurück und verfaulte vor meinen Augen; immer dicker und dunkler und schwärzer wurde das Blut, während es manchmal in allen Farben des Regenbogens schillerte. Oft teilte sich die zähe Flüssigkeit, es ward der Grund dieses Meeres sichtbar, der mit weichem Kot bedeckt war und entsetzliche Dämpfe verbreitete.

Patera und der Amerikaner verkrallten sich zu einer unförmlichen Masse, der Amerikaner war gänzlich in Patera hineingewachsen. Ein ungeschlachter, nicht übersehbarer Körper wälzte sich nach allen Seiten. Dieses gestaltlose Wesen besaß eine Proteusnatur, Millionen kleiner, wechselnder Gesichter bildeten sich an seiner Oberfläche, schwatzten, sangen und schrien durcheinander und zogen sich wieder zurück. Aber auf einmal kam Ruhe in das Ungeheuer, das sich zu einer gigantischen Kugel drehte, den Schädel Pateras. Die Augen, groß wie Weltteile, hatten den Blick eines hellsehend gewordenen Adlers. Jetzt bekam er ein Parzengesicht und alterte vor mir um Millionen Jahre. Die Urwälder seiner Haare lösten sich von dem Haupte, die glatte Knochenschale trat zutage. Plötzlich zerstob das Haupt, ich starrte in ein unbestimmtes grelles Nichts....

Jetzt sah ich weit draußen den Amerikaner, welcher nun selber die furchtbare Größe Pateras hatte. Die Augen in seinem Cäsarenkopfe schossen diamantene Blitze, er kämpfte mit sich selbst in einem dämonischen Paroxysmus, die enormen Wölbungen seiner strotzenden Adern schlängelten sich in einem bläulichen Netz an seinem Halse, er versuchte, sich zu erdrosseln, – vergebens! Mit aller Kraft schlug er sich auf die Brust, es klang wie ein stählernes Schallbecken, das Gedröhne betäubte mich fast. Dann schmolz dieses Ungeheuer schnell zusammen, nur sein Geschlecht wollte nicht kleiner werden, und schließlich klebte er wie ein unscheinbarer Parasit an einem über alle Möglichkeit großen Phallus. – Dann fiel der Parasit wie eine vertrocknete Warze ab, gleich einer ungeheuerlichen Schlange kroch das fürchterliche Glied über die Erde, wand sich wie ein Wurm und verschwand, kleiner werdend, in einem der unterirdischen Gänge des Traumstaates.

Meine Blicke durchdrangen die Erde, in all diesen Gängen wohnte ein tausendarmiger Polyp, elastisch wie Kautschuk streckten sich seine Glieder unter alle Häuser, schlüpften in alle Wohnungen, saugten sich unter jedes Bett, beunruhigten mit ihren feinen Härchen und Warzen alle Schläfer, dehnten sich endlos auf viele Meilen hinaus, ringelten sich zu Klumpen zusammen, die bald schwarz, bald oliv, bald bleich fleischfarben irisierten.

Wieder blendete mich die Helligkeit. Zwei violette,

leuchtende Meteore stiegen von entgegengesetzten Richtungen auf, näherten sich einander und stießen zusammen. Die Luft stand in Weißglut. Bunte Blitze zuckten und kreuzten sich vielfach. Da war es, als entständen auf Sekunden prachtvoll gefärbte sonnige Welten mit Blumen und Geschöpfen, wie ich sie nie auf Erden gesehen habe. Ein sprühendes, ungebärdiges Leben sauste durcheinander an meiner Seele vorbei. Denn nicht mehr mit dem Auge sah ich das – nein, *nein*! ich hatte mich vergessen, ich selbst ging auf in diesen Welten, nahm teil am Schmerz und an der Freude zahlloser Wesen. Rätsel entschleierten sich mir, fremdartig und unschilderbar.

Irgendwo splitterte etwas – ich hörte Klumpen fallen. – Weiche knochenlose Massen entstanden, weiblich im Ausdruck. Es durchpeitschte sie ein intensiver Formungsdrang; prickelnd glühten Lichtpunkte auf, tausend Harmonien durchfuhren die Räume. Diese wieder flossen ineinander zu einem unteilbaren, wässerigen, leuchtenden Schleim. – Wo eben noch ein Meer gerauscht hatte, gefror eine Eiskruste, die zerplatzt, geometrische Figuren nach allen Seiten warf.

Ich gehörte dazu und erfaßte alles mit namenlosen Kräften. Nach Ereignissen, die zeitlos, ewig waren, nach Spannungen eines immer eruptiver werdenden Wandels, schlug alles ins Gegenteil um. Auf das Gebären folgte ein Drang nach einem Mittelpunkt – und im Nu war er erreicht. Eine sanfte, selige Schwäche durchstrahlte die Welt. Aus einem matten Verstehen wurde eine Kraft, eine Sehnsucht. – Es war eine ungeheure, selbstverständliche Gewalt, – es wurde dunkel. – In klaren, regelmäßigen Schwingungen versank das All in einen Punkt.

Ich wußte nichts mehr. –

II.

Unter einem stechenden Schmerz erwachte ich zum Glück, denn die Kälte war dermaßen gestiegen, daß nicht viel gefehlt hätte, so wäre ich erfroren.

Ein weites Tal öffnete sich vor mir, zum Teil noch erfüllt von den violetten Nebeln der Nacht, grandiose, zerklüftete Bergketten, steile Alpenmatten; über dieses Bild wölbte sich ein zarter grünlicher Morgenhimmel und die höchsten, mit Schnee bedeckten Spitzen glänzten schon im rosigen Schein. Schon zerteilten sich die Nebel, einzelne Flocken versanken in den dunkeln Wäldern. Ich rieb mir die Augen. – In welchem Lande war ich? – Würzige Düfte stärkten mich, auf einmal rötete sich der Himmel, es kam hinter den Firnen hervor wie eine tönende Glanzfanfare – ich sprang schreiend auf: das war die *Sonne*, die große Sonne! – Aber meine Augen waren zu schwach, um diesem Eindruck standzuhalten, ich vertrug den Tag nicht mehr und versuchte, das Dunkel des Berges zu gewinnen. Aus der fernen Ebene drangen Hornrufe, man sah von weitem dunkle Kolonnen näher kommen! Unter mir erblickte ich ein weites Trümmerfeld, durchzogen von unzähligen, mit Steinen angefüllten Gräben. Ich stieg zitternd in den Bergschacht.

Ich betrat den Felsensaal; mit seinen zwei Reihen mächtiger, figurenbedeckter Säulen erinnerte er an einen Höhlentempel. In einem weiten ehernen Becken brannte eine Naphtaflamme, eine unruhige, orangegelbe Zunge. Sie war das einzige Licht hier und drang kaum bis in den tiefen Hintergrund, wo die Blauäugigen hockten. Am liebsten hätte ich mich in meiner Angst zurückgezogen, aber ich wollte ihnen für meine Rettung danken; über die Zukunft hatte ich noch keinen Augenblick nachgedacht.

Ich konnte mich nicht entschließen, in meinen ausgefransten Kleidern vor diese ernst schweigende Versammlung zu treten. Verborgen, im Schatten einer Säule, wollte ich warten. Da schreckte mich ein heiserer Seufzer. Am Eingange bewegte sich etwas Dunkles, ein Haufen schwarzer Stoffe, wie ich in der unsicheren Beleuchtung annahm. Mühselig, ächzend und mit schleifenden Schritten näherte sich da ein Wesen. Ein Mensch? – Er hielt das verhüllte Haupt tief gebeugt und trug ein weit nachschleppendes Gewand. Beim Feuerbecken blieb es stehen und schlug seinen Schleier zurück. – Patera?? – Ja, und nein! – Aber er war es doch! – – – Welche Veränderung war mit ihm vorgegangen?! Wie unter einer seine Kräfte übersteigenden Last stöhnend kam er näher, die merkwürdige Fähigkeit, sich beliebig wandeln zu können, schien von ihm gewichen zu sein; nur von Müdigkeit – von namenloser Müdigkeit sprach dieses Gesicht. Seine Augen waren halbgeschlossen. Er hatte jetzt wieder etwas Menschliches, und ich empfand nicht die geringste Furcht mehr vor ihm. Die wächserne tote Farbe war verschwunden, er erinnerte wieder an den Menschen, den ich auf der Schule gekannt. So schleppte er sich, wie unter etwas Unabwendbarem leidend, zögernd an mir vorbei und den Blauäugigen entgegen. Diese hatten sich erhoben und erwarteten ihn – wie Bildsäulen anzusehen – in einem Halbkreise vor dem Feuerbecken. Einer der Ältesten trat auf ihn zu und überreichte ihm ein kleines Gefäß, eine Vase, soweit ich erkennen konnte; dann fiel der Greis vor dem Herrn zu Boden; auch die anderen hatten sich niedergeworfen und ihr Antlitz verborgen. Eine tiefe, religiöse Wallung überkam mich so stark, daß ich unwillkürlich meine Knie beugte und die Hände faltete.

Patera bewegte sich mit schwerem Schritt in einem Bogen um den brennenden Quell und stieg mehrere Stufen hinunter bis zu einer kleinen, halbrunden Türöffnung. Daraus leuchtete ein so unerhörter Glanz, daß ich beide

Hände vor meine Augen halten mußte. Die Naphtaflamme qualmte dagegen trübe. Der Herr wandte sich gegen uns, die wir alle regungslos dalagen und ihn wegen des Glanzes kaum anzusehen wagten. – Pateras Augen hatten auch die letzte Spur des Unheimlichen verloren – – diese großen Augen leuchteten nunmehr in einem feuchten, dunklen Blau – – und umfaßten uns alle mit einem Blick grenzenloser Güte. Dann sah ich noch einmal das Profil von denkbar schönster Reinheit strahlend hell vom Hintergrunde sich abheben. Er warf mit einer kurzen Bewegung seines Kopfes die dichten, langen Locken zurück und verschwand. Langsam wurde der lange, schwarze Flor nachgezogen. Die erzene Tür fiel ins Schloß.

Alle erhoben sich und traten vor die Pforte; auch ich kam aus meinem Winkel hervor. Im Nebenraum mußte etwas Außergewöhnliches vor sich gehen. Man hörte ein Geräusch, als wenn Kolonnen von Menschen sich bewegten. Auf einmal zuckte die Flamme im Feuerbecken wild auf, färbte sich grün und erlosch. Wir befanden uns in völliger Finsternis.

Von drinnen schallten schauerlich lang anhaltende Schreie und erschütterten derart mein Herz, daß ich zusammenzuckend mir die Ohren zuhalten mußte, um die Besinnung nicht zu verlieren.

Es waren schneidende Töne, wie von einer Riesensäge, die mit ihren Zähnen den Fels zerfrißt. Zuletzt ging es in das tiefe, rauhe Stöhnen eines verwundeten Raubtieres über, – auch das wurde nach und nach schwächer und hörte mit einem entsetzlichen Rasseln auf. – – –

Als wir öffneten, fanden wir in dem Gemache, welches ein bläuliches Licht matt erhellte, alles zertrümmert, geschmolzene Metalle, zernagte Steine, abgesprengte Felsstücke. – – Und da – der Herr . . . . !

Zu einem Bündel geknäult, gegen die Wand gekehrt, lag

er in einer Ecke, wie von einer fremden Gewalt hingeschleudert, das Gesicht nach unten. –

Der verschrumpfte Körper erschien mir auffallend klein und schwächlich. Der Herr und dieses in sich zusammengezogene Ding, das mußte zweierlei sein. Ich begriff nicht! Diese gräßliche, Mitleid heischende Hinfälligkeit sollte dasselbe sein, was soeben diesen Raum betreten hatte?!

Ein unvorstellbarer Todeskampf hatte den Leib des gewaltigsten Geschöpfes verkrümmt. Wenn auch rußig und beschmutzt, das war dasselbe mächtig gewölbte Haupt, das wir alle so gut kannten.

Die Greise hoben ihn auf. Als man die Leiche gewaschen hatte, löste sich langsam die Starre. Aus dem Gesicht verschwand die Verzerrung. Die Augendeckel ließen sich schließen und das Grinsen machte dem erhabensten Ausdruck der Ruhe Platz. *Die dunkelblonden Locken Pateras waren im Sterben weiß geworden!*

Auf den Boden ausgestreckt, kam mir die Leiche bedeutend länger vor, aber zu meinem Schrecken wuchs sie noch immer – ruckweise, knackend, wie aus einem geheimen Kraftüberschuß. Erst nach einiger Zeit hörte dieses Wachstum auf. Im Verhältnis zur Länge des Körpers wirkte das wuchtige Haupt fast zierlich, hell umflossen von der bleichen Mähne: marmorn, kalt, gleich einem Götterbildnis der antiken Welt.

Der Körper war von einer unbeschreiblichen Schönheit. Ich schaute eine Anmut und Reinheit der Formen, daß ich nicht begriff, wie so etwas auf unsere Erde kommen konnte. Ich stand vor ihm, dem Herrn, in meinen Lumpen und sah zum ersten und letzten Male die wirkliche Majestät. Keiner der anwesenden Blauäugigen wagte, durch eine Bewegung die stille Unnahbarkeit zu durchbrechen. Einer nach dem andern ging hinaus. Ich war wieder der letzte; mit angehaltenem Atem und auf den Zehenspitzen schlich

ich mich fort. Die Blauäugigen verließen den Berg, keinen habe ich mehr gesehen.

Ich setzte mich auf die unterste Treppenstufe.

Ein Weinkrampf erfaßte mich.

Fünftes Kapitel

Schluss

Ein weites, weites Trümmerfeld; Schutthaufen, Morast, Ziegelbrocken – der gigantische Müllhaufen einer Stadt. Es ist noch alles in bläuliche Frühnebel gehüllt. Nur die Felsenberge im Hintergrunde fangen an, sich im Scheine der aufgehenden Sonne zu vergolden. Der Himmel, obgleich noch ziemlich dunkel, ist wolkenlos. Ein barhäuptiger Mann mit einem wuchtigen Gepäckstück auf der Schulter bahnt sich mit festen und doch elastischen Tritten den Weg durch das Geröll. Er trägt einen schmalschwänzigen Frack mit breiten Sammetaufschlägen, und enge, an den muskulösen Beinen straff angezogene Pantalons nach der Wiener Mode der sechziger Jahre. Aber diese Garderobestücke sind mit Brand- und Blutflecken bedeckt und an vielen Stellen durchlöchert. Er gleicht einem Einbrecher, der seinen Raub in Sicherheit bringen will. Nun stellt er seine Last auf einen großen Stein, welcher sich ihm wie ein Tisch darzubieten scheint. Den schmutzigen Überzug streift er herunter, – ein nagelneuer Lederkoffer mit polierten Messingbeschlägen steht da. Diesem entnimmt Herkules Bell einen eleganten Anzug sowie modernes Unterzeug und beginnt sich umzukleiden. Dann rasiert er sich sorgfältig, prüft sein Gesicht in einem Handspiegel, holt einen neuen, breitkrämpigen Panama hervor und steckt sich seine kurze Pfeife an; ein dünner Pfefferrohrstock mit goldener Krücke gibt seiner Toilette die letzte Vollendung.

Keiner hätte seiner frischen Haltung, seinem gebräunten

Teint die überstandenen Abenteuer und Strapazen angesehen, nur an den Schläfen war das sonst pechschwarze Haar ein wenig ergraut. So ging der Amerikaner den anrückenden Europäern entgegen.

Generalleutnant Rudinoff schickte als Avantgarde eine Schützenabteilung voraus, die sich unter Benützung aller möglichen Deckung an die rauchenden Mauerreste heranschlich, aber einen Feind mit bestem Willen nicht entdecken konnte. Auf ihre Meldung entschloß sich der General zum weiteren Vorrücken. Durch die Feldstecher nahm man jetzt ein kleines Fort wahr, das auf einer mit dem Berge zusammenhängenden Felsnase erbaut war. Rudinoff ließ einige Batterien abprotzen und die Geschütze auf die hochgelegene Festung einstellen. Dann sandte er einen Parlamentär, zwei Kosaken mit weißen Flaggen und einen Trompeter vor, um dem Feinde ein Ultimatum zu überbringen, wonach er sich sofort in Kriegsgefangenschaft zu begeben hätte. – Alle Waffen und sein Eigentum seien an die Russen auszuliefern – etwaige in seinem Gewahrsam gehaltene Angehörige europäischer Staaten sogleich in Freiheit zu setzen. Der Parlamentär fand aber einen verlassenen Boden, der mit größtenteils bis zu Sand zermalmtem Gestein bedeckt war. Ab und zu ragten wohl noch ein paar verkohlte glühende Holztrümmer aus dem Schutt; längerer Aufenthalt auf diesem Platze schien aber nicht angezeigt, denn der Boden senkte sich und wurde schlammig. Die Trümmer rutschten langsam in die Tiefe.

Es war niemand da, dem man das Ultimatum hätte zustellen können.

Der Befehlshaber war mit dieser Botschaft unzufrieden. Man hatte sich schon etwas allzu sicher auf reichgefüllte Schatzkammern gefreut.

So wurde der Entschluß gefaßt, bis an den Berg vorzudringen, natürlich unter Beobachtung der größten Vorsichtsmaßregeln, denn ein Teil der Stabsoffiziere hielt hartnäckig an der Idee eines gestelten Hinterhaltes, maskierten Batterien u. dgl. fest.

So fand man das kleine Tor in dem Felsen und auf der untersten Stufe der Treppe mich in vollständiger Besinnungslosigkeit liegen. Diesem glücklichen Umstande verdanke ich es, daß ich mit dem Leben davongekommen bin.

Man trat mir auf das freundlichste entgegen. Journalisten, die meinen Namen von früher her kannten, wollten mich unaufhörlich interviewen. Verschiedene Zeitschriften wollten meine Photographie bringen, mit Ansichten des Platzes, auf dem die Traumstadt gestanden hatte. Ich war zu schwach, um all den auf mich einstürmenden Anfragen gerecht zu werden und verwies auf Mister Bell, welcher sich nun auch bei den Europäern eingefunden hatte.

Von dem Tempel im Innern des Berges fand man nichts mehr, eine Verschiebung der Gesteinschichten war eingetreten und hatte alle Zugänge verschlossen. Über meine Vermutung einer derartigen Veränderung schüttelten anwesende Geologen sehr komisch den Kopf. Ich sah, daß die Leute mir keinen Glauben schenkten, um so mehr, als der Amerikaner sich groß tat und prahlte, er habe mit der Zertrümmerung der Wachspuppe dem ganzen Paterahumbug ein Ende bereitet.

Wir beide waren übrigens nicht die einzigen, die die Katastrophe überstanden hatten. Im nahen Urwalde jagten herumstreifende Soldaten ein Rudel halbnackter Geschöpfe auf, die auf Bäumen saßen und heftig sprachen und gestikulierten. Es stellte sich heraus, daß es ebenfalls Traumstädter waren, 6 Israeliten, Besitzer von Gewürzkrämereien. Ich hörte später, daß sie sich auffallend rasch erholt haben und in den großen Städten des europäischen Nordens und Westens zu großem Reichtum gekommen sind.

Dann fand man bei Nachgrabungen in einem warmen

Aschenhaufen eine eingetrocknete Figur; sie wurde abgestaubt – eine Mumie, hieß es. Ein Regimentsarzt fand aber noch Leben in ihr, mühte sich ab und brachte den kleinen Funken wieder zum Brennen. Alles lief, um diesen Geretteten zu sehen, der, wie sich bald herausstellte, weiblichen Geschlechts war. Ein hoher russischer Offizier, Träger eines alten Namens, erkannte in ihr seine Tante, die Prinzessin von X. Er ließ sie wieder herrichten und putzen und nahm sie nach Europa mit.

Ich selbst trat die Heimreise über Taschkent an in Begleitung eines Arztes und mußte zunächst in Deutschland eine Heilanstalt aufsuchen, um mich zu erholen und mich an die alten Lebensverhältnisse, besonders an das Sonnenlicht, zu gewöhnen. Es dauerte Jahre, bis ich wieder halbwegs zutraulich zu meiner Umgebung wurde und meinem Berufe in gewohnter Weise nachgehen konnte.

Nach einem Telegramm: «Gebiet des Traumstaates vollständig besetzt» – verhielten sich alle Teilnehmer an dem Zuge still, wie es sich für blamierte Europäer gehört.

Das Phänomen Patera bleibt ungelöst. Vielleicht waren die Blauäugigen die wirklichen Herren, die durch magische Kräfte eine leblose Paterapuppe galvanisierten und das Traumreich nach Gefallen schufen und vergehen ließen.

Der Amerikaner lebt heute noch und ihn kennt alle Welt.

EPILOG

«Der Mensch ist nur ein selbstbewußtes Nichts»
Julius Bahnsen

In der Heilanstalt mußte ich immer wieder dem Zauber der gewaltigen Schauspiele, die ich erlebte, nachsinnen. Mein Traumvermögen war augenscheinlich erkrankt, die Träume wollten meinen Geist überwuchern.

Ich verlor in ihnen meine Identität, sie griffen oft in historische Perioden zurück. Fast jede Nacht brachte mir entlegene Begebenheiten, und ich bin der Meinung, daß diese Traumbilder aufs engste verkettet waren mit Erlebnissen meiner Ahnen, deren seelische Erschütterungen sich vielleicht organisch geprägt und vererbt haben. Noch tiefere Traumschichten öffneten sich mir im Aufgehen in Tierexistenzen, ja im bloßen bewußten Hindämmern in Urelementen. Diese Träume waren Abgründe, denen ich mich willenlos preisgegeben sah. Sie hörten auf, als wir besseres Wetter bekamen und klare, schöne Nächte.

Die Tage verliefen nun eintönig. Jetzt plagten mich Untätigkeit und Langeweile. Langsam hatte ich mich kräftigen und wieder arbeiten wollen. Ich sah aber, daß ich zu gar nichts mehr tauglich war. Die Wirklichkeit schien mir eine widerwärtige Karikatur auf den Traumstaat. Mich erquickte nur noch der Gedanke an das Hinschwinden, an den Tod. Mit aller Inbrunst, deren ich noch fähig war, umfing ich ihn.

Ich liebte ihn ekstatisch, wie wenn ich ein Weib gewesen wäre, ich war verzückt. In den nun folgenden, vom Lichte des Mondes erfüllten Nächten gab ich mich ihm völlig hin, schaute ihn an, fühlte ihn und genoß überirdische Wonnen. Ich war der Vertraute dieses ungeheuersten Herrn, dieses glorreichen Weltfürsten, dessen Schönheit unschilderbar ist für alle, die ihn fühlen. Er war mein letztes, mein größtes Glück. In jedem abgefallenen Blatt, im nassen Rasen, in der Erdkrume selbst erkannte ich ihn. Seinem katzenhaften Werben nachzugeben, seine Zerstörungen als Liebesumarmungen zu fühlen, machte mich glücklich! Bezeichnend für diese Zeit ist eine Vorliebe für halbwelke Blumen.

An mein eigenes Sterben dachte ich wie an die größten, himmlischen Freuden, die ewige Hochzeitsnacht wäre dann angebrochen.

Wie sträubt sich doch alles gegen ihn, und wie gut meint er es! In jedem Gesicht forschte ich neugierig nach seinen Zeichen, in den Runzeln und Falten des Alters entdeckte ich seine Küsse. Immer wieder neu erschien er mir; wie köstlich waren seine Farben! Seine Blicke gleißten so verführerisch, daß sich der Stärkste ihm ergeben mußte, dann warf er seine Vermummung ab und mantellos schaute ihn der Sterbende, umglänzt von Diamanten, in tausend spiegelnden Fazetten.

Als ich mich dann wieder ins Leben wagte, entdeckte ich, daß mein Gott nur eine Halbherrschaft hatte. Im Größten und im Geringsten teilte er mit einem Widersacher, der Leben wollte. Die abstoßenden und anziehenden Kräfte, die Pole der Erde mit ihren Strömungen, die Wechsel der Jahreszeiten, Tag und Nacht, schwarz und weiß – das sind Kämpfe.

Die wirkliche Hölle liegt darin, daß sich dies widersprechende Doppelspiel in uns fortsetzt. Die Liebe selbst hat einen Schwerpunkt «zwischen Kloaken und Latrinen». Erhabene Situationen können der Lächerlichkeit, dem Hohne, der Ironie verfallen.

Der Demiurg ist ein Zwitter.

Inhalt

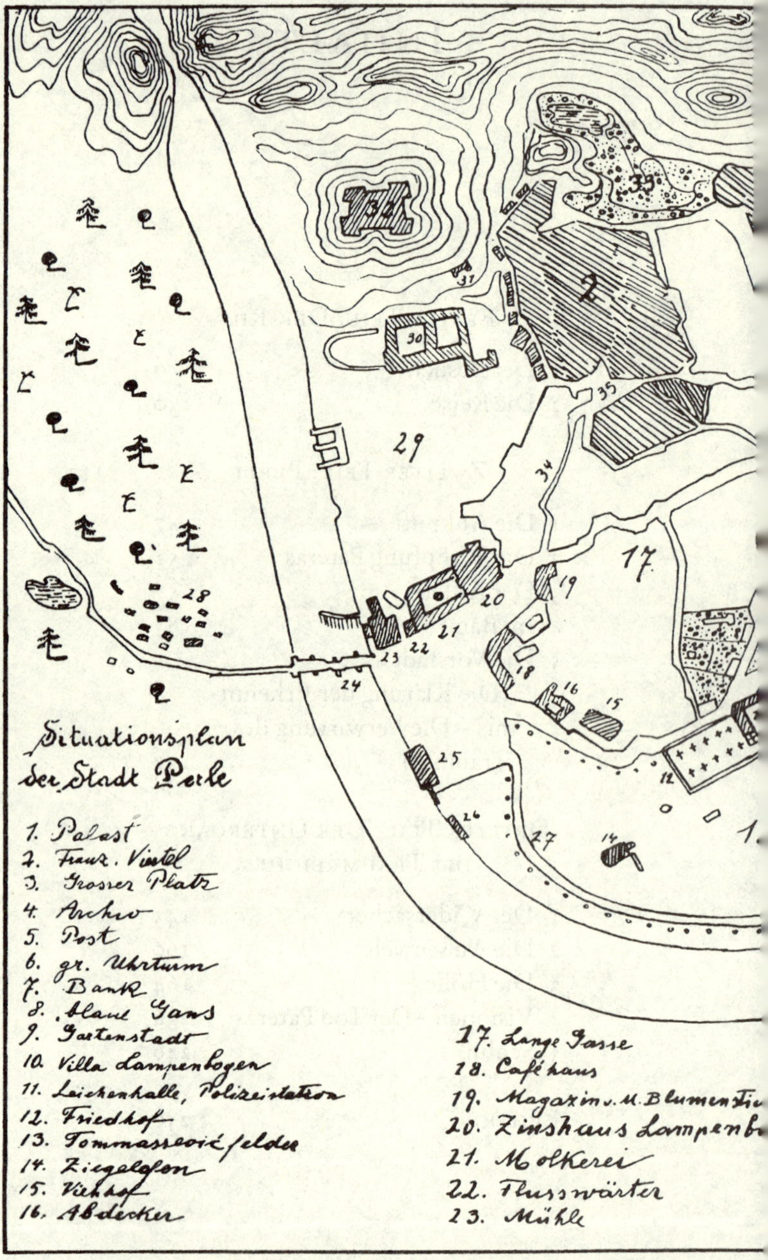
Situationsplan
der Stadt Perle
1. Palast
2. Franz. Viertel
3. Grosser Platz
4. Archiv
5. Post
6. gr. Uhrturm
7. Bank
8. blaue Gans
9. Gartenstadt
10. Villa Lampenbogen
11. Leichenhalle, Polizeistation
12. Friedhof
13. Tommassević felder
14. Ziegelofen
15. Viehhof
16. Abdecker
17. Lange Gasse
18. Caféhaus
19. Magazin u. Blumen
20. Zinshaus Lampenb
21. Molkerei
22. Flusswärter
23. Mühle

Negro
24. Brücke
25. Badeanstalt
26. Entenzucht
27. Landstrasse-Allee.
28. Vorstadt
29. Schutthalde
30. Kaserne
31. Pforte i. d. Burg
32. Fort.
33. Schlossgarten
34. Krämergasse
35. Grünmarkt.
36. Hospital, Kirche
37. Bahnhof
38. Maschinenhaus
39. Bahnhofsviertel
40. Landhaus d. Redakteur
41. Ruinen
42. Strassenwirtshaus
43. Villa Alf. Blumenstich.